Weil plötzlich alles anders ist

Band II aus der Reihe

# Halt immer an
# der Hoffnung fest

Senselia Blum

### Die Autorin

„Schreiben ist für mich ein großes Hobby und das Verarbeiten all der Dinge, die ich täglich erblicke und die mich tief in meinem Innersten berühren."

Senselia Blum wurde 1961, unter bürgerlichen Namen Kristina Walter, in Mecklenburg-Vorpommern geboren und wuchs in der DDR auf. Schon im Schulalter entdeckte sie ihre Leidenschaft zum Schreiben. Sie selbst ist Mutter von drei Kindern und musste schon einige schwere Schicksalsschläge hinnehmen. Seit 25 Jahren arbeitet sie in der Altenpflege als Pflegefachkraft. Vor 13 Jahren zog sie mit ihren Kindern vom Land Brandenburg nach Baden-Württemberg, in das schöne Hohenloher Land und spürte mehr und mehr ihren Beruf als Berufung. Hier begann sie sich langsam zu verwirklichen. Sie ging wieder ihrem Hobby nach und schrieb unzählige Gedichte. Von einigen besonderen Menschen, die ihr auf ihrem Lebensweg, beruflich wie auch privat begegneten, erfuhr sie von der Besonderheit des Daseins. Sie erweiterte ihren Blick auf all die Dinge im Leben, die ihr persönlich wichtig erschienen und die sie berührten. Sie erlebte eine, bis dahin unbekannte, beeindruckende Gesamtheit und Liebe in vielen Momenten. Immer wieder spürte sie das Glück, das ihr zu Teil wurde, wenn sie dankbar für ihr Leben war. Ihre Liebe zur Musik und zur Natur entwickelte in ihr eine ungeahnte Gelassenheit, welche sie wiederum zum Schreiben inspirierte. Somit konnte sie endlich ihren ganz persönlichen Emotionen sowie ihrer Phantasie das richtige Wort verleihen, menschliche Schicksale, Ereignisse und Geschehnisse im täglichen Leben aufgreifen und in eindrucksvollen Gedichten und bewegenden Geschichten niederschreiben.

„**In jedem von uns steckt doch der Wunsch nach Liebe, Wertschätzung und Anerkennung.**"

Der zweite Band aus der Reihe „Halt immer an der Hoffnung fest" erscheint mit diesem Buch.

Weil plötzlich alles anders ist

Bibliografische Information der Deutschen Nationalbibliothek:
Die deutsche Nationalbibliothek verzeichnet diese Publikation in der deutschen Nationalbibliothek; detaillierte bibliografische Daten sind im Internet über http://dnb.dnb.de abrufbar.

Herstellung und Verlag:
BoD - Books on Demand, Norderstedt
ISBN 978-3-7412-7243-1

©Senselia Blum
Die Geschichte ist natürlich frei erfunden, Ähnlichkeiten mit lebenden Personen wären rein zufällig und nicht beabsichtigt.
Die Illustrationen auf der Titelseite und Rückseite wurden mir freundlicherweise von www.fotalia.com mit einer Lizenz zur Verfügung gestellt. Titelgestaltung sowie Buch Text von Senselia Blum
3. Auflage Februar 2017

*„Das einzig Wichtige im Leben*

*sind die Spuren von Liebe,*

*die wir hinterlassen,*

*wenn wir Abschied nehmen.*

*(Albert Schweitzer)*

# Was im ersten Band geschah

Carla lebte mit ihrem Ehemann Tom am Rande der baden-württembergischen Hauptstadt in dem kleinen Ort Kleinweinhausen, umgeben von unzähligen Weinbergen.
Tom Wildner war Carlas erste große Liebe. Nach zehn langen Jahren des Zusammenseins war die Ehe mit Tom nicht mehr sonderlich harmonisch und sie lebten nebeneinander her. Carla fühlte sich oft von ihrem Mann allein gelassen. Als Bankkaufmann in der Führungsebene hatte Tom viele Sitzungen und Termine. Er war ständig unterwegs und verbrachte zunehmend mehr Zeit auf Arbeit als zu Hause bei Carla. War er da, bremste er sie in vielen Dingen und missgönnte ihr die Freude auf ein Kind und die Verbundenheit zu anderen Menschen.

Carla wünschte sich nichts sehnlicher als ein Kind, doch Tom versuchte ständig, ihr diesen Wunsch auszureden. Er war einfach nicht bereit dazu. Was Carla wollte, war ihm mit der Zeit egal geworden. Immer öfter fragte sich Carla, ob es das wirklich war, was sie sich mit ihren sechsundzwanzig Jahren für ihre Ehe erträumt hatte? In diesem viel zu großen Haus, weit weg von den Eltern, und endlose Abende allein? Wollte sie ernsthaft so ein Leben führen? Trotz allem hoffte sie täglich, dass es besser werden würde.

Wirklich glücklich war Carla nur bei ihren Kindern in der Schule, denn sie arbeitete in der Grundschule des Ortes als Lehrerin. Dort fühlte sie sich verstanden und gemocht.

Als Carla bei der regelmäßigen Vorsorgeuntersuchung von ihrem Frauenarzt Dr. Müller erfuhr, dass es mit einer Schwangerschaft endlich geklappt hatte, war sie überglücklich. Sie wollte ihren Mann mit der Nachricht überraschen und hoffte, er würde sich ebenso freuen und seine Meinung dann doch ändern.

Aber es kam anders als erwartet. Tom hatte angefangen zu trinken und war auch an jenem Abend angetrunken heimgekommen. Er fühlte sich mit der Schwangerschaft von Carla überrumpelt und wurde schnell wieder laut und handgreiflich.

Letztendlich drohte er ihr, sich von ihr scheiden zu lassen, falls sie sich für das Kind entscheiden sollte. Trotz der Schläge, die

Carla seitdem immer wieder von ihm einstecken musste, hoffte sie weiter. Und als würde sie nicht schon genug leiden, brachte Tom eines Abends auch noch eine andere Frau mit. In Carla erlosch der letzte Funken Hoffnung für ihre Ehe. Sie konnte diesen Zustand einfach nicht mehr ertragen und drohte daran zu zerbrechen.

Zum Glück fand sie Halt und Verständnis bei ihren Eltern Heinz und Inge Solberg und ihren Freunden, die fest an sie glaubten und zu ihr standen. Besonders Doris Dörr, ihre beste Freundin, war ihr in dieser Zeit eine große Hilfe und stand ihr mit Rat und Tat zur Seite. Carla entschied sich für das Kind und nahm schweren Herzens die Scheidung in Kauf.

Sie lernte beim Herbstfest Sonja Wagner und ihren kleinen Sohn Basti kennen und beide spürten schon nach kurzer Zeit Gemeinsamkeiten und eine innere Verbundenheit.

Das Leben schien für Carla endlich besser zu werden, als sie durch Doris, Jan Merten kennenlernte. Langsam kehrte auch ihr Mut zurück. Sie konnte sich wieder öffnen und Gefühle aufs Neue zulassen. In Jan hatte sie einen charakterfesten, liebevollen Mann gefunden, der sie mochte, wie sie war. Auch wenn es nicht sein eigenes Kind war, wollte er Carla zur Seite stehen. Sie selbst freute sich auf ihr Kind und war glücklich. Die Scheidung war vollzogen und Tom schien in Carlas Leben endgültig vergessen. Doch wie ein bohrender Stachel tief in ihrer Seele

holte sie die Vergangenheit ungeahnt an einem warmen Maitag wieder ein. Carla war bereits im neunten Monat ihrer Schwangerschaft und bummelte ausgeglichen durch die Straßen der Stadt. Ihre Eltern waren zu Besuch und wollten sich mit Carla im Nachbarort in einem Café treffen. Sie erblickte auf der gegenüber liegenden Straßenseite mit einem Mal ein Paar, dass sich ganz ungeniert küsste. Als sich beide wieder voneinander lösten, erkannte Carla ihren Ex Mann Tom und diese Frau, Tina Berger. Carla erstarrte und ohne zu überlegen lief sie, trotz roter Ampel, einfach los. Kurz darauf erfasste sie ein heranfahrendes Auto und es kam zu einem folgenschweren Unfall.
Eltern und Freunde erfuhren die schreckliche Nachricht und kamen fassungslos bei Carla im Krankenhaus an. Sie wussten ja nicht, was Carla so plötzlich bewogen hatte, auf die Straße zu laufen.
Im Krankenhaus kämpften die Ärzte um Carlas junges Leben und konnten sie noch von ihrer Tochter Nina entbinden.
Carla spürte für einen kurzen Moment ihr Kind in den Armen und verstarb kurz darauf an ihren inneren Verletzungen.
Nina hatte wie durch ein Wunder den Unfall unbeschadet über standen. Für die Eltern und Freunde brach mit Carlas Tod eine Welt zusammen. Unvorstellbar groß waren Schmerz und Trauer bei all den Menschen, die Carla in ihr Herz geschlossen hatten.

Nach der bewegenden Urnenbeisetzung tauchte Tom unerwartet auf dem Friedhof auf und wollte sein schlechtes Gewissen bereinigen. Es kam zu einer heftigen Auseinandersetzung zwischen Doris und Tom. Doris erfuhr, was tatsächlich an diesem Tag passiert war. Verzweifelt mussten Eltern und Freunde nun die ganze Wahrheit ertragen: Carla war so unglücklich verloren gewesen und konnte ihre erste große Liebe, aber auch den schmerzvollen Leidensweg, den sie durch Tom ertragen hatte, trotz des Glücks, dass sie durch Jan Merten erlebte, einfach nicht vergessen und lief dafür blindlings in den Tod.

Ninas Geburt machte alle trotz des unendlichen Verlustes wieder hoffend, und sie wuchs zunächst glücklich bei den Großeltern auf. Sie spürte nichts von all dem Schmerz, den Carlas Eltern und Freunde durchleben mussten.

# Weil plötzlich alles anders ist

Der sanfte Wind des Sommers trug den Duft von frisch gemähter Wiese mit sich und wehte ihn durch das offene Fenster hinein. Die Julisonne stand hoch am Himmel und ihre Strahlen fielen ins Zimmer und liebkosten Inges Gesicht. Sie summte ein altvertrautes Schlaflied und fühlte sich nicht nur äußerlich gewärmt. In ihrem Innersten spürte sie eine unendliche Ruhe und Gelassenheit und das hatte einen guten Grund.

Inge saß in dem uralten gemütlichen Sessel von einst, im Kinderzimmer ihres Hauses am Fenster, in ihren Gedanken versunken und hielt ihre kleine Tochter Carla behutsam im Arm.

Es gab kein größeres Glück für Inge. Vor drei Wochen hatte sie ihr kleines zartes Mädchen zur Welt gebracht und freute sich auf die bevorstehende Zeit. Immer wieder blickte sie voller Bewunderung auf ihr Kind und spürte tiefen Frieden in sich. Die stundenlange, anstrengende Prozedur der Geburt war aus ihrem Gedächtnis gelöscht, und nun war sie selig mit ihrer kleinen Tochter.

Der Sessel, in dem Inge saß, war ein Erbstück von Großmutter Antonia. Zu deren Lebzeiten glänzte er als wahres Prachtstück in der Wohnstube der Großeltern und blieb dann irgendwann in diesem Zimmer, das auch schon Inges Kinderzimmer war, zurück. Inge liebte diesen Sessel, so wie ihn auch Carla später liebte, weil er von der Großmutter stammte.

Carla kannte die Großmutter nur von den vielen Erzählungen ihrer Mutter, aber sie musste eine Seele von Mensch gewesen sein, denn Inge sprach sehr gern von ihr.

Der Sessel hatte etwas an sich, was sich Mutter und Tochter nie erklären konnten. Vielleicht war es einfach nur der wunderschöne Gedanke, dass bereits drei Generationen ihren Kindern in diesem Sessel liebevoll den Schlaf brachten.

Mit seiner hohen weißlackierten verschnörkelten Lehne und der weichen Polsterung wirkte er fast majestätisch und man saß, dank der stabilen Federung, wirklich sehr bequem darin. Der weinrote Brokatstoff mit seinen herrlichen Ornamenten war gepflegt und trotz der vielen Jahre, tadellos. Die breite Sitzfläche des Sessels war ideal, denn sie bot viel Platz und so konnte sich Carla geborgen an ihre Mutter kuscheln und ihr zuhören, wenn sie spannende Geschichten oder Märchen erzählte.

Inge blickte sich im Zimmer um. Der Sessel passte gut als Kontrast zu den weißen Möbeln, die in diesem Zimmer standen und ebenfalls noch aus Inges Kinderzeit stammten. Das Zimmer lag auf der Südseite und war hell und freundlich.

Am Fenster hingen cremefarbene Stores, gekürzt auf Fensterlänge und das Fensterbrett war stets reichlich bestückt mit Carlas Kuscheltieren.

Schon zu Großmutters Zeiten befand sich neben dem Fenster eine Tür, von der man aus auf die angebaute Terrasse mit der hohen Mauer gelangte. An der Tür hingen die gleichen Stores wie am Fenster und reichten bis zum Boden. Inge hatte sie am Tag zur Seite geschoben. Die Mauer der Terrasse gab es längst nicht mehr und Heinz hatte stattdessen, schon vor Carlas Zeit, ein stabiles Geländer angebracht und eine neue Tür mit durchgehendem Sicherheitsglas eingebaut. Dank des neuen Geländers hatte man nun endlich auch freie Sicht auf die Wiese, den Garten und den See.

An der Wand nahe der Terrassentür, stand ein uraltes, weiß lackiertes Kinderbett mit rosa Baldachin, ebenso zarter rosa Bettwäsche und einem Mobile aus lauter kleinen silberglänzenden Sternen. Wenn Inge am Abend die Wandlampe über dem Bett anknipste und das Mobile aufzog, drehten sich die Sterne. Sie funkelten im Abendlicht und erschufen eine ganz eigene Atmosphäre, die sich an den Wänden widerspiegelte. Dazu erklang ein altes Schlaflied. *»La Le Lu«,* sang Inge leise mit, wenn Carla in ihren Armen einschlief. Das war eine Zeit, die Inge heilig war, denn sie wusste, dass sie diese Zeit nicht ewig haben würde.

Die Babywunderzeit ging schnell vorbei und es wurde mit einem Schlag lebhaft im Hause Solberg. Carla entdeckte neugierig ihre kleine Welt und schon bald sang sie das Schlaflied mit, wenn die Mutter sie am Abend beim zu Bett gehen liebevoll in den Armen hielt, oder sie in ihrem Zimmer saß und spielte.
Am liebsten sang sie es ihrer Puppe Babett vor, wenn sie mit ihr im Sessel saß und sie wiegte, und es damit ihrer Mutter gleichtat. Sogar Andreas, ihr kleiner Spielfreund von nebenan, konnte es nach kurzer Zeit mitsingen. Immer wieder lauschte Inge andächtig, wenn die Kinder am Abend plötzlich still wurden und gemeinsam, im Sessel sitzend, verträumt aus dem Fenster schauten und dem Mond ihr kleines Ständchen brachten.

Im Winter, wenn es draußen so richtig kalt war und unaufhaltsam schneite, freute sich Carla, wenn sie bei ihrer Mutter auf dem Schoß im Sessel saß und sie ihr Märchen vorlas. Beide liebten solche Momente über alle Maße.

Dann spürten sie diese tiefe Innigkeit, diese unbeschreiblich schöne Liebe und Nähe zwischen Mutter und Tochter. Dieses Glücksgefühl gab beiden Kraft, Vertrauen und Geborgenheit. Besonders beeindruckte Carla damals das Märchen von der Schneekönigin. Sie saß mit ihren fünf Jahren neben ihrer Mutter und lauschte gespannt ihren Worten, blickte dabei angestrengt aus dem Fenster.

In ihrer Phantasie stellte sie sich vor, wie die mächtige Schneekönigin mit ihrem großen glänzenden Schlitten, in eine riesige Schneewolke gehüllt, über den See geflogen kam und hinter dem Haus auf der verschneiten Wiese landete.

Wenn der Wind dazu den Schnee mit ganzer Kraft aufpustete, so dass er hoch über die Wiese wehte und man im dichten Schneegestöber kaum bis zum Steg blicken konnte, beschlich Carla ein komisches Gefühl und sie drückte sich noch dichter an ihre Mutter, wagte aber trotzdem immer wieder einen vorsichtigen Blick an ihr vorbei zum Fenster.

Das war schon unheimlich.

»Es fehlt jetzt nur noch, dass die Schneekönigin vor dem Fenster erscheint und klopft«, flüsterte Carla leise ihrer Mutter zu. Ihr war sehr ängstlich zu Mute, und doch wünschte sie sich in ihrem Innersten ebenso diesen Moment, wie ihn auch Kai im Märchen erlebt hatte, als die Schneekönigin vor ihm, wie aus dem Nichts, erschien.

»Ach Carla Maus, was du dir nur so ausdenkst«, sprach die Mutter und strich ihr sanft durch die Haare.

Dann, ganz plötzlich, geschah es.

Draußen an der Haustür pochte es laut und Carla fuhr vor lauter Schreck so ins sich zusammen, dass sich auch ihre Mutter davon erschrak. Carla wagte kaum zu atmen. Minutenlange Stille. Mutter und Tochter horchten gleichermaßen auf und warteten auf das, was da kommen würde. Der Vater ging zur Tür, öffnete sie und gab schnell Entwarnung.

*»Der Anton hat frisch gebackene Plätzchen von Trude für uns gebracht «*, rief er vom Flur aus. Inge blickte auf ihre Tochter und atmete erleichtert auf. Sie musste schmunzeln, legte ihren Arm um Carla und versuchte, ihr die Angst zu nehmen.

*»Es ist nur ein Märchen, meine Süße«*, erklärte Inge.

*»Das hat sich jemand vor langer Zeit ausgedacht.«*

Das beruhigte Carla nur wenig, denn sie war immer noch erschrocken.

*»Und was, wenn es sie doch gibt?«*

Inge redete behutsam auf ihre Tochter ein und Carla gab sich erst einmal damit zufrieden.

Als Carla am Abend im Bett lag und an das Märchen von der Schneekönigin dachte, bezweifelte sie abermals die Worte ihrer Mutter. Dennoch überwand sie ihre Scheu, stand leise auf und schlich barfüßig ans Fenster.

Vorsichtig schob Carla den Vorhang und ihre Kuscheltiere beiseite, stützte ihre Ellbogen auf das Fensterbrett und nahm ihr Gesicht in die Hände. Es schneite schon seit vielen Stunden ohne Unterlass und sie schaute lange zum See hinüber.
Doch es passierte nichts. Absolut nichts.
Enttäuscht zog sie den Vorhang wieder zu, huschte mit kalten Füßen ins Bett und versteckte sich unter der Decke. Noch lange lag sie wach und grübelte, bis sie müde darüber einschlief.

Am nächsten Morgen sprang Carla fröhlich aus dem Bett und dachte nicht mehr an das Märchen.
Als sie mit Schwund die Vorhänge zurückschob und aus dem Fenster sah, erschrak sie mit einem Mal und lief aufgeregt, laut nach ihrer Mutter rufend, in die Küche, die dort gerade Kartoffeln schälte.
»Mutti, Mutti, die Schneekönigin war doch heute Nacht da, aber ich habe sie nicht gesehen. Komm schnell mit, auf der Wiese sieht man die Spuren von ihrem Schlitten.«
Carla war ganz außer sich und schaute verdutzt auf ihren Vater, der gerade, mit Schneeflocken in den Haaren und einigen Holzscheiten im Arm, zur Haustür hereinkam und Carla zunickte.
»Guten Morgen, du kleine Schlafmütze.«
Doch Carla war viel zu aufgedreht, als darauf zu reagieren.
»Was ist denn passiert?« fragte Heinz überrascht.

*»Na draußen Papi, na die Schneekönigin war da«*, sprach Carla hastig und schnappte nach Luft.
*»Sie war da und man sieht noch ...die Kufen von ihrem Schlitten.«*
*»Wer war da?«* Heinz lachte unbekümmert los und nahm seine kleine Tochter auf den Arm. Wie sehr er doch seine kleine Maus liebte.
*»Beruhige dich Carla, Liebes«.*
Er trug sie ins Wohnzimmer ans Fenster und gab ihr einen liebvollen Kuss auf ihre Wange.
Carla war immer noch aufgewühlt.
*»Jetzt atmen wir beide erst einmal tief ein und aus«*, beruhigte sie der Vater.
*»Ja aber ...«* Carla war augenblicklich still, denn der Vater hob den Zeigefinger und hielt ihn vor seinen Mund.
Carla beruhigte sich und beide atmeten dann entspannt ein und aus, und ein und aus.
*»So und jetzt schau mal Carla, wir haben heute Morgen jede Menge Holz bekommen und ich habe es aufgeladen auf den Schlitten, damit ich nicht so oft zum Schuppen laufen muss. Da hinten steht unser alter Schlitten, vollbeladen. Siehst du ihn?«*
Carla nickte und war einerseits froh, dass es nur der Vater war, der die Abdrücke mit dem Schlitten im frischen Schnee verursacht hatte.

Andererseits war sie ärgerlich darüber, da sie fest geglaubt hatte, es würde sie doch geben, ...diese Schneekönigin. Sie wollte es einfach nicht wahrhaben und lief enttäuscht in ihr Zimmer, nahm sich ihre Puppe und huschte wieder ins Bett.

»*Warum sind Erwachsene nur so anders als wir Kinder. Wenn ich mal groß bin, bleib ich trotzdem so wie ich jetzt bin*« gestand sie flüsternd ihrer Puppe und drückte sie ganz fest an sich.

Gegenüber dem Bett stand ein weißlackierter zweitüriger Kleiderschrank mit breiten Türen. Die Türen hatte Inge mit vielen handgemalten Blüten verziert, und zwei geräumigen Schubladen befanden sich im unteren Teil. Der Schrank war ebenfalls ein Erbstück von der Großmutter.

In den Schubladen verstaute Carla ihr Spielzeug. Es waren einige Habseligkeiten und sie war zufrieden. Ihr brauner Hase Lina mit den langen Ohren und dem niedlichen bunten Latzhöschen, ihre Plüschkatze Lilly mit dem kuschlig weichen weißen Fell und den himmelblauen Augen, Stifte und Malbücher, allerlei Kasperlepuppen, eine Schachtel mit unzähligen Knöpfen, Holzbausteine, einige Kinderbücher, und die Kiste mit allen möglichen Tieren für ihren Tierpark fanden dort in den Schubladen Platz. Sie liebte jedes einzelne Stück.

Aber am allerliebsten spielte sie mit ihrer Puppe Babett, der Puppe ihrer Mutter. Babett war über vierzig Jahre alt, so groß wie ein echtes Baby und hatte blaue Schlafaugen und sogar echte Haare.

Wenn Carla die Puppe auf die Seite drehte, hörte man ein klägliches >MAMA<. Inge hatte sie Carla zu ihrem sechsten Geburtstag geschenkt und Carla liebte sie über alles.

Bereits mit fünf Jahren schob die kleine Carla den Sessel in ihrem Zimmer vor die Tür, setzte sich hinein und wollte unbedingt, wenn es regnete, die Regentropfen zählen, die an der Scheibe im Überfluss herunterliefen. Doch sie kam zu keinem Ende, obwohl sie sich solche Mühe gab. Die Tropfen waren einfach zu viele und mit ihren kleinen Fingern konnte sie nicht jeden Tropfen erwischen. Die Eltern schmunzelten, wenn sie Carla von der Zimmertür aus beobachteten, und staunten über ihre Ausdauer. Irgendwann gab Carla entmutigt auf, denn es wurmte sie, weil es ihr einfach nicht gelang.

Ihr Vater trat an den Sessel, nahm Carla liebevoll in den Arm, setzte sich mit ihr hinein und versuchte sie zu trösten.

*»Weißt du mein Schatz, es sind so unendlich viele Regentropfen, die kann nicht einmal ich alle zählen. Selbst wenn ich es wollte, es geht einfach nicht.«*

»Du kannst das auch nicht Papi?« rief die kleine Carla erstaunt.

»Nein mein Schatz, ich glaube das kann keiner.« Heinz strich seiner Tochter liebevoll übers Haar.

*»Aber, wenn du mal genau aufpasst, sieht es doch so aus, als würden die kommenden Tropfen in die Bahnen der Tropfen davor mit reinschlittern«* grinste der Vater.
Er küsste Carla auf die Stirn. Dann stand er auf und setzte sie wieder behutsam in den Sessel. Das Wetter zu beobachten, fand Carla schon immer spannend. Nun saß sie erneut vor der Scheibe, blickte abermals auf die vielen Regentropfen und freute sich.
Ja, auch das machte Spaß.

Wenn sich der Winter eingestellt hatte, hockte Carla stundenlang in ihrem Zimmer im Sessel, mit einer warmen Decke zugedeckt und schaute den Schneeflocken zu, die sacht vom Himmel fielen und die Bäume und den Garten hinterm Haus mit einem glitzernden Tuch bedeckten.
Sie liebte es und schlief so manches Mal selig darüber im Sessel ein.
Der See war längst zugefroren und ein großes Vogelhäuschen auf langen Stelzen stand auf der Wiese hinter dem Haus. Ganz in der Nähe von Carlas Fenster. Es hatte täglich jede Menge kleine Besucher, denn Meisen, Amseln und Spatzen kamen herbeigeflogen und flatterten aufgeregt ums Vogelhäuschen herum. Eine freche Elster stibitzte hier und da einige Male das Futter.

Als Carla klein war und noch nicht an das Vogelhäuschen heranreichte, hob sie der Vater mit schnellem Griff in die Höhe. »*Hui*«, wie das im Bauch kribbelte.

Carla juchzte wie verrückt und nahm dann ihre Dose, die sie zuvor in der Küche mit Haferflocken und Sonnenblumenkernen gefüllt hatte, und entleerte sie im Inneren des Vogelhäuschens. Der Vater hing noch Meisen Knödel auf, dann gingen sie wieder ins Haus.

Wenn Carla wieder im warmen Zimmer im Sessel saß und die Vögel beobachtete, war sie überglücklich. Was für ein buntes Treiben! Tief in ihrem Innersten war sie stolz, denn die vielen Vögel kamen ja hier her, weil sie ihnen regelmäßig Futter gab. Es sollte keines von ihnen im Winter hungern müssen.

Hatte es aufgehört zu schneien, zogen sich die Eltern warm an. Carla schlüpfte in ihren roten Schneeanzug, setzte sich ihre dicke Pudelmütze auf den Kopf, wickelte einen warmen Schal um den Hals und zog ihre Winterstiefel an.

Inge musste jedes Jahr aufs Neue schmunzeln, wenn sie Carla beim Anziehen beobachtete und an den Winter zurückdachte, als Carla noch den anderen, weißen Schneeanzug trug. Inge musste oft dreimal hinschauen, um Carla im Schnee zu entdecken. Wenn sie Carla aber weit und breit nicht sehen konnte, es mit der Angst bekam und sorgenvoll nach ihr rief, sprang Carla verwundert aus dem Schnee auf.

»Ich bin doch hier, Mutti.« rief sie dann ganz vergnügt aus.
»Du kleiner Schneehase du, bist eins mit dem weißen Schnee, so kann ich dich ja auch nicht finden.«
Darüber mussten beide herzhaft lachen.
Inge kaufte einen neuen, roten Anzug und gab den anderen in die Kleidersammlung.

Hinter dem Haus auf der Wiese bauten alle zusammen eine kleine Schneemannfamilie. Es war für die Solbergs zu einem Ritual geworden und jedes Jahr von neuem, wenn genügend Schnee lag. Heinz, Inge und Carla rollten sich ihre Kugeln für die Schneemänner im Schnee zusammen. Bei Carla half der Vater, die einzelnen Kugeln aufeinander zu setzen. Inge holte, so wie jedes Jahr, ihren alten Korb voller Utensilien für die neue Familie aus dem Keller. Im Herbst hatte Inge alles noch einmal ausgebessert und neu bemalt.
Der Schneemannmutter setzte Inge einen schönen alten Strohhut mit rosa Krempe auf den Kopf und band ihr eine verblichene rosafarbene Stola um die Schultern.
Der Schneemannvater bekam von Heinz, zum größten Vergnügen von Carla, einen vergrauten alten Zylinderhut, der noch von Inges Urgroßvater stammte, auf den Kopf gestülpt sowie eine bunte Krawatte von Heinz um den Hals geschnürt. Den Zylinder musste Heinz sich aber erst auf den Oberschenkel schlagen,

damit er sich, mit einem dumpfen Knall, richtig öffnete. Carla setzte dem Schneemannkind eine alte Pudelmütze auf und band einen dicken bunten Schal um dessen Hals.

Sie hatten wirklich jede Menge Spaß. Zwischendurch gab es immer wieder eine kleine Schneeballschlacht.

Hatten sie genug getobt, ging Inge ins Haus und kam wenig später mit Tassen und einer Thermoskanne und mit selbstgemachten Holundertee im Korb hinaus. Der schmeckte einfach köstlich und wärmte von innen.

Nach einer kleinen Pause wurden die Schneemänner fertig dekoriert. Für die Augen und Münder fanden sie im Korb verschieden große, schwarz angemalte Korken, und natürlich durften auch die Möhren für die Nase nicht fehlen. Doch dieses Mal waren es Kunststoffmöhren, denn die Jahre zuvor kam es nachts immer wieder zu heimlichen Übergriffen von hungrigen Hasen, die die Möhren einfach auffraßen. Diese Möhren ließen die Hasen nun hoffentlich zurück. Carla steckte allen Schneemännern nacheinander die neuen Möhren ins Gesicht.

An manchen Tagen, wenn es draußen herrlich klar war, bekam die Schneemannmutter einen alten aufgespannten Sonnenschirm in den Arm gesteckt und der Schneemannvater einen Gehstock und eine alte Pfeife in den angedeuteten Mund.

War die Schneemannfamilie mit allem, was Inges Korb so hergab, komplett ausgestattet, holte Heinz die Kamera aus dem

Haus, stellte sie auf das Vogelhäuschen und machte mit dem Selbstauslöser Fotos von ihnen und der neuen Familie.

So wünschte sich Carla das jeden Winter. Alle drei erinnerten sich gern zurück an diese Zeit, wenn sie an ungemütlichen Tagen zusammen im warmen Wohnzimmer bei einer Tasse heißem Kakao saßen und in den Fotoalben blätterten.

Kam der Frühling zaghaft und auf leisen Sohlen, passierte es, dass die Schneemannfamilie ganz plötzlich über Nacht einfach so verschwand. Zurück blieben Korken, Möhren und Kleidung. Nach anfänglicher Traurigkeit freute sich Carla dann doch auf den Frühling und schon bald tollte sie übermütig mit Andreas auf der Wiese.

An warmen Tagen öffnete Inge im Kinderzimmer weit die Tür, nahm den Sessel mit auf die Terrasse und setzte sich hinein. Sie genoss die Aussicht und den Blick auf ihr Kind.

Heinz und Inge hatten sich einen ganzen Stall voller Kinder gewünscht, doch leider blieb es nur bei Carla. Das betrübte Inge, und sie gab sich immer mehr ihren Gedanken hin. Sie sah Andreas mit Carla in dem kleinen Ruderboot, draußen auf den See.

Inge erinnerte sich an unbeschreibliche Momente, die sie erlebt hatte, und vor ihrem inneren Auge liefen die Bilder von einst wie ein wunderschöner Film ab.

Ihr Blick fiel auf die Bäume hinterm Haus, die sich mal mehr und mal weniger stark im Wind wiegten. Sodann horchte sie, wie der Wind kräftig durch die Äste blies. Sie liebte das Rauschen der Blätter und manchmal kam es ihr vor, als würden sie ihr von der langen Reise des Windes erzählen. Inges Vater hatte die Pappeln damals als Setzlinge gepflanzt. Mittlerweile waren daraus meterhohe stattliche Bäume gewachsen.

Im Sommer hatte Heinz auf der Wiese, zwischen zwei Bäumen, eine Hängematte befestigt. Das war der herrlichste Ort zum Träumen. Wie oft war Carla darin eingeschlafen oder lag einfach nur da und blickte zum Himmel.
Etwas weiter begann am Seeufer der fünf Meter lange Steg. Wenn ein starker Wind aufkam, schaukelte dort das kleine rote Ruderboot mit dem lustigen Namen *»Jette«* wie wild hin und her. Heinz hatte es am Steg mit einem starken Seil befestigt. Wollte der Wind aber zu einem tobenden Sturm aufbrausen, zog Heinz das Boot kurzer Hand auf die Wiese und sicherte es dort.
Wie oft war Heinz mit seiner Tochter zum Angeln auf den See hinausgefahren, und immer wieder brachten sie einige Fische mit. Carla teilte lange Zeit die Angelleidenschaft ihres Vaters und konnte die einzelnen Fische sogar stolz benennen. Heinz hatte eigens für die Fische einen Räucherofen gebaut, und am

Abend gab es dann den leckeren Fisch mit Inges selbstgemachten Kartoffelsalat.

Inge schickte Carla an Fischtagen mit einem Korb zu den Müllers, zum Haus nebenan. Damals lebte Anton noch, Trudes Mann, und Carla brachte ihnen geräucherten Fisch und Kartoffelsalat. Die Müllers waren ebenfalls »Fischesser« und freuten sich immer wieder sehr darüber.

Carla schleppte je nach Jahreszeit einen großen Korb, gefüllt mit Pflaumen oder Quitten, als Dankeschön von Trude Müller zurück und Inge machte daraus leckere Marmelade. Trude hieß eigentlich Gertud, aber jeder kannte sie nur unter Trude, und ihr war es recht.

Beide Familien pflegten ein herzliches Verhältnis miteinander, und Carla spielte von klein auf mit Andreas, dem Sohn der Müllers, im Sandkasten. Als die Kinder größer wurden, gingen sie gemeinsam zur Schule, fuhren zusammen mit dem Rad durch die Gegend oder liefen stundenlang am See entlang.

Konnte man sie einmal nicht finden, waren sie entweder bei den Solbergs unterm Dach oder bei den Müllers im Baumhaus.

Anton hatte das Baumhaus, nach Anleitung von Andreas und Carla, zusammen mit Heinz an einem Wochenende im Sommer gebaut. Heinz und Anton hatten so manches an handwerklicher Arbeit gemeinsam geschafft. Das verband beide Männer, denn sie waren leidenschaftliche Bastler.

Doch dann erkrankte Anton schwer und verstarb kurze Zeit später. Die Solbergs waren nach dem Tod von Anton häufig bei Trude und ihrem Sohn, um ihnen Halt und Hoffnung zu geben. Carla besuchte Andreas in dieser Zeit, so oft es ging. Es hatte sich zwischen Ihnen schon im Kindesalter eine feine Freundschaft entwickelt und sie waren unzertrennlich, liebten sich wie Geschwister und waren für einander da. Andreas war bei den Solbergs immer willkommen.

Trude ging es nach einiger Zeit wieder besser, das herzliche Verhältnis zu Heinz und Inge blieb.

Carla und Andreas besuchten die gleiche Klasse in der Schule und verbrachten viel Zeit mit einander, bis Carla Tom kennenlernte. Dann hatte sie nur noch wenig Zeit für Andreas, aber ihre Freundschaft blieb.

Als Carla zum Studium ging und Andreas zur Bundeswehr, sahen sich beide kaum noch. Doch immer, wenn Carla zu Hause angekommen war, lief sie hinüber zu Trude Müller und fragte nach Andreas. Sie verfehlten sich immer wieder, als sollte es nicht sein. Wenn sie sich dann aber trafen, war die Freude über das Wiedersehen riesengroß und sie lagen sich überglücklich, manchmal mit Tränen in den Armen.

Stundenlang saßen beide im Sommer im Garten der Solbergs unter der großen Kastanie auf der Bank beieinander, tranken kühle Limonade und erzählten von ihren Erlebnissen oder fuhren zusammen mit dem Boot auf den See. Sie hatten immer Gesprächsstoff und waren gern beieinander.

Andreas malte damals, bevor er zur Bundeswehr ging, an einem Bild und achtete stets darauf, dass Carla nicht sah, was er malte.

»*Wenn es fertig ist, schenke ich es dir*«, hatte er ihr ins Ohr geflüstert und Carla freute sich.

Als Carla mit Tom vor ein paar Jahren nach Baden-Württemberg zog, erschien beiden der Abschied wie endgültig. Das unvollendete Bild stand dann lange abgedeckt auf dem Dachboden der Müllers.

Carla schrieb Andreas etliche Briefe, doch Tom war immer dagegen. Er schien ihr diese Freundschaft einfach nicht zu gönnen. War er gar eifersüchtig?

Er fing die Briefe von Andreas ab und warf sie fort. Carla bemerkte es zufällig, und telefonierte lieber mit Andreas, wenn Tom nicht daheim war.

Besuchte Carla ihre Eltern ohne Tom, konnte sie sich in aller Ruhe mit Andreas treffen. Er war wie ein Bruder für sie und doch spürte sie noch etwas Anderes in sich. Ganz tief verborgen in ihr war so ein Gefühl. Aber sie ignorierte es, denn sie war ja nun mit Tom verheiratet.

Viele Gedanken gingen Inge durch den Kopf, und innerlich war sie froh, dass sie zusammen mit Heinz und Carla in diesem Haus, eine so friedliche und harmonische Zeit erlebt hatten.
Sie liebte die Natur, den See und die Gegend, in der sie aufgewachsen war. Nicht nur mit dem Grundstück, sondern auch mit der Nachbarschaft hatten die Solbergs großes Glück.
Im Sommer traf man sich zu Grillabenden, mal bei den Müllers, selten bei den Juschkes und dann wieder bei den Solbergs.
Es herrschte eine familiäre Atmosphäre zwischen den Nachbarn, was vielleicht auch daran lag, dass alle auf einander achteten und sich so mochten, wie sie waren. In den Wintermonaten gab es dafür ein bis zwei Glühweinabende bei den Juschkes. Ihr Haus lag gleich neben dem Haus der Solbergs.
Die Eheleute Juschke hatten keine Kinder, betrieben dafür eine kleine Hundezucht mit Golden Retriever, und natürlich durfte Carla dort nicht fehlen, denn sie liebte Hunde über alles.
Sie besuchte die Eheleute vor allem dann, wenn sich Nachwuchs bei der Zuchthündin Tessa eingestellt hatte. Carla war in dieser Zeit völlig aus dem Häuschen und zu Hause kaum zu halten.
Die Eheleute stritten aber sehr oft und das mochte Carla gar nicht, weil bei ihr zu Hause nie ein lautes Wort fiel.
Aus einem der Würfe stammte auch ihr Sit, ein schmächtiger Golden Retriever Rüde. Sit gefiel ihr von Anfang an und immer

wieder hatte sie ihre Eltern gebettelt, ihr doch diesen kleinen Hund zu schenken. Heinz willigte schließlich unter der Bedingung ein, dass Carla bessere Noten im Zeugnis nach Hause brachte. Carla lernte fleißig, und legte ihren Eltern im nächsten Halbjahr stolz das Zeugnis vor. Heinz war begeistert und hielt sein Versprechen.

Sit war der Schwächste von fünf Welpen, sein zartes Fell fast weiß und die kleinen Augen immer entzündet.

Keiner hatte daran geglaubt, dass er sich einmal so prächtig entwickeln würde.

Vielleicht war es ja auch das Geheimrezept von Carla: »*ganz viel Liebe, ganz viel Streicheln und ganz viel Geduld.*«

Nicht nur für Carla war Sit ein treuer Begleiter. Er gehörte einfach zur Familie und spürte, dass man ihn liebte. Er war gehorsam und wachte über das Haus und die Familie.

Wenn Inge, Heinz und Carla zusammen Radtouren unternahmen, hielt er das Tempo und war auch sonst bei allen möglichen Aktivitäten an ihrer Seite.

Wenn die Kinder im Sommer im Wasser herumtollten, sah Sit lieber aus einiger Entfernung zu. Carla konnte ihn nicht ins Wasser locken. Meist lag er auf dem Steg in der Sonne und wartete geduldig auf Carla, wenn sie mit dem Vater oder Andreas auf den See hinausgefahren war. Nicht einmal ins Boot war er zu kriegen, so wasserscheu war er.

Carla wäre so gern mit ihm hinausgefahren, doch trotz aller lieben Worte und Lockmittel ließ sich Sit nicht umstimmen.
Er starb an Altersschwäche, als Carla beim Studium war. Es schien, als würde er in seinen letzten Stunden auf Carla warten. Doch so sehr sie sich auch beeilte, nach Hause zu kommen, sie schaffte es einfach nicht mehr rechtzeitig bei ihm zu sein.
An diesem Tag stand sie ewig lange im Stau und weinte vor lauter Verzweiflung in ihrem Auto. Es brach ihr fast das Herz, als sie zu Hause ankam und von ihrem toten Freund Abschied nehmen musste. Dann gab es keinen Hund mehr. Zu schmerzvoll war der Verlust.
Die Eheleute Juschke hingegen gaben irgendwann ihre Hundezucht auf. Die Ehe ging in die Brüche und sie ließen sich scheiden. Es wurde gemunkelt, sie hätte bereits einen anderen Mann und er jede Menge Schulden. Sie verkauften ihr Haus und jeder zog in eine andere Stadt. Das Haus fand schnell neue Besitzer. Diese waren aber kinderlos und der Kontakt blieb zurückhaltend

Das Haus der Solbergs, bereits von Inges Urgroßeltern erbaut, war zwar schon recht alt, aber dank Heinz, seinem handwerklichen Geschick und seinem treuen Helfer Anton in einem wirklich guten Zustand. Es lag direkt am schönen Dämeritzsee, in einer kleinen, sehr ruhigen Wohnsiedlung, fernab vom Berliner

Großstadttreiben. Die S-Bahn war nur ein paar Minuten von ihnen entfernt.

Nach dem Tod ihrer Eltern übernahmen Heinz und Inge das Haus und das wundervolle Grundstück mit Garten und dem Steg am See.

Das Haus hatte zwei Stockwerke und war sehr geräumig. Im unteren Teil des Hauses befanden sich Wohnzimmer, Kinderzimmer, Küche, Bad und Gästezimmer.

Das Wohnzimmer wie auch das Kinderzimmer lagen auf der Südseite mit Blick zum See. An beide Zimmer grenzte die Terrasse. Darunter lag, über die gesamte Fläche des Hauses verteilt, ein riesengroßer kühler Gewölbekeller.

Im ersten Stock gab es noch zwei weitere Zimmer, ein kleines Bad und unterm Dach, fast versteckt, eine alte Kammer.

Wenn Carla im Juli ihren Geburtstag feierte, durften die Geburtstagsgäste bei ihr schlafen, denn Platz gab es ja genug. Die Kinder waren immer wieder freudig überrascht über das, was sich Carla und ihre Eltern für diesen Tag ausdachten.

Auf der Wiese hinterm Haus wurden Laternen und Lichterketten aufgehängt und ein großes Zelt aufgebaut. Je nach Wetterlage gab es für die Kinder auch eine Bootsfahrt auf dem See. Am Abend entzündete Heinz auf der Wiese ein Lagerfeuer und die Kinder saßen wie kleine Abenteurer am Feuer und rösteten, auf

langen Stöcken aufgespießt, Kartoffeln, Brot und Würste. Inge verteilte leckere selbstgemachte Erdbeerbowle und Heinz erzählte den Kindern spannende Geschichten, die ihm schon sein Vater erzählt hatte, oder sie sangen Lieder.
So klang jeder Geburtstag nach einem aufregenden, erlebnisreichen Tag für die Gastgeber und Gäste zufrieden, entspannt und in Harmonie aus.

Unterm Dach gab es also eine geräumige Kammer, so eine Art Turmzimmer, mit einem malerischen Blick auf den See. Dort oben war Carla bei schlechten Wetter sehr oft. Diese Kammer blieb wie sie schon immer war und es schien, als wäre die Zeit dort oben stehengeblieben.
Gelegentlich entfernte Inge die Spinnweben und lüftete. Auf den alten Dielen der Kammer standen zwei uralte Truhen und ein Regal mit verstaubten Alben und Büchern der Großeltern. An den Wänden hingen, auf vergilbten Tapeten, Bilder von den Großeltern und deren Familienmitgliedern in alten schwarzen Rahmen.
Unter das Fenster war ein Sofa geschoben, das haargenau zum Sessel im Kinderzimmer passte. Ein uralter Kleiderschrank mit wunderschönen Kleidern und Hüten, aus der Zeit der Großmutter und zum Teil sogar noch von der Urgroßmutter, ruhte in der Ecke.

Daneben prunkte ein riesengroßer ovaler Spiegel mit seinem dicken goldfarbenen Rand wie der Spiegel aus einer anderen Welt. Er wirkte fast magisch auf die Kinder und sie erfanden die tollsten Geschichten.

Carla fiel das Märchen von der Schneekönigin wieder ein und sie erzählte es ihren Freundinnen, die vor dem Spiegel im Schneidersitz auf Decken saßen und gespannt lauschten, verschwieg aber ihr eigenes Erlebnis am Fenster. Vielleicht hätten ihre Freundinnen sie nur ausgelacht.

Carla hatte mit den Mädchen in der Kammer viel Spaß. Wenn sie sich verkleideten und in viel zu großen hochhackigen Pumps und den altertümlichen Kleidern vor dem Spiegel auf feine Dame machten und herumalberten, brachte Inge Limonade und spendierte den Mädchen zum Schminken sogar einen Lippenstift. Es gab so viele schöne Sachen aus Großmutters Zeiten und der Raum war erfüllt von Erinnerungen.

Inge hatte es nicht übers Herz gebracht, die Sachen wegzuwerfen, weil sie sich, genauso so gern wie ihre Tochter Carla, damals als Kind verkleidet hatte und es außerdem schöne Erinnerungen an ihre Großmutter weckten. Solche Kleider gab es heute gar nicht mehr. Man konnte sie höchstens noch im Museum bewundern.

Carla und Andreas bauten sich in der Kammer aus alten Bettlaken, die sie über einen großen Sonnenschirm spannten, eine

Art Höhle, in der sie stundenlang auf weichen Decken und vielen Kissen, mit Taschenlampen in den alten Büchern stöberten und sich gegenseitig Geschichten erzählten oder aus alten Liebesbriefen vorlasen. Ja, selbst die Liebesbriefe ihrer Großeltern hatte Inge aufbewahrt. Die Kinder kicherten so manches Mal, wenn sie von den Liebesschwüren des Großvaters lasen.

Manchmal wurden sie traurig, wenn sie erfuhren, was er schlimmes erlebt hatte, wie er seine Kameraden, einen nach dem anderen verlor, und wie sehr der Großvater seine Frau vermisste. Er musste die Großmutter innig geliebt haben, denn auch das erfuhren sie aus all den Briefen, die die Großmutter damals, während des Krieges von der Front erreichten.

Wenn die Kinder hungrig waren, brachte Inge Schmalzbrote, Obst und Getränke. Hatte sie die Kinder versorgt, stieg sie wieder die Treppen hinunter und war selig, dass sie hier in diesem Haus, wie in einem kleinen Paradies lebten.

Hinter dem Haus neben der Wiese hatten Heinz und Inge einen großzügigen Garten angelegt. Die vielen Bäume, die jedes Jahr im Frühling in ihrer ganzen Pracht erblühten, trugen im Sommer satt ihr Obst.

Inge hatte fast alles angepflanzt, was man in einen Garten pflanzen konnte. Sie war da wirklich sehr erfinderisch und liebte die Gartenarbeit.

Heinz und Carla halfen ihr gerne beim Ernten, aber nur ungern beim Unkraut jäten.

Vieles von dem, was der Garten hergab, weckte Inge in Gläsern ein und lagerte es in Regalen im kühlen Keller. Ob sie nun Äpfel zu Mus, Erdbeeren zu leckerer Marmelade oder Birnen, Kürbis und Pflaumen als Kompott einweckte, es machte sie glücklich, wenn die Regale zum Herbst hin gefüllt waren.

Im Winter war es stets etwas Besonderes, wenn Inge in den Keller ging um Eingewecktes hochzuholen.

Das eigene Obst und Gemüse aus dem Garten zu essen, machte sie unheimlich stolz und Inge wusste, dass sich Heinz und Carla ebenso freuten, wenn sie daraus ein leckeres Essen kochte. Das ganze Haus duftete, wenn Inge ihren wohlschmeckenden Apfelkuchen, mit den eigenen Äpfeln vom Baum, gebacken hatte.

Die Beete im Garten waren vor einigen Tagen von Heinz umgegraben worden und der Garten ruhte nun bis zum nächsten Frühjahr. Gleich neben dem Garten unter dem großen Kastanienbaum, stand eine weiße, halbrund geformte Sitzbank mit Lehne aus längst vergangenen Zeiten, ein großer weißer, rechteckiger Tisch mit leicht geschwungenen Beinen und vier ebenfalls weiße dazugehörige Korbstühle. Der Kastanienbaum spendete im Sommer durch seine massive Krone viel Schatten, und ließ bei Regen nur wenige Tropfen hindurch. Das war im Sommer ebenfalls einer von Carlas Lieblingsplätzen. Mit Decken und Kissen saß sie bequem auf der Sitzbank oder lag auf einer Decke davor und las Sit Geschichten aus ihren Büchern vor. Manchmal schien es, als würde er ihr zuhören und sie verstehen, denn er lag still neben ihr und schaute ihr die ganze Zeit zu. Sit brachte sie morgens zum Schulbus und zusammen mit Andreas unternahmen sie am Nachmittag oft ausgedehnte Spaziergänge am See entlang.

Der Sommer neigte sich dem Ende zu und langsam färbte der beginnende Herbst die Blätter bunt.
Die Septembersonne schien durch die dichten Äste der Bäume und die Blätter schimmerten fast golden in ihrem Licht. Inge dachte an all die wunderschönen, unvergesslichen Momente. War es doch eine gedankliche Reise zurück in die Vergangenheit gewesen, zurück zu Carla.
So gern sich Inge auch daran erinnerte, so unendlich traurig und schmerzvoll empfand sie das, was sie nun verkraften musste.
Es quälten sie so viele schwermütige Gedanken und sie saß wieder im Kinderzimmer ihres Hauses, im uralten Sessel.

Doch dieses Mal hielt sie die kleine Nina, das Kind ihrer verstorbenen Tochter Carla, im Arm. So glücklich sie über die Geburt ihrer kleinen Enkelin auch war, so sehr vermisste sie ihre geliebte Tochter, die an diesem Tag sterben musste.

Dem Sessel gegenüber hing ein uraltes Bild an der Wand, dass ihre Großmutter Antonia auf dem Arm ihrer Urgroßmutter zeigte. Es war genau das Bild, welches zu Carlas Lebzeiten, über ihrem Bett, in Toms Haus hing. Nach dem Tod der Tochter hatte es Inge wieder an seinen alten Platz gehangen.

*»Warum nur hatte das Schicksal sie so hart getroffen?«*

Sie wusste es nicht. Doch sie wusste, dass sie mit einem Schlag ein anderes Leben führte. Eines, das am Tage schwer beladen war mit belastenden Erinnerungen, mit Trauer und Schmerz, aber auch mit vielen neuen Aufgaben und einer Verantwortung für ihre Enkeltochter.

In den Nächten fiel es ihr, trotz ständiger Müdigkeit und starker Medikamente unheimlich schwer, entspannt einzuschlafen und abzuschalten. Besonders schmerzvoll waren immer wieder die Bilder vom Krankenhaus, die sich fest in ihr Gedächtnis eingebrannt hatten. Sie konnte es kaum noch ertragen, denn sie träumte auch nachts davon.

Immer und immer wieder. Gedanklich sah sie, für einen kurzen Augenblick, Nina in Carlas Armen liegen und die Tränen in den Augen ihrer geliebten Tochter, kurz bevor sie starb.

Sie wusste, sie würde diese Bilder niemals mehr im Leben vergessen.
Der Schmerz, den sie im Innersten spürte, war unbeschreiblich. Er wütete so tief in ihr und sie konnte nichts dagegen tun.
Aber sie musste sich zusammenreißen, denn sie brauchte jetzt all ihre Kraft und Liebe für Nina.

Inge blickte in das zarte Gesicht des Kindes, als plötzlich im Wohnzimmer das Telefon klingelte und sie erschrocken zusammenfuhr. Nina schlief zum Glück seelenruhig weiter und Inge stand langsam auf. Sie legte Nina behutsam ins Bettchen und ging dann rasch ins Wohnzimmer.
Kurz darauf klingelte es erneut.
*»Ja doch, ich komme ja schon«*, flüsterte Inge etwas genervt, griff zum Hörer und hielt ihn ans Ohr.
*»Hallo...Hallo«*, vernahm sie eine leicht genervte Stimme am anderen Ende der Leitung.
Schlagartig bekam sie weiche Knie. In ihrem Kopf summte es wie in einem Bienenstock und sie schien den Boden unter den Füßen zu verlieren, so schwindelig wurde ihr mit einem Mal. Inge konnte es einfach nicht glauben, denn die Stimme am Telefon gehörte zu Magret, Toms Mutter.
*»Hallo?«* rief Inge kleinlaut.
*»Inge bist du dran, hier ist Magret.«*

Inge nickte stumm.

Mit einem gewissen Unterton sprach Magret weiter.

»Bitte entschuldige, dass wir uns solange nicht gemeldet haben, es tut uns auch sehr leid um Carla, aber ich wüsste gern…« machte eine kurze Pause, als überlegte sie, ob sie überhaupt frage sollte.

»…wie es Toms Kind geht.«

Inge war sprachlos.

Was wollte sie? Hatte sie das jetzt richtig verstanden?

In ihrem Kopf fing es vor lauter Aufregung an zu hämmern.

»Wie konnte es sein, dass Magret nach Monaten der Trauer hier einfach so anrief und mit welcher Lieblosigkeit in ihrer Stimme sie von Carla sprach«, dachte Inge gekränkt.

Ein starkes Zittern erfasste schlagartig ihren ganzen Körper und in ihrem Innersten spürte sie plötzlich einen unsagbaren Druck, als läge ihr ein schwerer Stein auf der Brust. Was sollte sie darauf antworten und warum in Gottes Namen war Heinz jetzt nicht da.

Ihr fehlten die Worte.

»Inge, hallo bist du noch dran, sag doch was?« Magret gab nicht auf zu fragen.

Inge schluckte und konnte einfach nicht mehr klar denken. In ihrem Kopf herrschte das blanke Chaos. Hilflosigkeit machte sich rasend schnell in ihr breit und sie fühlte sich elendig.

Sie brauchte einige Zeit um zu realisieren, dass sie antworten musste.

Nach Minuten des Schweigens begann sie zögernd und mit einer gewissen Empfindsamkeit Magret zu antworten.

»*Weißt du Magret, ihr habt euch doch nie wirklich um Carla bemüht. Sie war immer fremd bei euch. Warum rufst du jetzt erst an, Monate nach ihrem Tod und fragst nach ihrem Kind? Tom hat es von Anfang an abgelehnt und nun wollt ihr wissen, wie es ihr geht?«*

Warum gab sie keine Ruhe.

»*Aber Inge, entschuldige mal«*, gab Magret gereizt zurück.

»*Wir hatten doch bis vor kurzem gar keine Ahnung, dass Carla schwanger war. Tom hatte nie etwas in der Richtung gesagt. Ich habe es von Tina, ich meine, seiner Freundin erfahren. Und das auch erst vor ein paar Tagen. Aber das tut ja jetzt nichts zur Sache.«* Magret wollte Gewissheit.

»*…Es ist ein Mädchen?«* Magrets Stimme klang mit einem Mal viel weicher.

»*Ach Inge, versteh doch. Ich habe es wirklich erst vor ein paar Tagen erfahren und schließlich sind wir doch ebenso die Großeltern, wie ihr es seid.«*

Abrupt bekam Inge das beklemmende Gefühl, ihr würde jemand die Luft abschnüren, griff sich instinktiv an den Hals und versuchte ruhig zu bleiben. Sie spürte ihren Herzschlag und das pochen in den Adern und stand noch immer wie erstarrt mit dem Hörer in der Hand. *»Sie wären auch die Großeltern? Was redete Magret denn da?«* Inge spürte eine ungeheure Wut in sich aufsteigen. Wut, vor allem auf Tom.

*»Carla war neun Monate schwanger, sie ist jetzt seit vier Monaten nicht mehr bei uns und du erzählst mir, du hättest es erst jetzt erfahren? Das glaubst du doch wohl selbst nicht. Weißt du Magret, das fällt dir reichlich spät ein. Ich denke nicht, dass wir uns weiter unterhalten sollten.«*

Inge versuchte mit aller Macht die aufsteigenden Tränen zu unterdrücken und verspürte in sich ein wachsendes Gefühl der Angst. Angst, sie könnte Nina nun auch noch verlieren.

*»Inge bitte warte, leg noch nicht auf. Könnten wir uns nicht treffen, dass ich wenigstens einmal mein Enkelkind im Arm halten kann?«* bat Magret inständig.

*»Wie heißt sie denn überhaupt?«*

Inge konnte nicht mehr.

*»Ich werde mit Heinz darüber reden. Tschüss.«*

Wut entbrannt knallte sie den Hörer aufs Telefon, zuckte augenblicklich zusammen und horchte in die Stille. Nur das Ticken der Wanduhr war zu hören. Hatte sie jetzt mit ihrem Lärm etwa die kleine Nina aufgeweckt? Doch es blieb ruhig.

Niedergeschlagen setzte sich Inge auf die Couch und brach in Tränen aus.

Wo Heinz nur so lange blieb, sie brauchte ihn jetzt.
Augenblicklich waren all die verdrängten Erinnerungen wieder da. Der meterdicke Schutzwall, den sie in den Monaten in sich aufgebaut hatte, um sich so vor der unbegreiflichen Wahrheit, dem Verlust ihrer geliebten Tochter und dem schier nicht enden wollenden Schmerz zu schützen, stürzte augenblicklich wie ein Kartenhaus in sich zusammen.
All ihre qualvoll durchlebten Stunden, von der schockierenden Nachricht am Tag des Unfalls, bis hin zu Carlas Beisetzung fielen ihr wieder ein, als wäre alles erst gestern passiert. Inge durchlebte innerlich Höllenqualen und konnte es einfach nicht von sich schieben.
Wie auch. Schon als sie Carla vor einem Jahr besucht hatten und Carla von ihrer Schwangerschaft erzählte und diese gewaltsamen Ausbrüche gestand, die sie durch Tom erleben musste, war Inge in ihrem Innersten schwer getroffen.
Dass ihre Tochter so etwas Furchtbares ertragen musste, war für sie als Mutter selbst Schmerz genug.
Bei Feierlichkeiten, wenn Georg und Magret Wildner, die Eltern von Tom, eingeladen waren, spürte selbst Inge immer wieder eine unbehagliche Distanz und Kühle zwischen Toms Eltern und Ihnen. Diese musste auch Carla so empfunden haben.
Inge weinte einige Zeit vor sich hin und war einfach nicht im Stande, diesen Anruf zu begreifen.

War alles nicht schon schlimm genug? Wie konnte sich Inge da auch nur so sicher sein. Hatte sie wirklich geglaubt, dass sich Magret nie mehr melden und nach ihrem Enkelkind fragen würde? Vielleicht hatte sie im Innersten ihres Herzens gehofft, dass es niemals dazu kommen würde.
Heinz und Inge waren nach Carlas Beisetzung auf der einen Seite enttäuscht gewesen, dass Toms Eltern nicht einmal anstandshalber gekommen waren und nur eine Beileidskarte schickten, sie aber nicht einmal da nach ihrem Enkelkind fragten. Andererseits waren beide froh, denn sie wussten ja, dass Tom sein ungeborenes Kind von Anfang an nicht wollte. Seine Eltern gaben Carla nie ein Gefühl der Geborgenheit und Liebe, stattdessen litt Carla schmerzvoll unter all der Ablehnung.

So lebten Heinz und Inge mit Nina in ihrem kleinen Haus am See, und waren trotz der grenzenlosen Trauer um Carla froh, dass Nina gesund war. Inge ging regelmäßig mit Nina zum Kinderarzt in die Sprechstunden und der Kinderarzt war mit der Entwicklung des Kindes zufrieden.
Des Öfteren ertrug sie die neugierigen, oft auch fragenden Blicke der jungen Mütter im Warteraum der Kinderarztpraxis, wenn Inge ihre Enkelin für die Untersuchung vorbereitete. Einige von ihnen waren vielleicht gerade erst achtzehn Jahre alt, auch gab es teilweise jüngere, wieder andere hatten das Alter

ihrer Tochter, und es machte Inge verlegen. »*Dass ich in meinem Alter die Mutter bin, bezweifeln wohl einige von ihnen, obwohl ich Frauen kenne, die weit über Dreißig waren und noch Kinder bekamen.*« Doch nun war sie nicht die Mutter, sondern mit ihren einundfünfzig Jahren die Oma des Kindes.

Inge schob die Erinnerung beiseite und wischte sich die Tränen aus den Augen. Sie erhob sich kraftlos und ging wieder zurück ins Kinderzimmer. Am Bettchen ihrer Enkeltochter blieb sie stehen und blickte beunruhigt auf das schlafende Kind. Unzählige Gedanken schwirrten ihr im Kopf herum und immer wieder hallten Magrets Worte wie Donnerschläge in ihr.
»*Schließlich sind wir doch auch die Großeltern, so wie ihr es seid.*« Inge horchte auf.
»*Endlich.*«
Heinz schloss gerade die Haustür auf, als Inge völlig aufgelöst im Flur erschien. Er stellte seinen Einkauf ab und blickte besorgt auf Inge und noch bevor er fragen konnte, fiel sie ihm laut schluchzend um den Hals.
»*Inge, was ist denn?*« rief Heinz erschrocken. Er hielt Inge eine Weile im Arm und versuchte sie zu beruhigen. Dann nahm er ihre Arme und schob sie etwas von sich, blickte ihr fragend ins Gesicht.

»Was ist denn passiert, Inge? Geht es Nina nicht gut? Was hast du denn, du bist ja ganz aufgelöst und zitterst. Komm, bitte sprich mit mir.«

Inge weinte hemmungslos weiter und schüttelte verzweifelt den Kopf und hatte die Arme wieder fest um seinen Hals geschlungen. Ihr fehlten einfach die Worte.

Heinz machte sich schon seit einiger Zeit Sorgen um seine Frau. Sie schlief nachts sehr unruhig und wachte oft weinend nach Alpträumen auf. Immer wieder rief sie dann angstvoll Carlas Namen. Wenn Heinz sie dann vorsichtig weckte, saß Inge schweißgebadet neben ihm und klammerte sich erschöpft an seinen Arm. Wenn er nach ihren Träumern fragte, schüttelte sie nur den Kopf. Sie konnte nicht darüber reden, aber es muss furchtbar gewesen sein. Inge brauchte sehr lange, bis sie wieder einigermaßen zur Ruhe kam und einschlief.

Von ihrem Hausarzt hatte sie starke Beruhigungsmittel verschrieben bekommen, die zwar den Schmerz dämpften, aber ihre keine innere Ruhe brachten. Wie sollten sie auch, wo die unsagbare Trauer um das geliebte Kind kaum zu ertragen war und mit jedem Blick in das zarte Gesicht der Enkelin Carla wieder allgegenwärtig war.

Als beide später im Wohnzimmer auf der Couch saßen und Inge sich etwas beruhigt hatte, fragte Heinz noch einmal, was passiert war.

Inge holte tief Luft. Sie hatte lange gebraucht um den Verlust ihrer Tochter überhaupt hinzunehmen und Heinz schien es, als wäre sie durch Nina zeitweise wieder ruhiger und gelassener geworden. Mitfühlend legte er ihr den Arm um die Schulter und dann sahen sich beide tief in die Augen.

»*Heinz, ich habe plötzlich große Angst bekommen. Stell dir vor, Magret hat vorhin angerufen, ich bin immer noch vollkommen durcheinander.*«

Heinz war überrascht.

»*Magret? Was hat sie denn gewollt?*«

Doch dann schoss es ihm blitzartig durch den Kopf.

»*Nina?*« und fragte er beunruhigt.

Inge nickte und lehnte ihren Kopf an seine Schulter. Sie erzählte von dem Gespräch mit Magret und dann schwiegen beide.

»*Ich habe immer Angst vor diesem Tag gehabt, dass es passieren würde und sie anruft. Und nun?*«

Heinz strich Inge sanft über die Wange.

»*Weißt du Heinz, Nina ist das Einzige, was uns von Carla geblieben ist. Wir sind ihre Großeltern und nicht die anderen, die plötzlich auftauchen, nach all der schweren Zeit, in der sie nicht fragten und denken jetzt, sie könnten uns Nina nehmen.*«

Heinz versuchte, seine Frau zu beruhigen.

»*Inge Liebes, bitte rege dich nicht auf, das wird nicht passieren.*« Inge war verzweifelt.

»Aber was sollen wir jetzt tun!« Sie konnte in dieser Situation einfach keinen klaren Gedanken fassen.

»Mach dir bitte keine Sorgen, wir haben doch alles geregelt. Tom erhob keinen Anspruch auf sein Kind und wir haben die Vormundschaft und somit das Sorgerecht für Nina erhalten. Sie können uns Nina nicht wegnehmen.«

»Aber Magret sagte, sie würde Nina gern einmal sehen wollen.« Heinz wurde nachdenklich.

»Sie will von Baden-Württemberg extra zu uns nach Berlin kommen, um Nina zu sehen?«

Heinz überlegte und dann fiel ihm ein, dass beide ja zur Verlobungsfeier von Carlas Freundin Doris und deren Freund Peter Scott eingeladen waren.

Das wäre zwar eine Möglichkeit, aber kein guter Anlass gewesen, weil es auch bei den Freunden alte Wunden aufgerissen hätte. Schnell verwarf er diesen Gedanken wieder.

»Du solltest ihr einen Brief schreiben und ein Bild von Nina hineinlegen. Solange wir für Nina sorgen, werden wir auch stets um ihr Wohl bemüht sein.«

Heinz lauschte und warf einen kurzen Blick auf Inge.

 Ein sanftes Lächeln wanderte über sein Gesicht.

Dann erhob er sich und ging ins Kinderzimmer, aus dem er nach einigen Minuten strahlend mit seiner Enkelin im Arm zurückkehrte und sich wieder zu Inge auf die Couch setzte.

Nina hatte ausgeschlafen, brabbelte und schaute mit ihren großen dunklen Kulleraugen und ihrem süßen Lächeln. ihre Großeltern an und für einen Moment vergaßen sie alle Sorgen, denn die Kleine brachte Lachen und Sonne in die Herzen der Großeltern zurück.

Inge hatte sich einige Tage durchringen müssen, bis sie in der Lage war, Magret einen langen Brief zu schreiben. Sie hatte anscheinend keine Ahnung, was Heinz und Inge an Schmerz und Verzweiflung durchmachten. Sie beschrieb die Sorge um Carla, weil Tom das Kind vehement abgelehnt hatte und die Freude der Eltern über die Schwangerschaft und das neue Glück zwischen Jan und Carla. Sie suchte nach Worten für den unfassbaren Unglückstag, der ihr Leben schlagartig verändert hatte.
Immer wieder hielt sie beim Schreiben inne und besann sich an so manche Begebenheit aus dieser Zeit. Tränen liefen ihr über die Wangen und tropften auf das Papier. All die geschriebenen Worte verschwammen vor ihren Augen und sie hatte Mühe, wieder von vorn anzufangen.
Sie schilderte gnadenlos den schmerzhaften Verlust ihres Kindes, die große Trauer und den Hoffnungsschimmer, der sie alle mit der Geburt ihrer Enkeltochter erreichte. Sie bat Magret um Verständnis auf Grund der Tatsache, dass Carla von ihnen nie akzeptiert und gemocht wurde und Tom ihr so viel Schaden,

körperlich wie auch seelisch, zugefügt hatte, dass es dadurch erst zu diesem tragischen Unfall kam.

Sie legte zwei Fotos dazu. Auf dem einen war Nina im Krankenhaus gerade eine Stunde alt und das andere zeigte sie jetzt im Alter von vier Monaten. Inge strich leicht über die Bilder und wieder holte sie die Erinnerung an ihre Tochter ein.

Es war so unendlich schwer, praktisch unmöglich, all das Erlebte loszulassen. Sie legte das eine Bild beiseite und steckte nur das ältere Bild von Nina in den Umschlag.

Sie reichte Heinz nach Tagen den Brief und sah, wie sehr auch ihn die Zeilen bewegten. Er nickte stumm und gab Inge den Brief mit Tränen in den Augen zurück und beide nahmen sich schweigend in die Arme.

»*Wir müssen, nein wir werden es überstehen, Inge.*«

»*Ich hoffe es so.*« Inge steckte den Brief in einen Umschlag und legte ihn auf den Garderobenschrank im Flur.


Am Nachmittag hatten beide einen Spaziergang in der näheren Umgebung geplant. Inge zog Nina warm an und legte sie in den Kinderwagen. Anschließend half Heinz seiner Frau in den Mantel, gab ihr einen Kuss und zog sich seine Jacke an.

Als beide draußen auf der Straße den Kinderwagen schoben, besprachen sie ihre bevorstehende Reise.

Wo es hingehen sollte?

Vor vier Monaten waren sie dort, wo Carla lebte, litt und starb. Das war jetzt ihr Reiseziel.

Sie wollten sich alle bei Doris treffen und dieses Mal zu einem freudigeren Anlass. Auch Sonja und Basti waren eingeladen. Peter und Doris kannten sich schon ein Jahr und planten eine Verlobungsfeier. Im Park gab es auch dieses Jahr wieder ein Herbstfest. Außerdem wollten die Eltern zu Carlas Grab.

Doris und Sonja hatten abwechselnd die Grabpflege übernommen.

Obwohl die Trauer um Carla in jedem einzelnen noch nicht überwunden war, pflegten sie ihr gutes Verhältnis miteinander weiter, denn sie wussten, dass es Carla genau so gewollt hätte.

An einem nahegelegenen Briefkasten reichte Heinz seiner Frau den Brief, nickte ihr zu und zaghaft warf Inge den Brief ein. Dann holte sie tief Luft und ihr war etwas wohler. Sie hoffte, dass somit wieder Ruhe einkehren würde. Als sie am Blumenladen vorbeikamen, bat Heinz seine Inge zu warten.

Er eilte in den Laden, aus dem er kurz darauf mit zwei Sträußen in den Händen wieder vor Inge erschien. Inge war verwundert und freudig zugleich. Verlegen schaute Heinz zu ihr auf:

»*Für meine drei Frauen, die ich immer lieben werde.*«

Inge wusste sofort, was er meinte und brach unverzüglich in Tränen aus.

Heinz umschloss Inge, mit seinen Blumen in den Händen und küsste ihr zärtlich die Tränen fort. Das hatte er so nicht gewollt.
*»Es tut mir so leid und ich weiß, mein Engel, wie unsagbar schwer es ist, für dich und auch für mich. Aber denke einfach daran, dass Carla immer da ist und sie wird es auch immer sein, solange wir nicht aufhören, an sie zu denken und sie lieben, so wie wir jetzt auch ihr Kind lieben.«* Inge hatte es schwer, doch Heinz war für sie der Fels in der Brandung, der Halt, den sie so dringend brauchte.

Als sie nach einem ausgedehnten Spaziergang zu Hause ankamen, stellte Inge den einen Strauß, wunderschöne weiße Lilien, in die Vase auf dem Schrank, die neben Carlas Bild im großen weißen Rahmen stand. Heinz und Inge hielten sich dicht beieinander an den Händen und betrachteten das Bild ihrer Tochter. Sie lachte. Sie war noch immer da und doch nicht mehr.

Heinz nahm ein einzelnes Blümlein, kürzte es etwas und stellte es in einer kleinen Vase im Kinderzimmer auf die Kommode neben dem Fenster.

*»Für meine kleine Prinzessin«,* grinste er stolz. Das tat auch Inge gut.

Den anderen Strauß, weinrote Herbstastern, brachte Inge ins Wohnzimmer und stellte sie samt Vase auf den Tisch. So wie ihre Tochter liebten auch die Eltern Blumen und die Natur.

Heinz und Inge saßen auf der Couch und Nina lag zwischen ihnen. Beide betrachteten ihr Enkelkind voller Dankbarkeit und waren immer wieder aufs Neue verzückt.
»*So ein kleines Wesen und doch schon so vollkommen.*«
Sie wussten, dass es im Leben nicht nur Sonnenschein gab. An trüben Tagen, wenn das Herz besonders schwer wurde, waren Heinz und Inge unendlich froh, dass sie einander Halt, Liebe und Hoffnung geben konnten.

Nach dem Telefonat mit Inge war Magret sprachlos. Sie konnte Inge ja gar nicht verstehen, hatte sie selbst solch einen Verlust noch nicht erleben müssen. Sie dachte an den Anruf von Tina Berger vor einigen Tagen, als sie ihr mitteilte, sie müssten unbedingt reden. Beide Frauen trafen sich in einem kleinen Lokal. Tina Berger fiel es nicht leicht, Magret zu offenbaren, dass Carla bereits im neunten Monat schwanger gewesen war und eine gesunde Tochter auf die Welt brachte.
Magret war daraufhin sehr durcheinander und begriff, dass sie ja nun die Großmutter dieses Kindes, Toms Kindes war. Diese Tatsache schien ihr aber nicht so gleichgültig zu sein, wie sie oft Carla gegenüber zu Lebzeiten war. Sie musste einfach bei Inge anrufen.

Als sich Tina Berger wenige Tage später nochmals meldete und sich nach Magrets Verfassung erkundigte, verabredeten sich die Frauen auf einen Kaffee bei Tina Berger. Magret ahnte ja nicht, was sie da noch alles erfahren sollte.

Die Eltern von Tom hatten sich nach der Scheidung nicht mehr bei Heinz und Inge gemeldet. Als sie von Carlas Tod erfuhren, waren sie sehr erschrocken und schickten eine Beileidskarte, hatten aber keine Ahnung, was wirklich passiert war.

Tom hatte seinen Eltern nichts von Carlas Schwangerschaft gesagt, stattdessen recht schnell seine neue Freundin vorgestellt. Tina Berger hatte es viel leichter. Sie war anders, ein ganz anderer Typ Frau als Carla. Adrett, anpassungsfähig und redegewandt. Tina Berger war wie Tom ein Partymensch und liebte es, ausgiebig zu feiern. Sie arbeitete als Managerin in einer großen Werbeagentur und das gefiel Toms Eltern. Magret mochte sie auf Anhieb. Es wurde nie mehr von Carla gesprochen.

Am Tag des Besuches bei Tina Berger brachte Magret den Brief von Inge mit, den sie am Morgen in ihrem Briefkasten vorgefunden hatte.

Bevor Tina Berger von all dem, was sie über Tom und Carla wusste, erzählen konnte, reichte ihr Magret den Brief. Tina Berger las ihn aufmerksam und hielt das Foto von Nina in der Hand, als ihr augenblicklich die Tränen kamen. Sie hatte Inges Brief verstanden.

»Weißt du Magret, ich habe Carla nur einmal gesehen, doch es tut mir so unendlich leid um sie und ihre Familie. Ihre Tochter sollte schon ohne Vater aufwachsen. Nun muss sie auch noch ein Leben ohne Mutter hinnehmen. Was gibt es Schlimmeres für Carlas Eltern, als dieses Schicksal zu tragen.«
Magret schluckte.
Tina Berger erzählte vom ersten Besuch bei Tom und der Begegnung mit Carla. Sie fühlte sich mitschuldig an ihrem Tod, weil sie ihr den Mann genommen hatte und aber nichts von Carlas Schwangerschaft wusste.
Tom hatte es auch vor ihr lange Zeit verheimlicht.
»Wenn Du es vorher gewusst hättest, wärst du dann an dem Abend mitgegangen und hättest dich trotzdem auf Tom eingelassen?« wollte Magret wissen.
Tina Berger zuckte nur unschlüssig mit den Schultern und überlegte kurz.
Sie wusste, dass es nicht in Ordnung gewesen war.
»Wir hatten uns ja gerade erst kennengelernt und Tom erzählte auch nicht viel von seiner Frau. Ich kann es nicht mehr ändern«
Sie berichtete vom Unglückstag, dass sie zwar nahe am Unfallgeschehen standen, aber nicht sehen konnten, wer angefahren wurde.
Später dann, als Tom von einem Bekannten erfuhr, dass es Carla war, die ins Auto lief, nahm es ihn doch sehr mit.

»Wir hatten uns auf der Straße geküsst und Carla stand auf der anderen Straßenseite und hatte es wohl genau gesehen.
Tom wusste nicht, was er machen sollte. Unter diesen Umständen konnte er doch nicht zur Beisetzung gehen. Bitte entschuldige, aber so viel Courage besaß er nicht. Doch ich drängte ihn dazu. Er war es Carla schuldig.«
So kam es, dass Tom auf dem Friedhof von weiten der Beisetzung zusah und es ihn doch irgendwie berührte.
Schließlich hatte er Carla ja einmal geliebt.
Als Doris ihn entdeckte, kam es zwischen den beiden zu einer »unangenehmen Unterhaltung«, wie Tom sich ausdrückte, und von der er erst nach langem Drängen seiner Freundin erzählte. Auch wenn es für Tina Berger schwer war, mit der Wahrheit umzugehen, blieb sie bei Tom.
Sie riet Magret, es in dieser traurigen Situation zu akzeptieren, dass die Eltern von Carla keinen Kontakt wünschten.
Magret hatte es eingesehen und ihr blieb nichts weiter übrig, als mit der Situation klarzukommen, dass sie zwar eine Enkeltochter hatte, aber sie diese wohl niemals sehen würde und bewahrte das Foto ihrer Enkeltochter wie einen wertvollen Schatz.

Einige Tage später, nachdem sie sich wieder beruhigt hatte, rief sie ihren Sohn Tom an und forderte dringend ein Gespräch.
Als sie sich trafen, gab er sein Handeln zwar offen zu, stellte

aber die Gewalt, die Carla durch ihn erlebt hatte, viel harmloser dar, als es in Wirklichkeit war.

Magret konnte es einfach nicht verstehen und war sehr enttäuscht darüber gewesen, dass Tom ihr die Schwangerschaft verschwiegen hatte. Sie suchte nach Ursachen für seine Gewaltbereitschaft Carla gegenüber. Da sie selbst Carla nicht besonders mochte, nahm sie seine Ausreden einfach hin. Seine Entscheidung, so ließ er durchblicken, wäre trotzdem keine andere gewesen. Er liebte Carla eben nicht mehr und mit Tina hatte er einfach mehr Freiheit und auch viel mehr Spaß.

Schon Tage vor der Reise schien Inge mit den Nerven am Ende zu sein. Heinz wollte unbedingt vor der Fahrt, mit Inge noch einmal zu ihrem Hausarzt Dr. Polder, um vielleicht ein anderes Beruhigungsmittel zu bekommen, welches gegebenenfalls auch einen besseren Schlaf bescheren sollte.

Ihre gute Nachbarin, Trude Müller, holte die kleine Nina zu sich ins Haus und so konnten sich Heinz und Inge beruhigt auf den Weg zum Arzt machen.

Dr. Polder, ein bereits in die Jahre gekommener, erstklassiger Allgemeinarzt, kannte Carla von klein auf und wusste genau, was die Großeltern in der letzten Zeit durchgemacht hatten und verstand die Sorge von Heinz um seine Frau. Die Eltern hatten Carla oft mitgenommen und so sah Dr. Polder Carla aufwachsen.

*»Es tut mir so unendlich leid um Carla und es ist alles noch so frisch. Doch Sie müssen nach vorn schauen. Es gibt auch für sie als Betroffene zum Beispiel Selbsthilfegruppen. Haben Sie davon schon gehört oder versucht, mit einer Selbsthilfegruppe in Kontakt zu treten?«* Heinz und Inge schüttelten ungläubig die Köpfe.

*»Selbsthilfegruppe?«*, murmelte Inge.

*»Es gibt viele Eltern, Geschwister, Freunde, Ehepartner aber auch Großeltern so wie Sie, die ihre Kinder und Angehörigen, ob groß oder klein, durch Krankheit oder Unfall verloren haben. Viele wissen gar nicht, dass solche Selbsthilfegruppen existieren. Oft fehlt nach der Beisetzung Hilfe und Beistand, um den Alltag wieder bewältigen zu können. Nicht nur das Formelle bei Behördengängen muss erledigt werden, sondern auch das menschliche Leid, gilt es zu lindern.«*

Heinz und Inge hörten geduldig zu. Das war alles neu und ungewohnt. Für Inge so schwer zu verstehen.

*»Wir bemühen uns, betroffene Menschen zu erreichen und geben ihnen die Möglichkeit, zu diesen Gruppen zu finden. Dort ist man mit seinem Schicksal, seiner Trauer, seinem Schmerz und der Unfähigkeit, ohne den geliebten Menschen weiter leben*

*zu müssen, nicht allein und erfährt auch vom Leid der Anderen das erste Mal. So ein Erfahrungsaustausch hilft, das Loslassen zu lernen. Jede Familie geht anders mit dem Verlust um. Je nach Glauben und Situation ist es für die Betroffenen wichtig, verstanden zu werden und sich mit anderen Betroffenen auszutauschen, um den Verlust gemeinsam zu verarbeiten und um wieder auf den jeweiligen Lebensweg zurück zu gelangen.«*

Der Arzt überlegte.

*»Ich würde Ihnen eine Mutter-Kind-Kur verordnen.«*

Inge schaute überrascht zu Heinz, dann zu Dr. Polder und schüttelte energisch den Kopf.

Das wollte sie auf keinen Fall.

*»Nein! Nein, das geht jetzt gar nicht, wir wollen schon in zwei Tagen nach Baden-Württemberg fahren, die Freunde unserer Tochter dort besuchen. Außerdem bin ich ja nicht krank und Nina auch nicht!«* klang es schon fast trotzig.

Heinz blickte etwas erschrocken zu Inge. Sie hatte Bedenken, wohl eher aus Angst und Unwissenheit.

*»Ich weiß nicht, ob wir schon so weit sind, mit Fremden über unser Schicksal zu reden«*, gab Inge leise zu.

*»Ich kann es Ihnen nur vorschlagen,«* lenkte Dr. Polder behutsam ein.

*»Den eigentlichen Schritt dorthin müssen Sie selbst machen, wenn Sie dazu in der Lage sind. Bitte kommen Sie nach der*

*Reise wieder in meine Praxis.«* Der Arzt verschrieb noch ein Medikament und reichte ihnen ein Kärtchen mit dem nächsten Termin. Heinz und Inge verabschiedeten sich und verließen die Sprechstunde. Als sie auf der Straße standen, regnete es. Heinz griff nach der Hand seiner Frau und gab ihr einen Kuss auf den Mund. Dann öffnete er den Schirm und sie schlenderten wie ein verliebtes Paar in das nahe gelegene Café. Sich bei den Händen zu halten, gab beiden einfach ein gutes Gefühl, ein Gefühl der innigen Verbundenheit, wie schon immer.

Da der Tag verregnet und es im Café nicht sehr hell war, suchten sie sich einen Platz am Fenster. Nach dem sie die köstliche Himbeertorte gegessen und den heißen Kaffee getrunken hatten, hielten sie sich an den Händen und schwiegen eine kurze Zeit.

*»Vielleicht solltest du, wenn wir zurück sind, noch einmal mit Dr. Polder reden und einer Mutter-Kind-Kur vielleicht doch zustimmen«*, fragte Heinz ganz ruhig. Inge blickte erstaunt in das Gesicht ihres Mannes.

*»Heinz, nun fang du nicht auch noch an. Mir fehlt nichts und Nina auch nicht, was sollen wir denn da. Was mir fehlt, ist meine Tochter, und die kriege ich da auch nicht wieder.«.* Inge schien weiterhin uneinsichtig.

*»Aber Inge.«* Heinz wollte seiner Frau verständlich machen, dass er sehr wohl bemerkt hatte, dass es ihr nicht gut ging.

Wieso wollte Inge ihn nicht verstehen.

»*Ich möchte mit Nina hier bei dir bleiben. Ich fühl mich zwar oft k.o. und kraftlos, aber das ist doch normal, wenn man sein Kind verloren hat. Ich weiß doch auch nicht, wie lange es dauert, bis der Schmerz vergeht*« klagte Inge.

Heinz musste das einfach diplomatischer erklären.

»*Weißt du Schatz, ich mach mir Sorgen um dich. Das Kind und ich, wir brauchen dich. Nina ist noch sehr klein und es ist schön, aber wir haben ihr ganzes Leben noch vor uns. Das wird uns beide viel Kraft und Zeit und Nerven kosten. Du kennst das nur zu gut. Wir beide haben bereits ein Kind großgezogen.*«

Er nahm ihre Hände zu sich und küsste sie.

»*Ob du es glaubst oder nicht, wir sind schließlich nicht mehr so jung wie damals bei Carla. Wir sind keine zwanzig mehr, vergiss das nicht.*«

Inge streichelte daraufhin liebevoll über die Hände ihres Mannes und verstand nun sehr wohl, was er ihr damit sagen wollte. Auch sie hatte sich oft in schlaflosen Nächten das Hirn zermartert und endlose Gedanken gemacht, ob sie beide lange genug für Nina sorgen könnten.

Und wenn nicht, was dann?

Sie wollte sich ihre momentane Unfähigkeit einfach nicht eingestehen. Ihr kamen aber auch keine anderen Alternativen in den Sinn. Heinz und Inge waren schon über fünfzig.

»Es stimmte schon, dass ich für Nina gesund bleiben musste und letztendlich wäre dann die Kur«, so überlegte Inge, »vielleicht ja doch eine sinnvolle Möglichkeit, wieder seelisch und körperlich zu Kräften zu kommen.«

Als hätte Heinz ihre Gedanken gelesen, nickte er ihr zu und bescherte ihr ein kleines Kompliment.

»Inge, du weißt, dass ich dich liebe und ich bin so glücklich mit dir, weil wir Kummer und Leid genauso wie Freude und Glück zusammen teilen können. Wir sind immer mehr auch in diesen schweren Tagen miteinander gewachsen und uns verbindet so viel. Ich will dich noch ganz lange für mich und Nina haben. Darum musst du gut auf dich aufpassen.«

Inge schluchzte und war froh, dass sie so einen herzensguten Mann wie Heinz an ihrer Seite hatte.

»Heinz, ich danke dir für alles« gab Inge leise zurück, dann wischte sie sich die Tränen fort.

»Wenn wir wieder zurück sind, suchen wir nach einer Selbsthilfegruppe. Vielleicht kann sie uns ja auch helfen.«

Genauso kannte er seine Inge und das beruhigte Heinz wieder, denn auch er litt gnadenlos unter dem Verlust seiner Tochter, verbarg es aber aus lauter Rücksicht auf Inge.

Als sie das Café verließen, hatte es aufgehört zu regnen. Beide liefen Hand in Hand nach Hause.

Am nächsten Tag fingen Heinz und Inge an zu packen. Inge hatte sich eine Liste gemacht, was sie für Nina alles brauchte. Früher hatte sie jede Menge Baumwollwindeln einpacken müssen, die sie hinterher auch noch waschen musste und die dann auf der langen Wäscheleine hinterm Haus trockneten. Inge liebte den Geruch von frisch gewaschenen Windeln. Heutzutage gab es ganz praktische Einweghöschen, die zwar jede Menge Abfall produzierten, aber dafür das Windeln waschen wegfiel. Mit Nina war alles so anders als mit ihrem eigenen Kind. Aber es war auch schön und sie liebte dieses Kind genauso wie sie Carla liebte.

Am Abend rief Doris an und erkundigte sich nach dem Befinden der Eltern und nach Nina. Inge erzählte vom Magrets Anruf und vom Gespräch beim Hausarzt. Doris hörte gespannt zu und wünschte ihnen eine gute Fahrt.

*»Stell dir vor Inge, Peter wird am Verlobungstag noch etwas ganz Besonderes verkünden, ihr könnt gespannt sein.«* Die Freude auf das Wiedersehen war groß.

Früh am Morgen, als der Tag noch schläfrig hinter den Wolken wartete, machten sich Heinz und Inge mit ihrem Auto auf den Weg in Richtung Autobahn.

Nina bekam von all dem Trubel nichts mit. Sie schlummerte selig in ihrem Kindersitz auf der Rückbank.

Am Abend hatte Heinz bereits den Kinderwagen und die Krabbelbox im Kofferraum des Wagens verstaut.

Am Morgen folgten noch zwei Koffer, 3 Pakete Pampers, ein Korb mit Proviant für unterwegs, die Geschenktüte für Carlas Freunde, ein wunderschönes Blumengesteck für Carlas Grab und ein Kasten Mineralwasser.

»Wie gut, wenn man einen Kombi fährt«, dachte sich Heinz beim Einladen, denn es passte alles wunderbar hinein.

Heinz liebte seinen dunkelblauen, in die Jahre gekommenen VW Passat, der noch tadellos seine 200 km/h fuhr.

Natürlich nur, wenn Inge nicht dabei war und Heinz schauen musste, was er noch an Leistung brachte. Darauf war Heinz sehr stolz.

Inge hatte es sich hinter dem Beifahrersitz auf der Rückbank bequem gemacht. So hatte sie einen Blick auf Nina und auf Heinz. Er war ein guter vorrausschauender Fahrer, kein Raser und er fluchte auch nicht hinterm Steuer, so wie manch einer. Inge fühlte sich bei ihm sicher.

Da es noch dunkel war, beschloss sie, ein bisschen zu schlafen. Nina schlief ebenfalls, also nahm sich Inge ein kleines Kissen, legte es an die Rücksitzbank. Sie lehnte ihren Kopf an und war schnell eingeschlafen.

Vor lauter Aufregung war sie erst sehr spät in der Nacht eingeschlafen, da sie sich nochmals vergewissern musste, ob auch alles eingepackt war. Am Morgen war sie bereits lange vor Heinz schon wieder auf den Beinen. Wie Frauen halt so sind, mit ihrer Angst, sie könnten vergessen, bestimmte Dinge einzupacken, mitzunehmen oder auszuschalten. Auch Inge gehörte dazu und so manches Mal musste Heinz schmunzeln, wenn sie kontrollierte, ob sie den Herd ausgeschaltet hatte, alle Fenster im Haus fest verschlossen waren, das Antennenkabel aus dem Fernseher gezogen und die Haustür auch wirklich abgeschlossen war. Heinz machte dafür draußen ums Haus seine Runde. Manchmal neckte er Inge.

*»Hauptsache, du weißt, dass alles erledigt ist.«*

Inge fand das gar nicht lustig und es kam ganz selten vor, dass sie etwas vergaßen. Meistens waren es belanglose Dinge wie Wecker oder Handykabel. Natürlich achtete auch Heinz darauf, dass alles in Ordnung war, wenn sie wegfuhren, Inge konnte sich auf ihn verlassen.

Es war ein nasser Freitag und die Autobahn morgens um halb fünf zum Glück noch recht leer. Es nieselte und die Temperaturen waren an diesem Morgen noch im einstelligen Bereich.

Nur die LKWs fuhren. Und gerade vor dem Wochenende waren schon viele von ihnen in den frühen Morgenstunden unterwegs.

So begann eine ruhige Autofahrt.

Heinz schaute immer wieder in den Rückspiegel und beobachtete seine schlafende Frau. Er hatte das Radio leise gestellt. Es ging ihm gut, wenn sie in seiner Nähe war. Er liebte sie noch genauso wie am ersten Tag und wünschte sich noch viele gemeinsame Jahre mit ihr. Erinnerungen kamen ihm wieder in den Sinn und zufrieden blickte er auf die Straße.

Damals, mit 19 Jahren, war er mit seinen Kumpels unterwegs gewesen, an die Ostsee. Sie spielten Volleyball am Strand von Warnemünde. Eine Gruppe Mädchen, Studentinnen ebenfalls aus Berlin, saßen ganz in ihrer Nähe, alberten miteinander herum und schauten den Jungs beim Spielen zu. Da der Ball immer wieder das Spielfeld verfehlte, standen einige der Mädchen auf und holten den Ball zurück. So kamen sie mit einander ins Gespräch. Später tollten alle ausgelassen im Wasser.

Als eines der Mädchen aus dem Wasser humpelte, weil es sich an irgendetwas verletzt hatte, bot Heinz ihr spontan seine Hilfe an.

Er brachte sie mit stark blutendem Zeh, auf seinen starken Armen, zum Turm der Rettungsschwimmer. Es sah schlimmer aus, als es war. Inge bekam einen dicken Verband um ihren Fuß verpasst und Heinz trug sie zu den Mädchen zurück.

So lernten sie sich kennen. Sie gingen ein paar Mal mit einander aus und verliebten sich kurze Zeit später ineinander. Es passte einfach. Das war jetzt schon 30 Jahre her.

Kurz hinter Leipzig musste Heinz das erste Mal halten. Laut Information aus dem Radio war nach einem schweren Unfall auf der A9 in beiden Richtungen ein Stau entstanden. Auf der Gegenfahrbahn floss der Verkehr jedoch noch unverändert weiter. In Fahrtrichtung auf der rechten Fahrspur stauten sich bereits LKWs in langen Kolonnen.

Inge erwachte und schaute irritiert aus dem Fenster.

»Wo sind wir?« fragte sie schläfrig.

»Wir haben Stau und einen Unfall auf der anderen Seite, hinter uns liegt Leipzig.«

»Ein Unfall? Wo denn?«

Ungläubig schaute Inge aus dem Fenster auf die Gegenfahrbahn. Es war nichts zu sehen, nur die mittlerweile kilometerlange Schlange von LKWs neben ihnen auf der rechten Fahrspur. Heinz fragte Inge, ob sie eine kleine Pause bräuchte.

Doch anscheinend hatte Inge seine Frage überhört. Sie drehte sich zu Nina und bemerkte, dass sie aufgewacht war.

»Heinz schau doch mal, unser kleines Mäuschen ist ja schon munter.« Sie krabbelte ihr an den Füßen und mit den Fingern spazierte sie langsam auf Ninas Bauch bis hin zum Kinn.

»Kommt ein Mann die Treppe rauf...«mit einem Mal lachte Nina und gluckste vor sich hin.

»Heinz, kommst du demnächst an einen Rastplatz vorbei?« grinste Inge. »Ich müsste mal für kleine Mädchen.«

Heinz lachte, ja so war seine Inge schon immer. Augenblicklich stellte er das Radio etwas lauter und warf einen Blick in den

Rückspiegel, drehte sich daraufhin zurück zu Inge und nahm liebevoll ihre Hand. Ihre Blicke trafen sich, denn im Radio erklang plötzlich ein wohl bekannter Song, und sie wurden augenblicklich still und lauschten gebannt.
»Somewhere over the Rainbow.«
Der Regenbogensong.
Als das Lied endete, schwiegen beide für eine kurze Ewigkeit.
»*Ist es nicht beeindruckend*«, antwortete Heinz verblüfft, »*dass wir immer wieder an diese unvergesslich schöne Zeit mit Carla erinnert werden?*«
Inge lächelte vor sich hin.
Gedanklich sah sie wieder den Regenbogen vor sich, am Tag von Carlas Beisetzung.
»*Ja, das stimmt. Als wäre sie kurz bei uns und würde Hallo sagen*« antwortete Inge.
»*All das Schöne sollte überhaupt im Leben immer Vorrang haben, dann ist auch das Schmerzvolle viel leichter zu ertragen.*«
Nach und nach löste sich der Stau für eine kurze Strecke auf und es ging weiter, als wäre nichts gewesen.
Kurz darauf stockte wieder der Verkehr.
Die Gegenfahrbahn erschien auf allen drei Spuren mit einem Mal gespenstisch leer und weder Autos noch LKWs waren weit und breit zu sehen. Nach wenigen Kilometern sahen sie auch warum.

Schon von weiten erkannten sie die bläulich blinkenden Rundumlichter der Feuerwehren. Zeitgleich kam im Radio nochmals die Information vom Sender über den schweren Unfall, der den Stau verursacht hatte. Die Autofahrer wurden um Rücksicht und äußerste Vorsicht gebeten.

*»Und bitte, liebe Autofahrer, denkt an die Rettungsgasse.«* hörten sie den Sprecher im Radio.

Immer wieder stoppte es, dann folgte Heinz den vorrausfahrenden Autos von der linken Spur auf die mittlere Fahrspur und wenig später hinter den LKWs auf die rechte Spur.

Die LKWs rollten schon lange nicht mehr und einige Fahrer waren genervt ausgestiegen und rauchten. Andere machten in der Fahrerkabine, für ein kurzes Nickerchen, die Augen zu.

Kurz darauf erblickte Heinz ein Warndreieck auf der mittleren Spur und die blinkenden Rundumleuchten des dort parkenden Polizeiautos, das quer zur Fahrbahn auf der linken und mittleren Spur stand. Davor ein Polizist, der sich postiert hatte und mit einem Stab den Fahrern andeutete, auf der äußeren Spur zu bleiben.

*»Was ist denn hier bloß passiert?«* Heinz hatte ein mulmiges Gefühl in der Magengegend.

Plötzlich stoppte sein Vordermann und Heinz konnte gerade noch abbremsen und Abstand halten. Dieser Stau nervte langsam, doch hatte Heinz noch keine Ahnung, was sie beide hier in Kürze erleben sollten.

»*Warum fährt der denn jetzt so langsam*« ärgerte sich Heinz im Stillen. Dann sah er, warum.

Ein Gaffer im Auto vor ihm und anscheinend auch vor dem und auch davor neugierige Menschen, die extra langsam fuhren, um auch ja alles genau zu sehen. Neben dem Gaffer machte der Beifahrer bereits Fotos mit seinem Smartphone. Das war nicht nur geschmacklos, sondern in solch einer Situation, einfach nicht zu rechtfertigen, denn oft landeten die Bilder kurz darauf im Internet und es wurde das Unglück anderer regelrecht zur Schau gestellt, oder damit geprahlt, dass man **DABEI** war.

Der Polizist bemerkte die Situation ebenfalls, schüttelte verständnislos den Kopf und wies energisch mit seinem Stab den Mann im Auto an, doch endlich weiter zu fahren.

Dann sahen es auch Heinz und Inge.

»*Oh mein Gott*« entfuhr es Inge und sie bekam eine Gänsehaut. Ein schockierendes Bild bot sich den Fahrern, die nun nach und nach die Unglücksstelle passierten.

Was dann folgte, war allen unbegreiflich und nicht zu verstehen. Ein umgekippter LKW lag auf der Gegenfahrbahn quer über die gesamten drei Fahrspuren. Er hatte sich in der Mittelleitplanke verkeilt und ragte mit dieser etwa einem Meter auf die linke Spur der Gegenfahrbahn. Das Fahrerhaus des LKWs war vollkommen demoliert, das Fahrerdach eingedrückt und die Scheibe zerborsten. Die Glassplitter waren meterweit, bis auf die Gegenfahrbahn geflogen. Der Auflieger hing noch an der Zugmaschine, die Plane war aber aufgerissen und große Mengen der Fracht lagen weit verstreut zwischen dem LKW und den Unglücksautos, die kreuz und quer auf der Straße standen.

Heinz und Inge konnten es kaum fassen, denn die Unglücksstelle wirkte dadurch sehr makaber und bedrückend, wie auf einer Beerdigung. Beim näheren Hinschauen erkannte man auch, was der LKW geladen hatte.

»Blumensträuße.«

Die Sträuße waren so zerfetzt und auseinandergerissen, dass sie großflächig fast die gesamte Fahrbahn wie einem Blütenteppich bedeckten.

Teilweise waren die Paletten durch die Wucht des starken Aufpralls zerbrochen und etliche Teile der Holzbohlen lagen auf der Straße verteilt oder steckten in der Plane. Zum Glück war von den Teilen, die durch den Aufprall wie kleine Geschosse durch die Gegend geflogen waren, keiner verletzt worden.

Überall auf der Gegenfahrbahn standen Polizeiautos, das THW und mehrere Krankenwagen. Es wimmelte nur so von Einsatzkräften und Helfern in Warnwesten, die den Betroffenen ihre Hilfe anboten. Dazwischen herrschte das blanke Chaos und irgendwie schien alles so unwahr, als steckte man gerade in einen schrecklichen Alptraum. Einige Menschen hielten sich, mit

Decken um die Schultern, weinend in den Armen. Wieder andere liefen planlos mit ihren Kindern zwischen den Krankenwagen umher. Viele Menschen standen sichtlich unter Schock. Andere Fahrer harrten tief getroffen und hilflos an ihren kaputten Autos aus.

Etliche Verletzte wurden auf Tragen gelegt und zu den einzelnen Krankenwagen geschoben. Unweit vom Straßenrand hielten Sanitäter ein weißes Tuch hoch, um so Verletzte und Ärzte vor schaulustigen Blicken zu schützen.

Es bot sich allen ein furchtbarer Schauplatz.

Dutzende Autos waren hinter dem LKW in einander gekracht, zum Teil zusammengeschoben und einige vom Typ her kaum noch zu erkennen. Aus zwei Autos qualmte es stark und überall sah man zwischen den Rauchschwaden an den Autos die zerfetzten Stoffe der Airbags heraushängen. Einige Autofahrer saßen noch immer geschockt in ihren Autos, unfähig auszusteigen.

Zwischen all dem Wirren lief eine verstörte junge Frau, mit schmutzigen Kleidern und langen, blonden, zerzausten Haaren umher und sammelte seelenruhig die Blumen auf. Eigenartig. Bei all der Tragik ringsumher wirkte sie beruhigend wie ein Engel und gab dem Ganzen für einen Wimpernschlag Stillstand.

Feuerwehr und Rettungskräfte ließen sie gewähren, denn sie hatten alle Hände voll zu tun, sich um die vielen Verletzten, die

Absicherung der Unglücksstelle, aber auch um die Neugierigen zu kümmern.

Der LKW-Fahrer hatte auf regennasser Fahrbahn, bei Tempo 100 km/h, die Kontrolle über sein Fahrzeug verloren und obwohl er noch durch Lenkmanöver versuchte, den LKW wieder auf die richtige Fahrspur zu bringen, schlug er ihm aus der Bahn und kippte um. Mit dem aufgerissenen Auflieger schlitterte er förmlich in die Mittelleitplanke, bohrte sich dort hinein und kam somit zu Stehen.

Die Autos dahinter versuchten noch, sofern sie es konnten, auszuweichen. Da die Autofahrer mindestens ebenso schnell mit 100 km/h unterwegs waren, war das Unglück nicht mehr aufzuhalten. Zu dieser Zeit gab es auf der Gegenfahrbahn schon fließenden Verkehr und es hätte alles noch viel schlimmer kommen können. Wie durch ein Wunder war die linke Spur gerade in der Zeit des Unfalls unbefahren und umsichtigen Autofahrern war es zu verdanken, dass es dort nicht auch noch zu Auffahrunfällen kam.

Mit ohrenbetäubendem Lärm landete kurz darauf ein Rettungshubschrauber, nahe der Unfallstelle hinter einer Lichtung.

*»Oh mein Gott, Heinz schau nur«*, entfuhr es Inge ängstlich.

*»Hoffentlich kommen hier alle mit dem Leben davon.«*

Inge erschauderte und betete instinktiv.

*»Lieber Gott, ich bitte dich, helfe ihnen.«*

Dann waren sie auch schon vorbei am Unfallgeschehen, und sahen die endlose Schlange von wartenden Autos und LKWs auf der Gegenfahrbahn. Der Stau in ihrer Richtung hatte sich nach der Unglücksstelle sofort aufgelöst. Wieder einmal hatten schaulustige Gaffer mit dazu beigetragen, einen kilometerlangen Stau zu verursachen.

Inge war erschrocken und auch Heinz wirkte mitgenommen. Sie hatten auf ihren Fahrten, wenn sie unterwegs waren, wahrlich schon viele Unfälle gesehen, auch schwere und doch nahm es sie immer wieder von Neuem mit. Besonders erschreckend empfanden Heinz und Inge bei ihren Fahrten die vielen Holzkreuze, die am Straßenrand stumm daran erinnerten, dass dort sinnlos und auf tragische Weise junge Menschen ihr Leben verloren hatten. Solche Bilder konnte man nicht vergessen und somit war dann auch Carlas Unfall wieder in ihren Köpfen präsent. Für einen Moment dachte sich Inge zurück an die Stelle, wo Carla verunglückt war. An der Ampel hatten sie mit Freunden und einige anderen Menschen Kerzen aufgestellt und Blumen niedergelegt. Die Erinnerung daran versetzte Inge einen derben Stich. Nein, sie wollte nicht daran denken, und doch wusste sie, dass sie diesen Ort in Kürze wiedersehen würden.

Später meldete der Sprecher im Radio, dass viele der Verletzten in umliegende Krankenhäuser gebracht wurden.

Der Fahrer des LKWs und ein sechsjähriges Kind wurden, schwer verletzt, mit dem Rettungshubschrauber in eine Spezialklinik geflogen und es dutzende leicht Verletzte gab und jede Menge Schrott auf der Straße. Für keinen schien, wie durch ein Wunder, ernsthafte Lebensgefahr zu bestehen.
Aber auch der Schock, der allen in den Gliedern saß, musste verarbeitet werden.
Heinz und Inge atmeten erleichtert auf.
Nach etwa fünf Kilometern nahm Heinz die Abfahrt zur Autobahnraststätte.
Als sie anhielten, suchte Inge eiligst die Toilette auf. Heinz atmete tief durch und dachte noch einmal an den Unfall. Auch er hoffte, dass den Menschen schnell geholfen wurde. Dann stieg er aus und wartete auf Inge. In der Zwischenzeit öffnete er die hintere Autotür und schaute nun ganz entspannt, wie goldig seine kleine Enkeltochter über das ganze Gesicht strahlte. Das konnte Nina mit ihren vier Monaten wirklich schon gut.
*»Ach Carla«* dachte er kurz.
Er streichelte Nina sanft über die Wange und gab ihr einen Kuss auf die Stirn.
*»Ich liebe euch beide«* Heinz wurde still und versank für einen Moment in der Vergangenheit.
Wieder war er gedanklich bei Carla, als sie ebenso klein war wie jetzt seine Enkeltochter.

Was hatten sie für schöne Fahrten unternommen und irgendwie war es so wie jetzt. Nina brabbelte vor sich hin und holte Heinz schnell zurück aus seinen Erinnerungen.

Inge war wieder am Auto eingetroffen und beide nahmen sich fest in den Arm. Sie hatte den Schock über den Unfall nicht wirklich überwunden.

*»Alles gut bei dir?«* fragte Heinz. Inge war wütend.

*»Da verliert man doch die Freude am Auto fahren. Es wird gerast, immer das Handy oder sonst etwas in der Hand. Die Leute sind genervt und abgelenkt, überschätzen sich und meist trifft es dann Unschuldige. Die Straße war doch nass. War der LKW-Fahrer vielleicht eingeschlafen?«* Inge schüttelte entmutigt den Kopf.

*»Sie hatten Glück heute«.*

*»Wir hatten heute ebenfalls Glück«*, beruhigte Heinz.

*»Ich bringe dich sicher ans Ziel«*, versprach er und gab Inge einen Kuss. Sie umarmten sich und dann schauten sie zusammen auf Nina und schoben des eben Gesehene wieder weit von sich.

*»Na, mein kleiner Engel, hast du denn schon Hunger?«* fragte Inge leise und streichelte Nina ebenfalls über die Wange.

Heinz holte die Warmhaltetasche mit der Milchflasche aus dem Kofferraum. Er hielt die Flasche an seine Wange, drehte sie senkrecht und ließ ein paar Tropfen Milch aus dem Nuckel auf sein Handgelenk tröpfeln. Nach dem er sich so vergewissert hatte, dass die Milch nicht mehr zu heiß war, reichte er Inge die Flasche. Sie war wieder ins Auto eingestiegen und hatte sich Nina auf Ihren Schoß gelegt.

»*Genau richtig für mein kleines Mäuschen*« lachte Heinz.

Auch Nina schien sich zu amüsieren.

Sie lachte ihn mit ihren großen Augen an und zog gierig am Nuckel der Flasche.

»*Du scheinst aber hungrig gewesen sein.*« erklärte Inge.

Nach kurzer Zeit nuckelte Nina mit geschlossenen Augen an ihrer Milchflasche.

»*So eine kleine Schlafmütze*« Heinz war selig beim Anblick seiner Enkelin.

»*Oje, Nina*« rief Inge mit einem Mal mit hochgezogener Nase und verzog grinsend das Gesicht.

»*Ich glaube, Nina hat die Hosen voll.*« Nina tat das, was sie immer tat, sie lachte über das ganze Gesicht.

Heinz zuckte unschuldig mit den Schultern, wie es wohl auch so mancher Mann tat, der mit Windeln wechseln überfordert war. Inge legte Nina, nachdem sie ihre Flasche ausgetrunken hatte, wieder in den Kindersitz. Heinz nahm die leere Flasche und verstaute sie im Kofferraum. Dann löste er den Gurt am Kindersitz und ging mit Inge zusammen in die nahegelegene Raststätte.

Heinz trug den Kindersitz und Inge hatte die Tasche mit den Utensilien von Nina unterm Arm.

Heinz ging ins Restaurant und Inge nahm den Kindersitz und machte sich auf den Weg zur Damentoilette.

Zum Glück gab es heutzutage überall Wickeltische und für Inge war es somit leichter. Wie oft hatte sie Carla auf der Rücksitzbank im Auto die Windeln gewechselt.

Inge musste unwillkürlich lächeln bei all den Gedanken an früher und an Carla.

Nina hatte ordentlich die Hosen voll und Inge versorgte sie mit einer frischen Windel. Nachdem sie Ninas Hosenanzug wieder zugeknöpft hatte und ihrer Enkelin gerade einen Kuss auf die Stirn geben wollte, kam eine junge Frau mit ihrer kleinen Tochter aus einer der Toiletten und erblickte Inge mit dem Baby.

»*Ist das dein Baby, Tante? Kann ich es mal sehen? Bitte*«, bat das kleine Mädchen herzerweichend und Inge nickte ihr freundlich zu.

Die junge Mutter hob ihr Kind ans Waschbecken und sie musste sich erst einmal die Hände waschen. Nach dem sie sich abgetrocknet hatte, schaute die Kleine wieder zu Inge und drängte ihre Mutter.

»*Bitte, bitte Mami, heb mich hoch, bitte.*«.

Inge nickte der sprachlosen Mutter zu und dann sahen beide Frauen in leuchtende Kinderaugen.

*»Ist die süüüß«*, murmelte die Kleine und berührte vorsichtig mit ihren kleinen Händen die noch kleineren Händchen von Nina. Fragend schaute das Mädchen zu Inge.
*»Sie heißt Nina und ist vier Monate alt.«* präsentierte Inge, leicht errötet, stolz ihre kleine Enkeltochter.
Die Kleine war sprachlos.
*»Und wie alt bist du?«* wollte nun auch Inge wissen, doch das kleine Mädchen schaute mit einem Mal ganz überrascht zu ihrer Mutter. Diese nickte ihr zu und dann, nach einer kurzen Pause, strahlte das kleine Mädchen und streichelte vorsichtig die Wange von Nina.
»Das ist ja toll, ich heiße auch Nina und bin vier Jahre alt.«
Staunend sahen sich die Frauen an und lächelten.
*»Na, das ist ja ein Glückstag heute«* meinte Inge und gab dem Mädchen zufrieden die Hand. Sie nahm ihre Enkelin auf den Arm, legte sie behutsam zurück in den Kindersitz und alle vier verließen die Toilette. Inge verabschiedete sich und wünschte beiden noch viel Glück und eine gute Weiterfahrt.
Das kleine Mädchen tanzte vor lauter Freude an der Hand ihrer Mutter in Richtung Ausgang. Die junge Frau schien ebenso glücklich über diesen erlebten Moment zu sein, denn ein sanftes Lächeln lag auf ihrem Gesicht.
Inge schaute ihnen nach und sah, wie das kleine Mädchen draußen vor der Tür auf einen jungen Mann zulief.

Er hatte die Arme ausgebreitet, nahm sie schwungvoll in den Arm und drückte sie liebevoll an sich. Das Kind schien dem Mann etwas zu erzählen, denn er drehte sich daraufhin zu Inge um, hob die Hand zu einem »*Hallo*« und nickte ihr zu. Dann stiegen alle drei ins Auto und fuhren davon.

»*Das kleine Mädchen hat so ein Glück*«, dachte Inge bei sich und wurde melancholisch. Schnell schob sie die trüben Gedanken wieder fort.

Als sie mit Kindersitz und Tasche in der Raststätte erschien, suchte sie Heinz mit ihren Augen und erblickte ihn winkend an einem der Tische.

Inge stellte Nina in ihrem Kindersitz auf die Bank daneben und freute sie sich über einen großen Pott Kaffee, den Heinz für beide besorgt hatte.

»*Den kann ich jetzt gut gebrauchen*« entgegnete Inge und griff liebevoll nach der Hand ihres Mannes.

»*Stell dir vor, was ich eben schönes erlebt habe*«, und Inge erzählte von der Begegnung auf der Damentoilette und beide lächelten.

Was für ein Zufall. Was für ein kurzer schöner Moment. Was für ein Glücksgefühl, das beide spürten.

Sie tranken ihren Kaffee aus und machten sich dann auf den Weg zu ihrem Auto. Sie kamen ohne weitere Staus am Mittag bei Doris an.

Doris stand schon einige Minuten aufgeregt am Gartenzaun und wartete, als das Auto mit Heinz und Inge in die Straße einbog und kurz vor dem Haus am Straßenrand anhielt.

Beim Anblick des Autos winkte Doris wie ein kleines Kind und freute sich so sehr über die Ankunft von Carlas Eltern, dass ihr spontan die Tränen kamen. Augenblicklich lief sie auf das Auto zu, öffnete Inge die Autotür und als Inge ausgestiegen war, lagen sich beide Frauen mit Tränen der Freude in den Armen.

*»Doris ich freu mich so, wieder hier bei euch zu sein.«*

Da stand auch schon Heinz neben den Frauen und fragte verwegen, ob er ebenfalls eine Umarmung bekommen könnte.

Doris löste sich von Inge, lachte beide an, wischte sich die Tränen aus den Augen und drückte liebevoll Carlas Vater an sich. Das tat gut. Doris mochte Carlas Eltern schon immer, von Anfang an. Sie war stets gern gesehen und fühlte sich bei ihnen wie zu Hause.

Heinz ging zurück zum Auto, löste den Gurt vom Kindersitz, nahm ihn vorsichtig mit dem schlafenden Enkelkind heraus und reichte ihn Doris.

*»Bitte, trag du unser Mäuschen, wir nehmen das Gepäck.«*

*»Nein, Heinz bitte warte«* entgegnete Doris schnell, nahm ihm aber den Kindersitz liebend gern ab.

*»Peter kommt in einer viertel Stunde und dann könnt ihr beide zusammen das Gepäck holen.«* Inge nickte Heinz zu

*»Lasst uns schon mal reingehen, ich habe das Essen bereits fertig«*, erklärte Doris.

Inge griff nach der Tasche von Nina und den Beutel mit den Geschenken und folgte Doris ins Haus. Heinz lief noch einmal zum Auto und holte einen großen Strauß duftender Rosen aus dem Kofferraum.

Er hatte ihn besorgt, während Inge auf der Toilette der Raststätte war.

Doris hatte eine sehr schöne zweieinhalb Zimmer Wohnung im Parterre mit kleiner Terrasse hinter dem Haus. Als sie in der Wohnung ankamen, war Nina bereits aufgewacht.

Doris befreite sie aus dem Kindersitz, nahm sie in den Arm und fing augenblicklich an, bitterlich zu weinen.

Inge legte ihr den Arm um die Schulter und versuchte sie zu trösten, denn sie wusste genau, dass es auch Doris noch immer schwer ums Herz war.

*»Schau doch mal, selbst Nina zieht nun eine Schnute«* versuchte Inge sie zu beruhigen.

Auch wenn Nina ein Sonnenschein war, so wurde doch jedem bei ihrem Anblick bewusst, dass der Schmerz um Carla noch lange nicht gestillt war. Das ein Leben zu Ende ging und ein anders dafür begann. Was für ein Schicksal.

Als Doris sich beruhigt hatte und Heinz nun mit seinem großen Blumenstrauß vor ihr stand, wurde sie ganz verlegen. Inge nahm ihr Nina ab und war selbst ganz aufgeregt, als Heinz zu seiner Dankesrede ansetzte.

*»Weißt du, das ist ein Dankeschön von uns an dich. Du warst die ganze Zeit für Carla wie eine Schwester. Du hast sie liebgehabt und dich rührend um sie in ihren schweren Stunden gekümmert, als wir nicht da sein konnten.«*

Alle standen mit Tränen in den Augen und Doris bedankte sich gerührt, dann stellte sie die Blumen ins Wasser.

*»Darf ich Nina eine frische Windel ummachen?«* fragte Doris naserümpfend und Inge stimmte lachend zu.

Heinz reichte ihr danach das Fläschchen und als Nina ihre Ration getrunken hatte, warteten alle gespannt auf das Bäuerchen. Doch es wollte einfach nicht kommen. Da nutzte all das Warten nichts, da musste Heinz helfen. Er nahm Doris seine Enkelin ab und legte sie bäuchlings auf seinen Arm. Er schaukelte Nina sanft hin und her, immer wieder, bis es klappte.

Kurz darauf klingelte Peter an der Tür.

Doris öffnete und die Begrüßung mit Carlas Eltern war herzlich.

Inge legte Nina in die bereits aufgebaute Krabbelbox, in der sie schon nach kurzer Zeit, selig wie ein kleiner Engel, schlief und Doris bat ihre Gäste zu Tisch.

Peter erkundigte sich bei Heinz nach der Fahrt.

*»Ja da haben einiges zu berichten.«*

Peter und Doris hörten Heinz zu und waren sprachlos.

»Man hört es ständig im Radio oder liest in der Zeitung von den vielen Unfällen. Wenn man solche schweren Unfälle aber hautnah erleben muss, nimmt einen das schon mit.«

»Was habt ihr bloß für ein Glück gehabt« erwiderte Doris. Heinz blickte zu Inge und nickte stumm. Doris bat alle zu Tisch und Inge lobte ihre Kochkünste.

Es gab Flädlesuppe und anschließend Maultaschen in Ei gebraten mit schwäbischem Kartoffelsalat.

Nach dem Mittagessen holten Heinz und Peter die Sachen aus dem Auto und stellten den Kinderwagen in den Hausflur.

»Sag mal, was habt ihr denn für eine Überraschung für uns« wollte Heinz voller Neugier wissen.

.»Warum bist du denn so neugierig? Ich habe Doris extra versprechen müssen, dass ich nichts erzähle.« Peter errötete, wollte aber nichts verraten.

Als beide Männer wieder in der Wohnung ankamen, verkündete Doris freudestrahlend, dass Sonja sie alle zum Kaffee eingeladen hatte. Eigentlich wollten Sonja und Basti zu Doris kommen, aber Sonja musste Carlas Eltern unbedingt noch etwas zeigen und selbst Doris hatte keine Ahnung.

»Na das passt ja gut«, freute sich Inge, »dann nehmen wir gleich den selbstgebackenen Kuchen von uns mit.« Inge backte leidenschaftlich gern und hatte gleich zwei Kuchen mitgebracht. Einen Apfelkuchen und einen Pflaumenkuchen mit Streuseln.

Nun konnte aber auch Inge ihre Neugier nicht mehr zurückhalten und fragte Doris. Doch Doris bat weiterhin um Geduld.
*»Bei der Feier werden wir es sagen.«*
Doris bemerkte mit einem Mal, dass Inge auffallend müde wirkte und führte sie in das Gästezimmer, wo Heinz und Inge auch nächtigen sollten und riet ihr besorgt, sich etwas auszuruhen.
Inge nahm es dankend an. Peter, Heinz und Doris saßen gemeinsam im Wohnzimmer und Heinz konnte nun in aller Ruhe erzählen, dass es Inge nicht sehr gut ging. Sie hatte den Verlust einfach noch nicht verkraftet.
Doris seufzte. Auch sie erlebte immer wieder Phasen, wo sie Carla so sehr vermisste, dass es ihr weh tat. Dann ging sie zum Friedhof, setzte sich auf eine Bank nahe bei Carlas Grab und erzählte ihr gedanklich von ihren Erlebnissen.
*»Peter gibt mir unwahrscheinlich viel Halt und bringt Verständnis auf, für meine Trauertage.«* Peter nahm Doris liebevoll in den Arm. Da er Carla noch kennengelernt hatte und mochte, ging es ihm ebenso nahe.
*»Unser Hausarzt riet uns, zu einer Selbsthilfegruppe zu gehen, was denkt ihr darüber?«*
*»Heinz, das ist eine sehr gute Idee«*, begann Peter.
*»Man ist mit seiner Trauer und dem Schmerz nicht allein, Jeder geht damit anders um. Einer kann darüber reden, ein anderer verschließt sich und schleppt es ewig mit sich rum bis er nicht*

*mehr kann und dann zusammenbricht. Im Grunde genommen, sind wir hier auch schon eine kleine Selbsthilfegruppe.«*

*»Wie recht du damit hast, denn ihr helft uns sehr. Inge und mir tut es wirklich gut, hier zu sein«*, gab Heinz nun zu.

*»Wie geht es dir Heinz, und wie ist so das Leben als Opa«*, wollte Doris wissen.

*»Es ist gut einen Teil von Carla immer bei uns zu haben. Nina ist unser Sonnenschein. Sie ist so vergnügt und lieb. Sie hat von Anfang an durchgeschlafen. Ich habe aber manchmal Sorge, wenn ich zur Arbeit fahre, ob es Inge am Tag auch wirklich gut geht.«*

Heinz holte tief Luft.

*»Sie schläft schlecht und fällt immer wieder in ein Loch. Es ist, als lähme der Schmerz ihr Dasein. Dann braucht sie Tage um wieder hoch zu kommen. Sie nimmt starke Tabletten. Geht es ihr dann wieder besser, hat sie Hoffnung. Es ist ein Auf und Ab. Der Arzt bot ihr eine Mutter-Kind-Kur an. Sie lehnte es vorwurfsvoll ab. Ich mache mir große Sorgen, ob sie das alles so schafft. Ich helfe ihr, wo ich kann und wir kennen uns schon so lange, aber manchmal habe ich Angst um sie.«*

Traurig senkte Heinz den Kopf. Peter legte ihm tröstend den Arm auf die Schulter.

*»Sag, wie wir euch helfen können, wir sind doch Freunde«*, versuchte er Heinz moralisch aufzubauen.

*»Ich danke Euch.«*

*»Wir kriegen das hin, versprochen«*, antwortete Doris und Heinz tat ihr in diesem Moment sehr leid.

Sie sah, wie er sich um Inge sorgte und selbst kaum Zeit für sich hatte. Heinz war derjenige, der schweigend all seinen Kummer mit sich trug. Er verschwieg bei all der Fürsorge für Inge, dass auch er Hilfe brauchte. Deshalb hoffte Doris, dass sie sich beide hier ein wenig erholen konnten.

Als Inge nach einer Stunde im Wohnzimmer erschien, wurde sie von allen herzlich begrüßt.

Nina bekam von Doris einen kuschlig warmen Overall angezogen und Inge staunte nicht schlecht. Doris hatte ihn erst vor ein paar Tagen in einer Boutique gesehen und für Nina spontan erstanden. Das besondere an der Kapuze war ein weißer Fellbesatz und Nina sah aus wie ein kleiner Eskimo.

*»Na du bist aber eine Süße«* Inge hob ihre Enkeltochter hoch über sich. Nina fand das toll und juchzte vor Freude, dann machten sich alle auf den Weg zu Sonja.

Draußen auf der Straße schoben Doris und Peter den Kinderwagen. Heinz und Inge liefen eingehakt hinter beiden her.

*»Na da könnt ihr beide schon mal üben«*, gab Heinz zum Besten und alle lachten.

*»Hast du schlafen können?«*, fragte Heinz, sorgenvoll zu Inge gewandt.

»*Ja stell dir vor, kaum lag ich, war ich schon tief eingeschlafen. Es tat mir wirklich gut.*«

Heinz war erleichtert und küsste seiner Frau auf die Wange.

»*In diesem Zimmer, du wirst es ja sehen, hat Doris eine einzigartige Fotowand mit unzähligen Bildern erstellt, die sie zusammen mit Carla in glücklichen Momenten zeigen.*

*Wunderschöne Fotos, auf denen auch wir etliche Male zu sehen sind. Du wirst überrascht sein…und dich darüber freuen, so wie ich es tat.*

*Es tut so unendlich gut, zu wissen, dass Carla von ganzen Herzen geliebt wurde.*« Ein kleines Lächeln huschte über Inges Gesicht.

»*Stell dir vor, ich träumte von Carla. Als ich aufgewacht bin, hatte ich eine wohl bekannte Melodie im Kopf. Weißt du noch, als Carla klein war und auf den großen Apfelbaum im Garten geklettert war und nicht mehr herunterkam. Kannst du dich auch noch daran erinnern, wie Carla ihr kleines Liedchen trällerte?*«

Heinz war verwundert, doch dann erinnerte er sich.

Inge überlegte kurz und begann leise zu singen.

Heinz stimmte nach zwei, drei Worten mit ein und beide sangen, ohne dass es die anderen hörten, leise vor sich hin.

»*Ich bleibe jetzt hier oben, hier ist die Luft so gut. Da duften selbst die Wolken und ich habe neuen Mut. Ich bin dem Himmel nahe, die Vögel um mich rum und kann von oben winken.*

*...Doch komm ich nicht mehr runter, ...und das ist wirklich dumm.«*
Beide blieben augenblicklich stehen und umarmten sich.
*»Ja mein Schatz, ich kann mich noch genau daran erinnern, als wäre es gestern gewesen.«* flüsterte Heinz seiner Inge ins Ohr. Dann zeigte er in die Wolken.
*»Wie Recht sie damit hatte, nun schaut sie wirklich von oben auf uns.«* Inge lehnte sich an Heinz. Doch ihr blieb keine Zeit um nachzugrübeln.
*»Oma Inge, Opa Heinz«* tönte eine zarte Stimme und ein kleiner Junge mit Fahrrad kam eiligst auf die Gruppe zugefahren. Er bremste und reichte freudestrahlend Heinz und Inge die Hand. Auch wenn Heinz und Inge nicht die Großeltern von Basti waren, fanden sie es o.k., dass er sie so rief. Schließlich waren sie wie zu einer kleinen Familie gewachsen.
*»Na Großer, schön dich wiederzusehen. Bist du heute Rennfahrer?«* Basti wurde verlegen.
*»Nun bist du schon sechs Jahre alt.«*
Inge fuhr ihm liebevoll mit der Hand über seinen Wuschelkopf.
*»Dann kommst du ja bald in die Schule.«*
Basti grinste, schwang sich wieder auf sein Rad und fuhr dann allen voran.
Inge erkannte seine Zahnlücke, lächelte und sah Carla vor sich, damals, als sie ihren ersten Zahn verlor. Inge legte ihn unter

Carlas Kopfkissen und Carla hoffte, dass die Zahnfee kam und ihn mitnahm. Und tatsächlich lag am Morgen statt des Zahnes ein Bonbon unter Carlas Kissen. Carla glaubte aber nur so lange an die Zahnfee, bis sie die Mutter beim Umtausch regelrecht ertappte.

Als sie kurze Zeit später bei Sonja eintrafen, war die Freude riesengroß und wieder flossen Tränen, aber auch dieses Mal Tränen der Freude.
Heinz und Peter trugen den Kinderwagen samt Nina zu Sonja hinauf in die Wohnung in den ersten Stock.
Inges selbstgebackener Apfelkuchen wurde schon probiert und es gab nach dem letzten Treffen wieder viel zu berichten.
Sonja stand auf, zog die Gardinen im Wohnzimmer zurück und allesamt standen am Fenster und schauten entspannt, wie es auch Carla einst mit Sonja tat, hinaus auf den See. Inge war beeindruckt und selbst Heinz war erstaunt über diesen einmaligen Ausblick auf den Park.
*»Ihr wisst ja gar nicht, wie gut es tut, so liebe Menschen wie euch um uns zu haben. Wir können euch nicht genug danken, dass ihr uns in der schwersten Stunde unseres Lebens so beigestanden habt.«*
Inge schluckte schwer und ging zur Couch. Sonja setzte sich neben Inge und nahm ihre Hand.

*»Weißt du Inge, auch wir sind unendlich dankbar, dass Carla in unser Leben getreten ist und uns alle zusammengeführt hat. Im Leben hat alles einen Sinn, auch wenn wir vieles, was tragisch und unglücklich ist, nicht verstehen können, weil es für uns keinen Sinn macht. Carla wird niemals vergessen sein, denn durch sie lebt Nina weiter. Ich stehe oft am Fenster und schau auf die Bank im Park. Dort, wo wir uns das erste Mal begegnet sind. Schließ ich die Augen, sehe ich sie neben mir und bin so dankbar.«* Beide Frauen nahmen sich kurzer Hand in den Arm und schwiegen.

Schon bald meldete sich Nina. Sie hatte ausgeschlafen und Basti stand am Kinderwagen und machte lustige Grimassen, was Nina scheinbar gefiel, denn sie strampelte jedes Mal wie wild drauf los.

»*Schau mal Mama, was sie macht und schau mal Mama, sie hält meine Hand ganz fest*«, rief Basti immer wieder begeistert. Alle mussten lachen. Basti war fasziniert von der kleinen Nina. Innerlich wünschte er sich auch so eine kleine Schwester und seine Augen glänzten vor lauter Freude.

Nach einer ganzen Weile erhob sich Inge, ging in den Flur und holte aus ihrer Tasche, die an der Garderobe hing, einen Umschlag heraus. Sie kam zu den anderen wieder ins Wohnzimmer zurück und gab Sonja, leicht errötet, den Umschlag in die Hand.

»Carla hatte uns nach Silvester den Vorschlag gemacht und wollte dich und Basti damit überraschen. Sie hätte euch so gern Berlin und all die schönen Ecken, die sie kannte und die wir mit ihr zusammen schon besucht hatten, gezeigt. Doch kam es durch den tragischen Unfall nicht mehr dazu«, schloss Inge nachdenklich ihre Rede.

Sonja umarmte Inge liebevoll und bedankte sich, nahm den Umschlag und zog einen Gutschein heraus. Sie war ganz überrascht und rang nach passenden Worten.

»Bitte, wir sind so neugierig, lies doch bitte laut vor, was da auf dem Gutschein steht«, baten Peter und Doris.

Aufgeregt erhob sich Sonja und mit zitternder Hand begann sie zu lesen.

»Einladung für Sonja und Basti. Berlin-Besuch mit etlichen Sehenswürdigkeiten. Ihr könnt bei Madame Tussauds den gewachsten Promis über die Schulter schauen, einen entspannten Bummel übern Ku´damm erleben, am Brandenburger Tor und am Check Point Charly Fotos machen, und bei einer Dampferfahrt auf der Spree den Bundestag bestaunen.«

Sonja war happy. Alle waren begeistert und klatschten. Basti bekam von Heinz einen Playmobil-Feuerwehrbaukasten geschenkt und jubelte.

Heinz hatte natürlich Tage vorher mit Sonja telefoniert und gefragt, womit sie Basti am besten eine Freude machen konnten.

*»Opa Heinz, der ist ja cool, den habe ich mir schon lange gewünscht. Danke, Danke, Opa Heinz und Oma Inge.«* Er freute sich riesig, sprang spontan auf und umarmte beide.
*»Fahren wir dann auch mal ganz nach oben auf den Fernsehturm und können wir auch mit dem Boot auf dem See umherfahren und angeln und die Enten füttern?«*
Heinz nickte und freute sich über die Bastis Begeisterung.
*»Wir würden uns sehr über euern Besuch freuen.«* Sonja und Basti bedankten sich überglücklich.
Sonja hatte den Kaffeetisch gedeckt, Basti bereits den gesamten Inhalt seines Playmobilkastens auf dem Teppich verstreut und begonnen, die einzelnen Teile zusammenzustecken, als es plötzlich an der Tür klingelte. Sonja stand auf und schaute gespannt in die Runde. Mit einem Lächeln drückte sie Inge sanft die Hand und nickte Heinz zu.
*»Das ist eure erste Überraschung «*, rief sie freudestrahlend, ging zur Tür und öffnete.
Jan kam herein.
Inge war sprachlos und erhob sich langsam, wie hypnotisiert, bei seinem Anblick von der Couch.
Wie sie so dastand, wirkte sie mit einem Mal sehr hilflos. Sie hob Jan die Arme entgegen und ging auf ihn zu.
Er umarmte sie und hielt sie für einen Moment lang an sich gedrückt.

*»Jan, mein Junge, dass du gekommen bist. Ich habe dich so vermisst.«*

Inge konnte die Tränen nicht mehr zurückhalten und schluchzte laut in seinen Armen.

Wie berührend, denn auch Jan hatte Tränen in den Augen.

*»Ich freue mich auch so sehr, dich wiederzusehen, liebe Inge.«*

*»Schön. Das freut uns so, dass du da bist, denn du gehörst hier dazu«* bekundete Heinz mit feuchten Augen, der nun beeindruckt neben Inge stand.

*»Heinz, ich bin so glücklich darüber«* Beide Männer umarmten sich, dann begrüßten sich alle anderen.

Es wurde ein schöner Nachmittag und es gab viel zu erzählen. Nach dem Kaffee ging Jan zu Inge, setzte sich zu ihr auf die Couch und legte ihr den Arm um die Schulter. Beide brauchten keine Worte und diese Geste tat Inge sichtlich gut.

Für Inge blieb Jan, auch wenn er und Carla nicht mehr heiraten konnten, wie sie es geplant hatten, das, was er von Anfang an war, ihr Schwiegersohn.

*»Wie geht es dir, Jan?«*, wollte Inge von ihm wissen.

*»Wie ist es dir in all der Zeit ergangen?«* Auch wenn Inge die Frage schwerfiel, so war es ihr doch wichtig, von Jan zu erfahren, wie er mit dem Verlust umging.

Jan schwieg für einen Moment, blickte Inge ins Gesicht und begann ruhig zu erzählen. *»Ich hatte ja nach der Beisetzung von*

*Carla zwei Wochen später mit meinem Freund Mike einen Segeltörn bis runter zur Adria. Das war echt aufregend. Manchmal war es schon sehr beängstigend, wenn urplötzlich aus einem lauen Lüftchen ein gewaltiger Sturm wurde und unser Boot von den hohen Wellen hin und her geworfen wurde. Mike war erfahren im Segeln und ich konnte so einiges von ihm lernen. Auch wie man gegen seine Angst ankämpft, denn zeitweise war meine Angst mächtiger als alles andere. Wir haben trotz des schwankenden Wetters alles gut gemeistert.*
*Von weitem sahen wir einige Wale beim Auftauchen und unzählige Delphine begleiteten uns eine ganze Weile und schwammen in Windeseile vor unserem Boot und um das Boot herum. Carla wäre begeistert gewesen. Solch einen Moment hatte sich Carla immer gewünscht.*

**Dabei blickte er Inge fest in die Augen.**

*»Carla, kannst du sie alle sehen?«, dachte ich so bei mir und betrachtete alles noch viel intensiver, in der Hoffnung, sie würde jetzt von oben zusehen. Ich wollte es mit ihren Augen sehen. Mike hat mir in dieser schweren Zeit sehr geholfen und war ein guter Zuhörer. Ebenso war die Ruhe auf dem Meer ein gutes Medium, gelassener zu werden. Ich bin viel geschwommen um den Kopf wieder frei zu kriegen. Carla ist trotz allem immer bei mir gewesen. In meinen Gedanken und in meinem Herz und… da bleibt sie auch, auf Lebenszeit.«*

Daraufhin nahmen sich Jan und Inge in den Arm. Heinz hatte sich neben Inge gesetzt und den Worten von Jan beeindruckt gelauscht. Er verspürte plötzlich wieder einen Kloß im Hals und versuchte die Tränen zu unterdrücken, die trotzdem langsam seine Augen füllten. *»Was für ein bemerkenswerter, liebevoller Mensch Jan doch war und Heinz wusste, Carla wäre mit ihm glücklich geworden. So wie er mit seiner Inge.«*
Nach einer Weile stand Heinz auf und kam mit einer Geschenktüte zurück.
Sonja, Jan sowie Doris und Peter erhielten von ihm jeweils ein großes Kuvert. Als sie es öffneten, waren sie überrascht, den jeder hielt eine DVD in der Hand. Auf dem Cover war das Foto von der Silvesternacht von allen, mit Carla in die Kamera prostend, zu sehen. Darunter die herzerweichenden Worte: *»Weil Freundschaft uns auf ewig verbindet.«* Alle waren zu tiefst ergriffen.
Heinz wurde etwas verlegen und räusperte sich. Er hielt eine DVD in der Hand und überlegte, wie er am besten beginnen sollte.
*»Ich habe mir lange Gedanken gemacht, was wir euch von uns mitbringen könnten und mir kam die Idee aus allen Fotos und Erlebnissen mit Carla eine Erinnerung zu schaffen, weil wir es Carla zu verdanken haben, dass wir so gute Freunde wie euch gefunden haben.«*

Die Freunde bedankten sich bei den Eltern und am Abend bei Kerzenschein und Wein bestaunten sie gemeinsam das Video.
Heinz hatte sich wirklich sehr viel Mühe gegeben und auch aus Carlas Kindertagen Bilder eingefügt und so manches Mal mussten sie herzhaft lachen.
Das lustige Winterbild mit der Schneemannfamilie würde allen lange in Erinnerung bleiben und sie waren sich einig, dass Carla so in aller Herzen unvergessen blieb.

Als Heinz und Inge mit Nina am späten Abend wieder bei Doris ankamen, waren beide ziemlich müde.
Inge hatte ihre Enkelin bereits bei Sonja versorgt und legte das schlafende Kind behutsam in die Krabbelbox in ihrem Zimmer.
Nachdem sich Heinz und Inge ins Bett gelegt hatten, waren sie schon nach kurzer Zeit, zufrieden in den Armen liegend, eingeschlafen.


Am Nachmittag des nächsten Tages wurden die Eltern und Freunde zur Verlobungsfeier in ein kleines Lokal, welches Doris und Peter für sich, Familie und Freunde in einer gediegenen Gastwirtschaft im Ort angemietet hatten, eingeladen.
Peter und Doris hatten Wochen zuvor mit den Wirtsleuten der Gaststätte den Ablauf und das Menü besprochen.

Im Saal des Hauses, der immer wieder gern für Feierlichkeiten genutzt wurde, erblickten sie drei große weiß eingedeckte Tische, mit wunderschönen Blumengestecken und stilvollen silbernen Kerzenständern dekoriert. Daneben, zur Freude aller, ein großes Büffet, hergerichtet mit zahlreichen kalten Platten und warmen Speisen, jeder Menge Obst und Desserts.

Auf der Bühne waren ein Schlagzeug und ein Keyboard aufgebaut, in der Mitte ein Mikrofon mit einem Notenständer und ein Barhocker dahinter, links und rechts an den Seiten der Bühne standen die Lautsprecher. Vor der Bühne befand sich die Tanzfläche.

Beim Eintreffen der Gäste lief Musik vom Band und bescherte eine entspannte und ausgelassene Stimmung bei allen. Am frühen Abend hatte Sonja ihre Nachbarin, die schon oft auf Basti aufgepasst hatte, wenn Sonja Elternabende besuchte, gebeten, auf beide Kinder aufzupassen und sie vertraute ihr die Kinder mit einem guten Gefühl an. Nina war bereits von Inge mit einer frischen Windel versorgt worden und hatte ihr Fläschchen längst ausgetrunken. Sie schlummerte selig in der Krabbelbox von Basti, die Sonja am Morgen aus der Abstellkammer geholt und aufgebaut hatte.

Heinz und Inge waren begeistert über die Hilfsbereitschaft, die ihnen immer wieder zu Teil wurde. Für Carlas Eltern war es entspannter, mitzufeiern und obwohl Heinz und Inge die anderen

Gäste nicht kannten, wurden sie schon beim Eintreffen herzlich in den Kreis beider Familien aufgenommen. Heinz und Inge saßen am Tisch zusammen mit den Eltern von Peter und Doris und den Freunden Jan und Sonja.

Eine kleine Band namens >Quillonder< sollte am Abend Musik machen. Sie bestand aus einigen guten Freunden von Peter, die extra zu dieser Feier aus den USA angereist waren. Sie wurden mit Applaus auf der Bühne empfangen.
Peter dankte seinen Freunden und stellte sie nach einander den Gästen vor. Einer der Freunde hieß John. Er nahm mit seiner Gitarre auf dem Barhocker Platz, rückte sich seinen Notenständer zurecht und begrüßte in gebrochenen deutsch und diesem beeindruckenden amerikanischen Akzent alle Anwesenden im Saal. Steve trug ein Saxophon vor sich, Andy ebenfalls eine Gitarre. Der Schlagzeuger Brian und der Keyboarder Gordon setzten sich an ihre Instrumente.
Dann ging es los. Die Band spielte einige bekannte Lieder und im Nu sangen alle mit und die Stimmung war fantastisch. Zur Freude aller wurde das Büffet eröffnet.
Plötzlich vernahm man das leise Klirren von Glas.
Augenblicklich wurde es still. Peter erhob sich und alle im Raum warteten gespannt auf das, was nun kommen würde.
»*Liebe Freunde*«, begann Peter etwas aufgeregt.

Er sprach perfekt Deutsch und doch war auch bei ihm der amerikanische Akzent nicht zu überhören.

»*Wir hoffen, es hat euch bis jetzt geschmeckt. Wir haben uns heute hier eingefunden, weil mir vor einiger Zeit diese wunderbare Frau über den Weg gelaufen ist und ich von Anfang an verzaubert war, obwohl ich immer dachte, ich werde mal eines Tages griesgrämig als alter Junggeselle sterben.*«

Alle Gäste im Saal lachten schallend los.

»*Ich glaube, sie besitzt magische Kräfte, denn ich erkenne mich nicht wieder. Sie hat mich in ihren Bann gezogen und ich komme einfach nicht mehr los von ihr. Ich mache Dinge, von denen ich früher nicht einmal geträumt hätte. Zum Beispiel Spätzle selber herstellen.*«

Ein Schmunzeln erfasste die Gäste im Saal.

»*Durch sie habe ich auch besonders liebe Freunde gefunden.*«

Peter griff nach seinem Glas und prostete Heinz und Inge, sowie Sonja und Jan zu. Verlegen prosteten sie zurück.

»*Nun ist es für uns nicht gerade leicht, eine entspannte Beziehung zu führen, wenn uns tausende von Kilometer trennen und keiner von uns kann lange ohne den Anderen sein. Durch meine Arbeit in den USA ist das schwierig und wir fliegen immer hin und her.*«

Peter machte eine kleine Pause, drehte sich zu Doris und gab ihr einen Kuss.

*»Seht ihr, auch das geht nur, wenn wir zusammen sind«*, beteuerte er und wandte sich wieder an die Gäste im Saal.

*»Tja, also dachten wir uns, entweder muss ich zu ihr ziehen oder sie zu mir. Wir haben uns lange die Köpfe zerbrochen und überlegt, was mehr Sinn machen würde. Sie würde hier ihre Familie verlassen müssen oder ich dort meine.«*

Es wurde mucksmäuschenstill. Alle im Saal warteten gespannt. Peter schaute sich in der Menge um und es fiel im sehr schwer ernst zu bleiben. Er bat Doris um ihre Hand. Sie erhob sich und stand neben Peter und ergriff ziemlich nervös ihr Glas.

*»Leider muss ich euch sagen, habe ich gewonnen. Doris wird zu mir in die Staaten ziehen. Wir haben einen tollen Job für sie an einem College gefunden. Doch noch wichtiger ist, dass wir ein schönes Haus gekauft haben, mit viel Garten. Wir können zusammen einschlafen und morgens zusammen frühstücken«*, verkündete er daraufhin freudestrahlend.

Der Saal tobte und es gab Standing Ovation.

Peter deutete mit den Händen an, die Menge möge sich doch wieder beruhigen und bat noch einmal um Ruhe.

*»Aber keine Angst, geheiratet wird in Deutschland. Am fünften Mai geben wir uns das ›Ja‹ Wort auf der Insel Mainau und ihr seid alle herzlich eingeladen.«*

Es gab tosenden Applaus und alle freuten sich für das junge Paar. Es wurden Glückwünsche ausgesprochen und herzliche

Umarmungen verteilt. Jeder Gast überreichte sein mitgebrachtes Geschenk.

Peter und Doris bedankten sich und legten alle Geschenke auf den Gabentisch.

Bis weit über Mitternacht wurde getanzt und alle waren glücklich. Selbst Inge überstand den Abend entspannt und beseelt.

Für den Sonntag hatten die Eltern beschlossen, vormittags auf den Friedhof zu gehen. Der Himmel war düster, Wolken verhangen, aber es regnete zum Glück nicht.

Die Freunde gewährten ihnen den Gang zum Friedhof in aller Stille. Nina blieb bei Sonja.

Als Heinz und Inge mit ihrem Auto vor dem Friedhof hielten und Heinz die Zündung ausgeschaltet hatte, saßen beide schweigsam und brauchten einige Zeit, um sich aufzuraffen und auszusteigen. Es war so schwer, diesen Weg zu gehen.

Keiner von beiden wollte reden und schweigsam gingen sie nun das zweite Mal durch den Friedhofseingang.

Ein unheimliches Gefühl beschlich Inge und ihr Blick schweifte über die unzähligen Gräber. Sie hörte ihr Herz bis zum Hals schlagen.

»*Carla, wo bist du nur?*« hörte Inge sich innerlich rufen. Sie war nervös. Heinz erging es ebenso und am liebsten hätte er, wie früher als kleiner Junge, einfach laut losgeheult. Wieder war dieser verdammte Kloß in seinem Hals und er warf einen zaghaften Blick zu Inge und spürte ihre zunehmende Unruhe. Er trug das Grabgesteck. Ein bemoostes Herz, liebevoll gebunden mit überwiegend weißen Lilien - Carlas Lieblingsblumen.

Inge hatte dieses Mal das Gefühl, als wäre der Weg viel weiter zum Grab und ihr wurde schon ganz flau im Magen. Sie war unheimlich aufgeregt und suchte mit den Augen nach Carlas Grab. Dann standen sie unmittelbar davor.

Auf der kleinen rechteckigen Grabfläche stand ein weißer Stein mit der Skulptur eines trauernden Engels darauf und darunter in dunklen Buchstaben ein Spruch, der tief berührte.

*»Du hast gegeben und hast geliebt, dein Herz schlägt weiter, dort wo es blieb.«*

Inge nahm den Strauß weißer Lilien, den Heinz am Morgen im Blumenladen um die Ecke besorgt hatte und steckte ihn neben dem Grabstein in eine Vase. Dann weinte sie.

Heinz legte das Gesteck vor den Stein.

*»Oh Carla, wir vermissen dich so.«*

Er trat zu Inge und nahm sie in den Arm. Auch er konnte seine Tränen und den Schmerz nun nicht mehr verbergen.

Traurig und verloren verharrten beide eine Ewigkeit vor dem Grab ihrer Tochter und ließen ihr Gefühl einfach gewähren.

Mit einem Mal brach die Wolkendecke auseinander und die Sonne schickte ihre wärmenden Sonnenstrahlen hinunter zu den Eltern und auf Carlas Grab. Inge hob den Kopf und auch Heinz spürte es. Die Sonne tat gut.

Wieder nur Zufall oder abermals ein Gruß von Carla? Was es auch war, den Eltern wurde etwas leichter ums Herz. Ein Teil von Carla blieb hier, der andere Teil von ihr lebte weiter bei ihnen.

Ein kleiner Trost, der ihnen Mut machte und sie wussten, dass das Leben weitergehen musste. Lange saßen beide auf der am Grab nahestehenden Bank und schwiegen. Heinz hatte den Arm um Inge gelegt und beide verbanden die wunderschönen gemeinsamen Erinnerungen an Carla.

Am Nachmittag hatten sich Eltern und Freunde im Park verabredet. Die Sonne schien nun immer wieder öfters durch die dicken Wolken, doch es blieb kühl. Sonja hatte vorgeschlagen, zusammen mit Basti die Enten zu füttern. Damit waren alle einverstanden und so schlenderten sie gelassen durch den Park zum See. Doris eingehakt bei Peter, Jan neben Sonja und Basti. Heinz und Inge schoben den Kinderwagen.

Der goldene Herbst präsentierte sich in den schönsten Farben. Der Park war wieder zum Herbstfest hergerichtet worden und auch dieses Mal gab es diese einmalige Tanzfläche und jede Menge Stände. Die Eltern schauten sich an und wussten in diesem Moment, dass sie mit ihren Gedanken zurück in der Zeit

waren. Das Jahr zuvor, mit Carla, Sonja und Basti blieb ihnen in vertrauter Erinnerung, und als hätte Sonja die gleichen Gedanken gehabt, blickte sie zu Heinz und Inge, und nickte ihnen zu. Doris entdeckte einen Stand mit heißen Getränken und Heinz spendierte allen eine Tasse heißen Früchte-Tee.
Das tat gut. Am See angekommen, verteilte Sonja, zur Verwunderung aller, kleine Beutelchen mit Brotkrumen und alle fütterten die Enten. Basti war erstaunt über die vielen Enten, die angeschwommen kamen.
*»Mama, schau mal, die haben aber alle Hunger.«*
*»Na dann werden sie jetzt mal richtig satt«*, spaßte Peter.

Die Frauen setzten sich auf die Bank, wo auch Carla so gern gesessen hatte. Sie schlossen allesamt die Augen und spürten trotz des kühlen Windes immer wieder die milden Sonnenstrahlen auf ihren Gesichtern. Aufmerksam lauschten sie all dem, was sich in Park und Natur bemerkbar machte.
Was für ein Zauber, wenn man ganz genau hinhörte und sich davon berühren ließ. Ob es nun das Kinderlachen von den Kindern war, die unweit von ihnen auf der Wiese ihre Drachen steigen ließen oder spielten, der Buntspecht, der im regelmäßigen Takt am Stamm einer Eiche hämmerte, die Vögel, die zwitscherten oder eine Amsel mit ihrem Gesang entzückte.
All das konnten sie hören und diese kleine Sinfonie genießen.

Ganz beseelt öffneten Sonja, Doris und Inge wieder ihre Augen, standen auf und gingen weiter.

»*Hat euer Kindergarten auch dieses Jahr wieder einen Stand hier im Park?*« wollte Inge interessiert, von Sonja wissen.

»*Aber ja, wir kommen nachher daran vorbei*«, strahlte Sonja.

»*Oh, das freut mich.*«

Inge schob den Kinderwagen und Heinz lief neben ihr her. Plötzlich und unerwartet blieb Inge stehen. Heinz schaute sie verwundert an und war erschrocken, denn Inge war weiß wie eine Wand und starrte vor sich hin.

Aber warum.

Heinz griff nach ihrem Arm, rüttelte daran und war irritiert. Die Freunde hatten sich umgedreht und mitbekommen, dass mit Inge etwas nicht stimmte und kamen besorgt auf Heinz und Inge zugelaufen.

»*Inge was ist denn los, du bist ja ganz blass?*« rief Heinz aufgeregt.

»*Inge was ist, geht es dir nicht gut?*« wollte nun auch Doris wissen und erschrak.

Doch Inge starrte apathisch weiter. Sie war so erschreckend bleich, als wäre gerade alles Leben aus ihr gewichen. Alle wunderten sich und fanden keine Erklärung für die plötzliche Veränderung.

Ohne auf Heinz zu achten, ließ Inge überraschend den Kinderwagen los und hastete an ihm und den Freunden vorbei. Eine unbekannte Kraft trieb sie vorwärts und sie bahnte sich, wie von Sinnen, ihren Weg durch die Menge. Ihre Schritte wurden immer schneller und sie wirkte getrieben.

Die Freunde schauten sich erschrocken an, konnten sich den Sinneswandel von Inge immer noch nicht erklären und folgten ihr mit den Augen. Doch schnell erkannten sie den Grund und erstarrten ebenfalls.

Inge folgte einem Pärchen durch die Menge, dass ganz verliebt Hand in Hand, an den Ständen entlang bummelte. Sie rempelte unbewusst Besucher an, die ihr im Weg standen und an denen sie eilig vorbei wollte. Einige blieben empört stehen und wunderten sich oder wurden laut. »He«, rief einer der Besucher schroff.

»Können Sie denn nicht aufpassen?« schnauzte ein Anderer und schüttelte wütend den Kopf.

Inge lief keuchend hinter dem Paar her, stoppte plötzlich, und zerrte dem Mann, wie wild, an seiner Jacke. Der Mann drehte sich überrascht und etwas genervt um.

Als er Inge vor sich stehen sah, blieb ihm vor Schreck der Mund offenstehen und die Frau an seiner Seite erschrak. Inge hatte die Jacke des Mannes wieder losgelassen und blickte zu ihm auf.

»*Oh mein Gott, das kann doch nicht wahr sein*« rief Heinz entsetzt und machte sich unverzüglich auf den Weg zu Inge.

Der Mann, den nun auch die Freunde erkannten, war kein anderer als Tom. Carlas Ex-Mann.

Inge starrte Tom wie einen Geist an und atmete mit einem Mal tief und schwer.

All das, was sich in ihr an Kummer, Schmerz und Wut in den letzten Monaten angestaut hatte, entlud sich ohne Worte in einem gewaltigen Schlag. Inge holte weit aus und verpasste Tom eine schallende Ohrfeige.

Das hatte nun wirklich jeder Besucher in unmittelbarer Nähe mitbekommen.

Erschrocken hielt sich Tom seine Wange, die sehr genau Inges Handabdruck in einem glühenden Rot präsentierte.

Die junge Frau an Toms Seite schreckte augenblicklich zurück und konnte nicht begreifen, was hier passierte. Sie kannte ja Carlas Mutter nicht.

Von einem auf den anderen Moment schwankte Inge und Heinz kam gerade noch rechtzeitig dazu, um sie aufzufangen, bevor sie fiel. Ein Mann, der den Vorfall beobachtet hatte, brachte schnell einen Stuhl hinter seinem Stand hervor und Heinz ließ Inge darauf vorsichtig sinken. Sie war bleich und starrte immer noch vor sich hin.

Diese Aktion weckte natürlich die Neugierde der Parkbesucher und schnell versammelte sich eine Menschentraube um das Geschehen.

»*Aber Frau Solberg*« stammelte Tom erschrocken, ebenfalls blass geworden. Zu mehr war er nicht im Stande, denn Heinz schaute ihn bedrohlich an, konnte aber in seiner Aufregung um Inge nicht reagieren.

»*Brauchen Sie einen Arzt?*« rief aufgeregt der Mann, der den Stuhl gebracht hatte. Heinz nickte »*Ja bitte, schnell*« und ließ sich rasch ein Glas Wasser geben. Inge nippte nur am Glas und schob es Heinz zu.

Sie war bei Bewusstsein, aber reagierte kaum auf Ansprache.

»*Carla*« stammelte sie immer wieder.

Der Mann rief unterdessen in der Leitstelle an und forderte einen Krankenwagen mit Notarzt an. Nach nicht einmal zehn Minuten später fuhr der Krankenwagen auf dem Festplatz langsam an den Ständen vorbei und hielt in der Nähe auf der Wiese. Der zuständige Notarzt stellte sich vor und fragte Inge nach den Umständen. Doch er konnte sie nicht verstehen.

Heinz erklärte dem Arzt in knappen Worten die Situation und Inge wurde kurz darauf auf eine Trage gelegt und zum Krankenwagen gebracht.

»*Sie kommt zur Beobachtung ins Krankenhaus.*« rief Heinz den Freunden zu, die hilflos dastanden und dem abfahrenden Krankenwagen hinterher schauten.

Tom hielt sich noch immer die Wange, kreidebleich vor Schreck und Tina Berger stand fassungslos neben ihm.

Die Besucher, die neugierig warteten, tuschelten und konnten sich die Situation nicht erklären.

»*Die Frau war so wütend gewesen und in Rage,*« meinte die Erste.

»*Familienstreit*«, zischte ein weiterer Besucher.

»*Ich glaube, die ist verrückt*«, flüsterte eine Dritte.

»*Der Schlag hat aber gesessen*«, meinte ein Vierter und blickte mitleidig auf Tom. Erwartungsvoll schaute die Menge auf Heinz und die Freunde. Keiner von den Besuchern hatte im Entferntesten eine Ahnung, worum es wirklich ging.

Die Freunde baten die Leute inständig, wieder zu gehen und kamen dann zu Heinz, der nun selbst ziemlich geschafft auf dem Stuhl saß. Langsam wurde ihm das Ausmaß dieses Vorfalls bewusst. Inge ging es sehr viel schlechter, als er dachte. Heinz hatte, so wie Inge auch, nicht im Traum damit gerechnet, dass sie Tom in ihrem Leben jemals wiedersehen würden und dann ausgerechnet hier.

Tom war mit Carla nie auf das Herbstfest gegangen.

Heinz erhob sich müde und ging auf Tom zu.

Ihm fielen tausend Worte des Zorns und der Enttäuschung ein, doch brachte er angesichts der Situation keins davon über die Lippen. Er wollte sich schon abwenden und gehen, als er Tom noch einmal unvermittelt ins Gesicht blickte. Dieser hob nur die Schultern, als wäre er ahnungslos und an der ganzen Misere nicht beteiligt. Das wiederum machte Heinz wütend und seine Worte fielen hart und treffend.

*»Du hast unser ganzes Leben zerstört, weil du Carla zerstört hast. Bestell Deinen Eltern, sie sollen uns ein für alle Mal in Ruhe lassen.«*

Er warf einen kurzen Blick auf die Frau an seiner Seite, schüttelt traurig den Kopf, drehte sich dann entschlossen um und ging davon. Doris, Jan, Sonja und Peter standen wie angewurzelt da und schauten ebenso verletzt und wütend auf Tom und seine Freundin, die sich nun wie begossene Pudel durch die Menge davonschlichen.

Als die Freunde Heinz eingeholt hatten, entschuldigte er sich bei ihnen für sein Gebaren, doch die wollten von der Entschuldigung nichts hören. Waren sie doch der gleichen Meinung wie Heinz. Alle samt sorgten sich um Inge.

Sonja hatte sich bereit erklärt, Nina erst einmal mit zu sich, nach Hause zu nehmen, bis Heinz wusste, wie es um Inge stand. Peter legte Heinz die Hand auf die Schulter.

*»Komm, ich fahr dich.«*

Nachdem Heinz im Krankenhaus angekommen war und in der Anmeldung nach seiner Frau fragte, wurde er auf die Innere

Station verwiesen und traf dort auf einen jungen Arzt mit südländischem Akzent.

*»Ah, Bona Sera, Seniore Solberg, mein Name ist Dr. Rossi.«*
Heinz nickte, gab dem Arzt die Hand und hoffte, dass sich Inge inzwischen etwas erholt hatte. Der Arzt führte ihn in ein Besprechungszimmer und erklärte ihm, dass seine Frau einen Zusammenbruch hatte und unbedingt Erholung brauchte.

*»Wie lange geht das jetzt schon so mit ihrer Frau?«* wollte Dr. Rossi wissen.

Heinz verstand sehr wohl, was der Arzt ihm sagen wollte, erklärte ihm auch seine Sicht und erzählte vom letzten Arztbesuch. Er berichtete, dass der geschlagene junge Mann, der Ex Ehemann ihrer verstorbenen Tochter Carla gewesen war und er auch der Grund war, warum seine Tochter ins Auto lief.

*»Unsere Enkeltochter ist alles was wir von Carla haben, doch kann sie uns Carla nicht ersetzen. Inge ist immer traurig. Sie verliert mehr und mehr die Freude am Leben.«* Heinz war selbst sehr niedergeschlagen. Er wollte sich seine eigene Verzweiflung nicht anmerken lassen. Jetzt ging es um Inge.

*»Es tut mir sehr leid, Seniore Solberg für Sie beide. Ihre Frau hat erst einmal ein kreislaufstärkendes Medikament und ein Beruhigungsmittel bekommen.«*

*»Wissen Sie, wir wollen morgen sowieso heimfahren, spricht etwas dagegen?«* Der Arzt grübelte.

*»Wenn Sie mir versprechen, den Hausarzt zu Hause schnellstens aufzusuchen, könnte ich ihre Frau morgen Vormittag entlassen. Vorausgesetzt sie wäre soweit stabil und in der Lage, die Fahrt zu machen. Sie können jetzt zu ihr gehen.«*
Heinz dankte dem Arzt, gab ihm die Telefonnummer von Doris für den Notfall und verabschiedete sich.
Eine Schwester brachte Heinz zum Zimmer seiner Frau. Zaghaft öffnete er die Tür und betrat das Zimmer.
Inge lag zum Glück allein und hatte eine Infusion am Arm. Als sie Heinz kommen sah, lächelte sie ihn müde an und hob ihm die Hand entgegen. Heinz fiel ein Stein vom Herzen. Er trat an Inges Bett, nahm ihre Hand und gab ihr einen Kuss.
*»Inge, was machst du nur für Sachen. Du hast mich zu Tode erschreckt.«* Inge nickte.
*»Weißt du, ich musste das einfach tun.«*
*»Ich weiß«*, sagte Heinz verständnisvoll und streichelte Inge liebevoll über das Haar.
*»Warum nur musste er ausgerechnet heute im Park sein. Sag mir warum und dann ausgerechnet mit dieser Frau.«*
Heinz versuchte Inge zu beruhigen.
*»Was ist mit Nina?«* fragte Inge verhalten.
*»Mach dir keine Sorgen. Du weißt, wir haben gute Freunde hier. Nina ist bei Sonja, bis es dir wieder bessergeht. Sie kann das, sie hat Basti ja auch groß gekriegt.«*

Inge lächelte und griff nach der Hand ihres Mannes.

»Was hat denn der Arzt gesagt?«

»Er meinte, du bleibst erst einmal bis Morgen Vormittag hier und dann will er schauen, ob du für die Heimfahrt stark genug bist.«

Die Beruhigungsmittel wirkten und Inge fügte sich.

Sie war immer eine Frohnatur gewesen, aber seit Carlas Tod, sah man ihr zunehmend an, wie schwer ihr jeder Tag, ohne ihre geliebte Tochter fiel.

Heinz blieb, bis Inge eingeschlafen war und verließ dann müde und geschafft das Krankenhaus.

Vor der Eingangstür stand Peters Auto und als Heinz durch die Tür kam, stieg Peter aus und kam auf Heinz zugelaufen. Er hatte auf Heinz gewartet.

»Wie geht es ihr?«

Heinz versuchte seine Tränen zu unterdrücken. Was sie doch für liebe Menschen um sich hatten.

»Besser, viel besser«, mehr konnte Heinz nicht sagen, dann versagte die Stimme und er wirkte sehr bedrückt.

Peter legte ihm den Arm auf die Schulter und bekundete ihm somit seine Anteilnahme. Heinz war froh, denn der Tag hatte ihn sehr mitgenommen.

»Freunde sind für einander da«, sagte Peter. Dann fuhren sie heim zu Doris, die erleichtert war von Heinz zu hören, dass Inge im Krankenhaus gut versorgt wurde und am nächsten Tag eventuell wieder entlassen werden konnte.

Jan hatte Sonja die Sachen von Nina gebracht und Sonja versorgte die Kleine problemlos. Sie hatte bei Doris am frühen Abend angerufen und sie gebeten, Heinz auszurichten, dass alles in Ordnung war und Nina ruhig und entspannt schlief.

So konnte sich Heinz nach dem aufregenden Tag endlich Ruhe gönnen.

Nachdem er sich im Bad frisch gemacht hatte, und das Gästezimmer betrat, fiel ihm, wie Inge beschrieben hatte, die große Fotowand auf. Sie nahm fast die ganze Wand ein. Heinz hatte einfach noch keine Zeit gefunden, um sie sich in Ruhe anzusehen. Er staunte, sah sich jedes Bild aufmerksam an und immer wieder strich er mit seinen Fingern über die Bilder, die eine glückliche Carla zeigten. Dann entdeckte er, zwischen all den vielen Fotos etwas versteckt, ein Foto, dass ihm sehr bekannt vorkam. Ein junger Mann trug ein Mädchen auf seinen Armen. Um sie herum standen einige andere Jugendliche, alle in Badesachen am Strand. Das Mädchen hatte an einem Fuß einen dicken Verband. Alle winkten in die Kamera und wirkten glücklich. Heinz wunderte sich und staunte nicht schlecht.

»*Wie lange war das bloß her.*« Er erinnerte sich genau.

»*Aber wie kam Doris zu diesem Foto*«, dachte er bei sich. Morgen früh würde er es wissen. Dann legte er sich aufs Bett und war mit sich und seinem Kummer allein und konnte seine Tränen und seinen Schmerz endlich freien Lauf lassen.

Er lag noch lange wach, blickte auf die Fotowand und obwohl er geschafft vom Tag war, fand er keine Ruhe.

Er grübelte und dachte an Inge.

Immer wieder sah er die Bilder des Tages vor sich, sah seine Frau und Tom. Immer wieder sah er Inge, wie sie zuschlug. Was sollte bloß werden, wenn Inge nicht genügend Kraft hatte, Nina rund um die Uhr zu versorgen.

Er wusste, dass sie schon bald darüber reden und eine Lösung finden mussten. [Hier unten hatten sie ihre Freunde, aber oben in Berlin? Was sollten sie tun?] Dann schlief er ein.

Am nächsten Morgen wurde Heinz durch leises Klopfen an seiner Tür geweckt.

»Ja?« rief er verschlafen und Doris betrat eilig das Zimmer.

»*Guten Morgen Heinz, Dr. Rossi vom Krankenhaus ist dran*«, reichte Heinz das Telefon und ging wieder hinaus.

Im ersten Moment war Heinz erschrocken und setzte sich schnell im Bett auf, um im nächsten Augenblick den Hörer ans Ohr zu halten.

»*Hallo, hier ist Solberg.*«

Am anderen Ende der Leitung vernahm Heinz die Stimme des Arztes.

*»Bon Giorno Seniore Solberg, habe ich Sie geweckt?«*
Heinz blickte auf den Wecker, der neben dem Bett auf einem kleinen Schrank stand. Es war 9.00 Uhr.
*»Nein Doktor Rossi, es ist alles gut.«*
*»Wir hatten ja gestern schon miteinander gesprochen. Ihrer Frau geht es heute Morgen etwas besser und der Kreislauf ist stabil. Sie können sie abholen und bitte die nächsten Tage trotzdem bei Ihrem Hausarzt wieder vorstellen.«*
Heinz bedankte sich beim Arzt für den Anruf. Er war froh und beschloss aufzustehen.
Als er die Zimmertür öffnete, stieg ihm bereits Kaffeeduft in die Nase.
Mit einem Mal steckte Doris den Kopf aus der Küchentür.
*»Guten Morgen Heinz, ich habe Frühstück gemacht«*, rief sie freudig noch einmal.
Wenig später saßen beide in der Küche und frühstückten.
Doris war natürlich interessiert daran zu erfahren, was der Arzt gewollt hatte. Heinz erzählte ihr, dass er Inge aus dem Krankenhaus abholen und sie nach Hause fahren konnten.
*»Dann geht es Inge zum Glück wieder besser, da bin ich froh.«*
Heinz blieb skeptisch. Ihm fiel das Foto an der Fotowand wieder ein.
*»Deine Fotowand ist einzigartig und hat mich sehr berührt. Aber sag mal Doris, wie bist du eigentlich an das Foto von Inge und*

*mir gekommen. Wir waren jung und an der Ostsee. Dort hatte ich damals Inge kennengelernt.«*
Doris wurde verlegen.
Das hatte Carla ihr damals auch erzählt.
*»Ich habe diese Fotowand schon sehr lange. Immer wieder kam ein schönes Bild dazu. Erinnerungen sind immer gut. Nicht nur im Kopf, wo sie auf Lebenszeit gespeichert sind, sondern auch so. Ich stehe sehr oft davor und versinke in darin. Carla hatte irgendwann Fotos mitgebracht und dieses war aus ihrer Fotokiste gefallen und ich fand es Wochen später unter meinem Bett. Ich hatte es Carla wiedergeben wollen, aber sie meinte, ich könne es ruhig behalten, sozusagen als Andenken an ihre Eltern. Und seitdem hing es dort. Möchtest du es wiederhaben, Heinz?«*
Heinz schüttelte den Kopf.
*»Nein, behalte es ruhig. Zu Hause in unseren Alben haben wir das auch drin. Wenn du möchtest, behalte es.«*
Doris bedankte sich.

Nach dem Frühstück hatten Heinz und Doris beschlossen, dass Heinz zunächst zu Inge ins Krankenhaus fahren sollte, um sie dort abzuholen und anschließend zu Sonja, damit sich alle noch einmal sehen und verabschieden konnten. Doris würde auf Peter warten und dann direkt mit ihm zu Sonja fahren.

Inge hatte die Nacht im Krankenhaus gut schlafen können, wohl auch wegen der starken Beruhigungsmittel.

Am Morgen bei der Visite durch Dr. Rossi erfuhr Inge, dass sich ihre Werte leicht verbessert hatten und sie nach Hause fahren konnte.

Als Ärzte und Schwestern das Zimmer wieder verlassen hatten, zog sich Inge langsam an, richtete ihre Bettdecke und saß schon wieder entkräftet auf ihrem Bett und wartete, bis Heinz zur Tür hereinkam.

Es war so schwer für Inge. Das Gedankenkarussell drehte wieder seine Runden und Inge bekam Kopfschmerzen. Aber das konnte sie hier doch keinen sagen, sonst wäre die Entlassung vielleicht doch fraglich gewesen. Sie wollte lieber wieder nach Hause.

Heinz war froh, dass er seine Frau mitnehmen konnte.

Aber sie sah immer noch blass aus und hatte dunkle Ringe um ihre Augen. Sie lächelte müde und umarmte Heinz, dann gingen beide Arm in Arm aus dem Zimmer zum Fahrstuhl und fuhren ins Erdgeschoß.

Dieses Mal war Heinz selbst gefahren und sie gingen zum Parkplatz vor dem Haus. Als sie im Auto saßen, schwiegen sie eine Weile und jeder hing seinen eigenen Gedanken nach. Heinz drehte sich zu Inge und nahm ihre Hand zu sich, küsste sie zärtlich und lächelte Inge an.

*»Wir halten weiter an der Hoffnung fest. Dann wird alles gut werden, für Nina und für uns.«*

Heinz bemerkte an Inges Gesichtsausdruck, dass etwas nicht stimmte, schließlich kannten sie sich ja lange genug.

*»Hast du wieder Kopfschmerzen?«*

Inge nickte und kramte indessen aus ihrer Handtasche ein kleines Etui hervor und entnahm daraus eine Tablette.

Heinz griff auf den Rücksitz und holte aus dem dort befindlichen Korb eine kleine Flasche Wasser heraus und reichte sie Inge.

Inge war erstaunt und bedankte sich.

*»Was würde ich nur ohne dich machen«,* kam es Inge in den Sinn und nahm ihre Tablette ein. Bis zu Carlas Tod hatte Inge nie Probleme mit Kopfschmerzen oder sonstigen Beschwerden gehabt. Doch nun waren sie ständiger Begleiter.

Bei Sonja fanden sich alle wieder ein und die Freunde waren sichtlich froh, Inge wiederzusehen.

Sonja hatte sich liebevoll um Nina gekümmert und überglücklich nahm Inge ihre kleine Enkelin in den Arm.

*»Oh du mein Kleines, wie habe ich dich vermisst«,* und drückte ihre Enkelin selig an sich. Und als wäre es Nina genauso gegangen, streckte sie Inge ihre kleinen Ärmchen entgegen und lachte. Jan und Peter halfen Heinz beim Einladen von Koffern und Kinderwagen.

Dann hieß es Abschied nehmen. Peter, Doris, Sonja und Jan standen am Auto und Heinz und Inge bedankten sich für die liebevolle Gastfreundschaft.

Alle waren glückselig über die Freundschaft, die sie dank Carla verband, aber auch traurig über den Abschied. Für Heinz und Inge waren die Tage bei den Freunden ihrer Tochter Balsam. Sie führten viele Gespräche und Nina stand immer wieder im Mittelpunkt und so wanderte sie oft von Arm zu Arm und jeder war von ihrem Wesen und ihrem süßen Lachen fasziniert.

»*Pass gut auf Inge auf*« bat Jan, als er sich von Heinz verabschiedete.

»*Ihr könnt uns jederzeit besuchen kommen.*« erklärte Inge und umarmte Doris, Peter und Sonja.

»*Mach´s gut kleine Maus.*« Wehmütig gab Jan Nina zurück in Inges Arm.

Heinz sicherte gerade den Kindersitz mit Nina im Auto auf der Rückbank hinter dem Fahrersitz, als Jan zu Inge trat und sie in den Arm nahm, und beide sich hielten und schwiegen.

»*Mach´s gut, Inge. Ich wünsche dir viel Kraft und Hoffnung für die nächste Zeit. Alles Gute Euch dreien bis zum nächsten Wiedersehen.*«

Heinz und Inge stiegen ins Auto und fuhren los. Inge winkt den Freunden noch nach, die betreten zusahen, wie das Auto um die Ecke bog. Trotz des Krankenhausaufenthaltes war es für

Heinz und Inge eine schöne, aber auch emotionale, tränenreiche Zeit mit den Freunden gewesen und sie hatten viele Eindrücke mitgenommen.

Auf der Fahrt nach Hause gab es dieses Mal keine Probleme. Inge hielt gut durch, wirkte ruhig und schlief sehr viel während der Fahrt. Sie machten zwei längere Pausen und kamen am frühen Abend zu Hause an.

Bereits am nächsten Tag besuchten beide ihren Hausarzt. Doktor Polder hörte geduldig zu, als Heinz von dem Erlebten bei den Freunden berichtete.

*»Ich mache mir ernsthaft Sorgen um Sie, Frau Solberg. Herr Solberg, Ihnen geht es doch auch nicht viel besser, nehme ich an. Ich hatte Ihnen ja bei ihrem letzten Besuch bei mir von Selbsthilfegruppen erzählt. Ich habe hier die Adresse einer Selbsthilfegruppe. Ich kenne die Betreuerin, Frau Lenz, sehr gut und habe auch von Patienten bisher gute Rückmeldungen erhalten. Ich denke, Sie sollten einmal hingehen und schauen, ob das für Sie das Richtige wäre.«* Inge saß stumm, mit gesenktem Kopf neben Heinz und nickte.

Sie konnten es beide nicht mehr von sich schieben, und wussten sehr wohl, dass sie nun Hilfe in Anspruch nehmen sollten. Zu Hause angekommen, hatte Heinz Glück und erreichte Beate Lenz am Telefon.

Nach dem Gespräch wirkte Heinz nachdenklich, und legte den Hörer langsam auf.

Zweifelnd schaute er zu Inge hinüber, die mit Nina auf der Couch im Wohnzimmer saß. Inge hob den Kopf und sah Heinz fragend an.

»*Wir könnten schon am Freitag zur Selbsthilfegruppe kommen. Gegen 14.00 Uhr sollen wir uns dort im alten Rathaus im zweiten Stock melden. Ein Paar konnte den Termin nicht wahrnehmen, deshalb hat man uns kurzfristig dazwischenschieben können.*« Heinz war sich unsicher, ob dass alles eine so gute Idee war. Inge schien zu merken, dass Heinz Zweifel hatte.

»*Meinst du, es wird uns helfen?*«

»*Hoffnung ist der Keim in der Saat. Geben wir der Saat kein Wasser, vertrocknet alles. Inge, wir dürfen die Hoffnung nicht aufgeben, dann wird uns auch geholfen.*«

Heinz ging auf Inge zu, zog sie an den Händen zu sich und legte ihr die Arme um die Schultern.

»*Ich bin immer für dich da, das weißt du und wir schaffen das.*«

Heinz hielt seine Inge fest im Arm und hoffte im Stillen auf ein Wunder.

Inge lag die halbe Nacht wach und zerbrach sich ihren Kopf. Was würden die sie da wohl fragen? Was sollte sie antworten. Alles würde wieder hochkommen und sie mitnehmen, konnte sie dann überhaupt reden.

Sie blickte verzweifelt zu Heinz, der mit dem Rücken zu ihr auf der Seite lag und schlief. So schien es Inge jedenfalls. Doch Heinz machte ebenfalls kein Auge zu, und er spürte diese Ungewissheit auch bei sich. Irgendwann schliefen beide vor lauter Müdigkeit dann doch ein.


Es wurde einfach nicht besser. Inges Appetit hielt sich in Grenzen und Heinz hatte das Gefühl, Inge würde stetig abnehmen. Tiefe dunkle Augenringe legten sich mit der Zeit um ihre Augen und sie schien nur noch müde zu sein. Immer mehr graue Haare zeigten sich auf Inges mittellangen brünetten Haar. Sie ging auch nicht mehr zum Friseur so wie früher.
Es war ihr zu anstrengend und sie verkroch sich regelrecht. Heinz hatte es schwer, Inge zu Spaziergängen zu bewegen, die sie früher wie selbstverständlich zusammen entlang am See unternahmen. Ihr fehlte der Antrieb, die Kraft zum Leben.
Inge schien am Verlust ihrer Tochter Carla regelrecht zu zerbrechen und begann sich langsam aufzugeben.
Nina schlief nachts durch, im Gegensatz zu Inge. Sie drehte sich oft etliche Male unruhig im Schlaf, stand immer wieder auf, blieb dann Ewigkeiten vor Carlas Bild stehen und weinte. Sie fand einfach keinen erholsamen Schlaf mehr.

Natürlich ging das nicht spurlos an Heinz vorbei. Zudem er recht früh am Morgen schon zur Arbeit musste und den Tag über sorgenvoll an Inge dachte.

Am Freitagmorgen wirkte Inge auf Heinz unglaublich nervös und hatte wieder einmal keinen Appetit.

Heinz schaffte es mit gutem Zureden, dass sie wenigstens ein halbes Brötchen mit Marmelade aß und ihren Kaffee trank. Er verstand sie nur zu gut, doch musste er ihr jetzt Halt geben, damit sie sich nicht ganz aufgab.

»*Sicher ist es Trude* «, beruhigte sie Heinz, als es kurz nach dem Mittagessen an der Haustür klingelte und Inge erschrocken zusammenfuhr.

Heinz ging zur Tür und öffnete. Trude kam herein und gab Heinz die Hand.

»*Grüß dich Trude, schön, dass du da bist. Wir machen es so wie beim letzten Mal. Inge hat alles für Nina eingepackt.*«

Inge war aufgestanden und lehnte an der Küchentür, kam dann aber rasch auf Trude zu und beide Frauen umarmten sich. Inge war nur noch ein Häufchen Unglück.

»*Was würden wir nur ohne dich machen.*«

»*Wird schon werden Inge, du wirst sehen*«, versuchte Trude, Inge zu beruhigen.

»*Danke Trude, ich bin so froh, dass du dich heute wieder um Nina kümmerst.*«

*»Aber das ist doch selbstverständlich«*, gab Trude zurück.
Heinz holte den Kinderwagen und schob ihn Trude, mit der schlafenden Nina darin, vor die Tür und dann verabschiedeten sie sich.
*»Bis später dann und vielen Dank, Trude.«*
Trude nickte lächelnd und wandte sich dann dem Kinderwagen zu und schob ihn zu sich auf das Grundstück.
Zu Antons Lebzeiten hatten Heinz und Anton neben dem Haus der Solbergs in der Hecke einen seitlichen Eingang mit einer kleinen Tür angelegt. Der Weg war somit wesentlich kürzer und gerade bei schlechtem Wetter genial. Von der Straße aus war er nicht sichtbar, weil die Hecke sehr üppig gewachsen war. Andererseits hätte man erst das Grundstück verlassen müssen, um auf das Grundstück der Müllers zu gelangen. Die Nachbarn konnten sich problemlos besuchen, was damals besonders den Kindern gefiel.


Zum Glück regnete es nicht, als sich Heinz und Inge auf den Weg machten, aber es war kalt. Ab und zu blinzelte sogar die Sonne hinter den Wolken hervor.
Der Herbst hatte sein buntes Kleid abgelegt, die Felder waren abgeerntet und die Bäume standen kahl an den Straßen. Die Tage wurden immer kürzer und die Nächte wieder endlos lang.

Als Heinz und Inge in der S-Bahn saßen, schwiegen sie und sahen aus dem Fenster. Es hatte angefangen zu regnen und unzählige Regentropfen liefen an der Scheibe herunter.
Beide blickten sich mit einem Mal an und lächelten.
Carla kam ihnen wieder in den Sinn, als sie als Kind die Regentropfen zählen wollte. Das konnten beide nicht vergessen. So war Carla gedanklich wieder für einen Moment bei ihnen.
Nachdem Heinz und Inge ausgestiegen waren und nach einem kurzen Fußmarsch das Rathaus erreicht hatten, nahmen sie sich beide vor der Tür noch einmal in den Arm.
*»Es wird alles gut, wenn wir fest daran glauben und an der Hoffnung festhalten.«*
Heinz und Inge betraten das Rathaus und stiegen in den zweiten Stock. Heinz hielt Inges Hand und die Aufregung war jetzt bei beiden spürbar. Sie liefen langsam über den Flur und suchten die Anmeldung, als vor Ihnen eine Tür aufging und eine junge Frau erschien.
Sie zögerten, doch Heinz fragte nach dem Selbsthilfekurs, bei dem sie angemeldet waren.
*»Herr und Frau Solberg? Ich habe Sie schon erwartet. Schön, dass Sie gekommen sind.«*
Sie gab beiden die Hand.
*Ich bin Beate Lenz, die psychologische Betreuerin in diesen Kurs. Wollen wir reingehen?«*

Beide bejahten leise und folgten der Betreuerin in einen warmen, lichtdurchfluteten Raum, der geschmackvoll eingerichtet worden war.

In der einen Ecke des Raumes, nahe am Fenster, standen zwei weiße Sofas sich gegenüber und in der Mitte ein weißer Holztisch mit Getränken darauf. Einige grüne Zimmerpflanzen standen vor dem Fenster und größere Pflanzen auf dem Boden nahe der Sofas. Die Fenster waren durchgängig bis zum Boden. Sie gaben den Blick frei auf den Parkplatz und die Grünanlagen, die zur Sommerzeit in ihrer ganzen Blütenpracht Besucher staunen ließen, zu dieser Jahreszeit in einem unscheinbaren trostlosem Grau brachlagen. An den Wänden hingen Bilder mit wunderschönen Naturaufnahmen. Der Raum wirkte auf Heinz und Inge einladend und freundlich.

Beide sahen sich erstaunt an. Sie hatten mit einem einfachen Stuhlkreis gerechnet, nüchtern der Raum und steril. Das hier war ganz anders. Da standen zwar einige Stühle an der Wand, aber der Raum wirkte entspannt. Sie waren die ersten hier.

Beate Lenz bat das Paar, auf einem der Sofas Platz zu nehmen. Sie wies Heinz und Inge freundlich an, sich bei den Getränken nach Bedarf zu bedienen und setzte sie sich auf das andere Sofa, ihnen gegenüber.

*»Sie wundern sich sicher, warum noch keiner hier ist. Ich habe sie extra eine halbe Stunde eher bestellt, um mich vorab mit*

*Ihnen persönlich zu unterhalten. Wir siezen uns hier alle, sprechen uns aber mit dem Vornamen an, wenn das für Sie o.k. ist.«*
Inge nickte und Heinz begann zu erzählen.
*»Wissen Sie, wir haben unsere Tochter Carla vor knapp fünf Monaten durch einen tragischen Unfall verloren und meine Frau und ich, wir kommen nicht darüber hinweg. Sie war erst sechsundzwanzig Jahre alt.«*
Er machte eine kurze Pause, griff nach Inges Hand, schaute ihr liebevoll in die Augen und wand sich dann wieder Beate zu.
*»Carlas Tochter Nina, also unsere Enkeltochter, lebt bei uns. Ich gehe am Tag arbeiten und meine Frau hat bisher die Enkeltochter versorgt.«*
Inge blickte die ganze Zeit auf Heinz.
*»Aber der Tod unserer Tochter nimmt uns viel Kraft und Inge ist nach ihrem Zusammenbruch sehr angeschlagen und hilflos.«*
Heinz berichtete von der Begegnung mit dem Ex-Schwiegersohn Tom auf dem Herbstfest und dem Krankenhausaufenthalt danach. Immer wieder musste er stoppen, weil ihm die Stimme versagte und er tapfer die Tränen zurückhielt.
Heinz sah Inges verzweifelten Blick.
*»Ich mache mir große Sorgen um meine Frau. Unser Hausarzt riet uns, eine Selbsthilfegruppe aufzusuchen. Wir haben so etwas bisher nicht gekannt, geschweige denn besucht.«*
Beate hatte sich alles angehört.

Sie wusste nur zu gut, was beide durchmachten, denn sie selbst war vor dreizehn Jahren in einer ähnlichen Situation. Sie wollte Ihnen aber jetzt, wo sie hier das erste Mal da waren, nichts von ihrem eigenen Schicksalsschlag erzählen.

Heinz und Inge saßen schweigend auf dem Sofa und Heinz überlegte, wie er am besten fortfahren sollte.

»*Bisher haben wir es irgendwie geschafft, Nina zu versorgen*«, sprach Heinz, zu Inge gewandt und tat sich sehr schwer damit, über ihren Alltag zu reden.

»*Jetzt ist sie bei unserer guten Freundin und Nachbarin Trude Müller. Aber wir schaffen das so nicht auf Dauer. Trude ist auch schon 70 Jahre.*«

Inge sagte nichts und blickte starr geradeaus.

»*Meine Frau und ich, wir müssen aber den Verlust unserer Tochter verarbeiten. Wir haben den Schritt in diese Selbsthilfegruppe gewagt, weil wir Hilfe brauchen. Dringend. Es ist für uns unvorstellbar, Nina zum Beispiel zu Pflegeeltern zu geben. Unsere Carla hätte das auch nicht gewollt, nein nur das nicht. Aber so geht es auch nicht weiter.*«

Inge blickte mit einem Mal erschrocken zu Heinz. Doch sie sagte nichts.

Beate empfand tiefes Mitgefühl für das Ehepaar.

»*Ich verstehe, Sie haben sich schon Gedanken gemacht. Jede Entscheidung ist mit einem Schritt nach vorn nötig und kostet unheimlich viel Kraft und Mut und Hoffnung. Ja auch Hoffnung. Wenn man ganz fest daran glaubt, aus tiefsten Herzen, dann schafft man auch unvorstellbar schwere Entscheidungen zu treffen. Man sollte immer ein Ziel haben«* sprach Beate ruhig und besonnen.

*»Ich möchte Ihnen noch kurz etwas zu der Gruppe sagen. Es sind nicht sehr viel Leute, die heute kommen werden. Sie sind wie Sie das erste Mal hier in der Gruppe, hatten vorher nur Einzelgespräche. Und bitte erwarten Sie keine Wunder. Sie werden hier nicht gleich rausgehen und alles ist gut.«*

Inge hörte angestrengt zu und versuchte sich vorzustellen, wie die anderen Teilnehmer wohl wären. Sie hatte keine Ahnung, was sie von den Anderen erfahren würde.

*»Wir wollen alle zusammen reden und so versuchen, zu verarbeiten, was verarbeitet werden kann und zu mildern, was zu mildern ist. Sie werden andere Schicksale hören, die ebenfalls sehr schlimm sind und werden dahinter Menschen entdecken, die genau wie Sie darunter leiden und Hilfe in Anspruch nehmen, so wie Sie es jetzt auch tun.«*

Heinz hielt Inges Hand und drückte sie an seine Brust. Inge beugte sich stumm zu Heinz und küsste ihn auf die Wange.

*»Inge wir werden das schaffen, du wirst sehen.«*

Auf einmal klopfte es zaghaft an der Tür und ein junger Mann um die Dreißig steckte seinen Kopf zur Tür herein.

»Hallo Beate, können wir schon reinkommen?«
Beate Lenz blickte auf die Uhr an der Wand. Es war kurz vor halb Drei. Beate sah wieder zu Heinz und Inge. Beide nickten ihr zu.
»*Ja bitte, kommen Sie herein*«, erwiderte daraufhin Beate.
Eine kleine Gruppe von Leuten trat ein, begrüßten Beate, Heinz und Inge von weiten und holten sich jeder einen der abseitsstehenden Stühle.
Eine jüngere Frau so etwa in Carlas Alter, war die letzte, die zur Tür hereinkam und sie leise hinter sich schloss. Schüchtern lief sie den anderen hinterher, nahm sich ebenfalls stillschweigend einen Stuhl und setzte sich in den Stuhlkreis, den die anderen mittlerweile mit ihren Stühlen gebildet hatten.
Beate stand auf und bat Heinz, ihr zu folgen.
Heinz griff nach zwei Stühlen und trug sie zum Stuhlkreis, holte Inge vom Sofa dazu und beide setzten sich neben Beate auf die Stühle.
»*Ich möchte Sie heute ganz herzlich in der Selbsthilfegruppe begrüßen und hoffe, Sie haben die vergangenen Wochen nach unserem ersten Treffen gut überstanden.*« Sie blickte in die Runde und wies dann mit der flachen Hand zu Heinz und Inge.
»*Ich möchte Ihnen heute Heinz und Inge Solberg vorstellen. Sie haben den Weg in unsere Gruppe gefunden, weil sie, genau wie Sie, einen schweren Schicksalsschlag erlitten haben.*«

Die anderen nickten stumm zur Begrüßung. Dann wandte sich Beate wieder an alle Teilnehmer.

*»Ich wünsche Ihnen allen heute viel Kraft für gute Gespräche. Ich würde sagen, jeder von Ihnen stellt sich noch einmal kurz vor und erzählt in wenigen Worten, was ihm widerfahren ist.«*

Der junge Mann, der am Anfang noch ganz lässig wirkte und seine Arme locker auf den Oberschenkeln abgelegt hatte, hob kurz die Hand, ähnlich wie früher in der Schule beim Melden und signalisierte Beate Lenz, dass er bereit war, als erster anzufangen. Er räusperte sich und setzte sich gerade auf seinen Stuhl und wirkte nun eher steif und gefasst als lässig. Er blickte Heinz mit einem Mal fest in die Augen, faltete seine Hände und ließ sie auf seinem Schoß ruhen. Er schien sich zu sammeln.

*»Ich heiße Robert Puhlmann, bin einunddreißig Jahre alt und habe vor zwei Monaten meine Freundin Christiane verloren. Sie hatte Leukämie. Trotz intensiver medizinischer Versorgung wurde ihr Zustand nicht besser. Leider konnte kein geeigneter Spender gefunden werden und der Krebs wollte einfach nicht von ihr lassen. Sie starb mit erst siebenundzwanzig Jahren in meinen Armen..., und mit ihr unser ungeborenes Kind im sechsten Monat.«*

Die plötzliche Stille im Raum war allmächtig, selbst das Ticken der Uhr erschien für den Moment übermäßig laut und störend.

*»Wir hofften beide«,* so sprach er leise weiter, *»dass sie es noch schaffen würde, unser Kind auf die Welt zu bringen, trotz der schlechten Diagnose der Ärzte. Sie wollte einen Teil von ihr bei mir lassen. Doch sie starb mit ihm.«*

Inge hatte die ganze Zeit mit gesenkten Kopf dem jungen Mann zugehört und hob erschrocken den Kopf. Sie blickte in das blasse Gesicht des Mannes, dem die Tränen jetzt haltlos über die Wangen liefen. Er kramte hastig ein Papiertaschentuch aus seiner Hosentasche und wischte sich die Tränen aus dem Gesicht, schwieg für einen Augenblick und blickte traurig zu Inge.
*»Nach dem Einzelgespräch mit Beate Lenz bin ich heute das zweite Mal da, und es hilft mir. Ich lerne darüber zu reden, zu verstehen und loszulassen. Ich bin nicht allein und es gibt viele Menschen mit ähnlichen Schicksalen.«*
Seine Geschichte ging Inge sehr nahe, denn sie musste augenblicklich an Jan und Carla denken. Jan hatte Carla so sehr geliebt und es fiel ihm sehr schwer loszulassen, und ohne Carla weiterzuleben. Jan hatte ja zum Glück seinen guten Freund Mike, der ihm in der schweren Zeit beistand.
Inge hatte mit einem Mal den mütterlichen Instinkt, dieses plötzliche Gefühl in sich, als müsse sie aufstehen und den jungen Mann in den Arm nehmen.
Er tat ihr unwahrscheinlich leid

Und für den Bruchteil eines Momentes hatte sie ihre eigene schlimme Situation vergessen.

Beate spürte diese bedrückende Stille. Ihr war klar, dass es weitergehen musste. Doch in dieser angespannten Situation hatte keiner den Mut weiterzumachen. Alle saßen mit gesenkten Kopf oder starrten vor sich hin. Entweder weilten sie immer noch gedanklich bei Robert und Christiane oder waren längst schon wieder bei ihrer eigenen tragischen Geschichte.

*»Danke Robert. Ich wünsche Ihnen Kraft und Zuversicht für all das, was Sie noch vor sich haben.«*

Beate schaute sich um, sah betretene Gesichter.

War das der richtige Moment, um ihre eigene Geschichte zu erzählen? Sollte sie das jetzt wirklich tun?

*»Bevor der Nächste von Ihnen an der Reihe ist, möchte ich Ihnen eine Geschichte erzählen, die ebenfalls sehr traurig ist.«*

Überrascht hoben die Teilnehmer die Köpfe und warteten.

*Svenja war dreizehn und ihre Schwester Bea neunzehn Jahre alt. Beide Mädchen lebten glücklich und wie ganz normale Kinder bei ihren Eltern, bis zu diesem verhängnisvollen Tag. Sie waren mit dem Auto unterwegs. Die große Schwester hatte seit einem Jahr den Führerschein und fuhr relativ sicher.«*

Beate macht eine Pause. Sie besann sich für einen kurzen Augenblick, warf einen Blick in die Runde und staunte innerlich, denn alle Augen waren plötzlich auf sie gerichtet.

*»An diesem Tag vor dreizehn Jahren stritten beide heftig im Auto, denn Svenja erzählte von einem Jungen, den sie toll fand und der mit ihr gehen wollte. Ihre Schwester aber wusste, dass er die Mädchen allesamt, auf Deutsch gesagt, »verarschte«, um sie hinterher in der Schule lächerlich zu machen. Sie kannte sogar einige »geschädigte« Mädchen persönlich. Svenja wollte das alles nicht hören, sie war bereits über beide Ohren in diesen Jungen verliebt. Sie konnte einfach nicht glauben, dass er wirklich so ein schlechter Typ war, wie ihn ihre Schwester beschrieb und schweigend fuhren sie weiter. Bea wollte ihrer Schwester diese Schmach ersparen. Sie war doch erst dreizehn Jahre alt und noch viel zu jung für sechzehnjährige Jungs. Svenja war traurig, denn sie vertraute bisher ihrer großen Schwester alles an. Diese merkte sehr wohl die Traurigkeit ihrer Schwester und bevor sie etwas sagen konnte, tauchte plötzlich dieses Auto dicht vor ihnen auf, dann war es dunkel um sie herum.«*
Kurzes Schweigen. Minuten später erzählte Beate weiter.
*»Ein betrunkener Autofahrer war auf der Landstraße von der Gegenfahrbahn abgekommen und frontal mit ihnen zusammengestoßen. Die große Schwester musste von der Feuerwehr mit schwerem Gerät aus dem Auto befreit werden. Sie wurde im Hubschrauber mit Knochenbrüchen und schweren inneren Verletzungen ins nächste Krankenhaus geflogen und dreimal operiert.«* Beate hielt mit einem Mal inne, bevor sie leise fortfuhr.

*»Svenja war sofort tot.«*
*»Oh nein«*, rief Inge fassungslos.
Auch die anderen Teilnehmer waren betroffen. Sie saßen, aufmerksam zuhörend, auf ihren Stühlen und forderten Beate auf, weiter zu sprechen.
*»Kaum war die große Schwester nach der ersten stundenlangen Operation aus der Vollnarkose erwacht, fragte sie die Eltern nach Svenja. Es war so schlimm, und sie konnte den Tod ihrer kleinen Schwester kaum ertragen. Warum ausgerechnet sie. Sie sah ihre verzweifelten Eltern Tag und Nacht an ihrem Bett sitzen. Nach jeder Operation, aus der sie erwachte, fragte sie die Eltern hoffnungsvoll, ob Svenja am Leben wäre. Die Eltern litten und hatten große Angst, auch noch ihre große Tochter zu verlieren. Bea kämpfte sich ins Leben zurück und wurde wieder gesund. Doch sie konnte es einfach nicht überwinden, dass sie mit Svenja gestritten hatte und beide mit einem Schlag, unversöhnt für alle Zeit, getrennt wurden. Immer wieder sah sie, ganz dicht vor ihrem inneren Auge, das kleine Schwesterlein. Was hätte sie jetzt für eine einzige Umarmung gegeben. Es war zu spät. Endgültig und für immer vorbei. An manchen Tagen verzweifelte sie schier und machte sich unendliche Vorwürfe.*
*Keiner gab der Schwester die Schuld, nur sie sich selbst. Ihre Eltern gaben ihr Halt und die Familie litt gemeinsam unter dem Verlust.*

*Der Autofahrer war ebenfalls verletzt, konnte das Krankenhaus aber nach einer Woche verlassen. Er hatte sich nie bei ihr oder den Eltern persönlich gemeldet. Es gab einige Gerichtstermine und er wurde verurteilt. Die Schwester versuchte ihn ausfindig zu machen und gab nicht auf, bis es ihr gelang. Als sie aufgeregt vor dem Haus des Autofahrers stand, die drei Stufen hochstieg und zaghaft an der Haustür klingelte, öffnete er ihr angetrunken die Tür. Im barschen Ton fragte er sie, was sie wolle. »Ja, kennen sie mich nicht mehr?« Sie wollte ihn endlich persönlich zur Rede stellen. »Ich habe sie das letzte Mal im Gerichtssaal gesehen. Sie haben meine kleine Schwester Svenja auf dem Gewissen. Haben sie den Unfall etwa schon vergessen?« In diesem Moment schien er schlagartig nüchtern zu sein, denn er wurde wütend und schrie sie fast an. »Verschwinde, lass mich in Ruhe. Ich habe meine Strafe bekommen, doppelt und dreifach.« Heftig warf er die Tür vor ihrer Nase zu. Unschlüssig stand sie da und wusste nicht ein, noch aus. Sie spürte, dass es noch nicht vorbei war und setzte sich weinend auf die Treppe. Kurz darauf öffnete sich die Tür und eine Frau mittleren Alters kam heraus und stand neben ihr auf der Treppe.*

*»Es tut mir so unendlich leid für dich und deine Eltern. Ich kann dir auch nicht helfen, aber du sollst wissen, dass mein Mann, für den Rest seines Lebens, mit dieser Schuld leben muss und*

*ich auch. Er kann es nicht mehr rückgängig machen, auch wenn er es wollte. Es tut mir so leid.«* Bea stand auf, wand sich der Frau zu, die nun auf sie zukam und sie liebevoll in den Arm nahm. Beide weinten und schwiegen für einen Moment. Dann ging Bea nach Hause. Sie hatte erfahren, dass der Autofahrer, Familienvater von drei Kindern war, die jüngste so alt wie Svenja. Er selbst hatte drei Tage vor dem Unfall die niederschmetternde Diagnose Krebs erhalten, und war seitdem nur noch am Trinken, um sich, wie seine Frau schmerzvoll zugab, zu betäuben. Sein Leben war ihm gleichgültig geworden, seine Frau mit all dem überfordert. Bea hatte verstanden, was die Frau des Autofahrers ihr sagen wollte.

Beate machte eine kurze Pause. Es strengte sie an, in den Erinnerungen zu kramen, aber es tat nicht mehr so weh wie damals. Beate schwieg und blickte in die Runde.

»Bea hatte Glück gehabt. Sie kam zu einer guten Therapeutin, bis sie gelernt hatte, loszulassen und sich wieder über die schönen Erinnerungen mit ihrer kleinen Schwester Svenja freuen konnte.«

Alle Teilnehmer schauten traurig auf Beate, die sich nach ihrer Schilderung etwas leichter fühlte.

Einige Zeit herrschte Stille.

Heinz grübelte und dann fiel ihm ein, dass er von diesem tragischen Unfall schon gelesen hatte. Damals vor dreizehn Jahren.

Es stand in der Zeitung, ganz groß auf der ersten Seite. Heinz konnte sich so genau daran erinnern, weil Svenja damals in Carlas Alter war. Heinz und Inge sorgten sich dann noch mehr, wenn Carla allein unterwegs war.

»*Es ist Ihre eigene Geschichte, sie sind die große Schwester Bea, stimmt´s?*« wollte die ältere Frau wissen.

Beate schaute zu ihr hinüber und nickte.

»*Ja. Ich bin die Schwester von Svenja. Ich wollte Ihnen die Geschichte eigentlich erst viel später erzählen. Aber ich möchte Ihnen damit auch zeigen, dass es jeden im Leben treffen kann. Ich hatte Glück, Menschen zu finden, denen ich mich anvertrauen konnte, die mir halfen, einen Weg zu finden, um das Erlebte zu verarbeiten. Als ich es geschafft hatte, verspürte ich im Innersten den Wunsch, auch anderen Menschen zu helfen. Meine Erfahrung und das Bewusstsein, heute damit leben zu können, gaben mir Kraft und Hoffnung. Ich schloss mein Psychologiestudium ab und gründete diese Selbsthilfegruppe. Da ich am eigenen Leib erfahren hatte, wie schwer das Schicksal zu nehmen ist, konnte ich die mentale Situation in meiner Gruppe viel besser verstehen.*« Damit hatte nun keiner der Teilnehmer gerechnet. Für einige Minuten blieb es still.

Nur das leichte Rauschen der Klimaanlage war zu hören.

»*Die Trauer und dieser scheinbar unendlich währende Schmerz zeigt uns, dass wir die Menschen, die wir auf so tragische Weise*

*verloren haben, von ganzem Herzen liebten. Wir lernen, den Tod und somit den Verlust zu akzeptieren. Diese plötzliche Leere in uns muss wieder ausgefüllt werden mit schönen Erinnerungen und Bildern aus glücklichen Zeiten.*
*Dann wird es auch irgendwann leichter. Unser Leben geht weiter, aber es ist nie mehr so, wie es war.«* Einige Teilnehmer pflichteten ihr still bei und andere schauten betreten zu Boden.
*»Wer möchte weitermachen?«* fragte Beate in die Runde und das jüngere Ehepaar meldete sich. Beide waren sehr schlank und trugen eine blonde Kurzhaarfrisur. Der Ehemann blickte kurz zu seiner Frau, sie reichte ihm die Hand und nickte ihm zu.
*»Ich bin Johann Larsen und das ist meine Frau Grietje. Wir beide sind zweiundvierzig Jahre alt und vor zehn Jahren, wegen der Arbeit, von Holland nach Deutschland gezogen. Ich möchte von unserem Sohn Jesse erzählen, der vor drei Monaten mit acht Jahren ertrunken ist, obwohl er schwimmen konnte. Jesse war ein Wunschkind und wir haben lange gebraucht, bis es mit der Schwangerschaft endlich geklappt hatte. Wir haben keine weiteren Kinder.*
Der Mann machte eine Pause, fuhr sich mit der Hand über die Augen, als könne er das Ganze noch immer nicht glauben.
*»Jesse war mit seinen Freunden an einem Nachmittag wie immer zum Baden an den See gefahren. Er war eine richtige Wasserratte und wir waren eigentlich beruhigt, weil er in kurzer Zeit*

*drei Schwimmstufen hintereinander absolviert hatte. Als die Freunde ihn an dem Unglückstag plötzlich nach dem Sprung ins Wasser, leblos auf dem See treiben sahen, schrien sie ganz furchtbar und ein aufgeschreckter Mann bekam die Situation mit. Er stürzte sich sofort ins Wasser und holte Jesse heraus. Der Mann versuchte, ihn solange zu reanimieren, bis der herbeigerufene Notarzt vor Ort erschien und übernahm. Trotz sofortiger Wiederbelebungsmaßnahmen kam Jesse nicht mehr zu sich. Ich erinnere mich noch sehr genau daran, als die Polizei klingelte und uns die schlimme Nachricht überbrachte. Meine Frau erlitt einen schweren Zusammenbruch und wir waren am Boden zerstört. Und als wenn das alles nicht schon schwer genug war, mussten wir unser Kind in der Pathologie des Krankenhauses identifizieren. Diesen Moment werde ich nie wieder vergessen.«*

Er verstummte und sah vor seinem inneren Auge seinen kleinen Jesse.

»Den Anblick meines blassen Sohnes, mit seinen blauen Lippen, auf dieser kalten Barre, nur mit einem Tuch bedeckt, konnte ich meiner Frau doch nicht zumuten und obwohl sie mich drängte und anflehte, bat ich sie inständig, es zu lassen. Sie sollte Jesse in Erinnerung behalten, wie sie ihn noch am frühen Nachmittag vor dem Unglück gesehen hatte.« Er blickte seiner Frau ins Gesicht und streichelte ihr sanft über die Hand.

Sie nickte ihm zu, als wolle sie sagen: »*Du warst da und hast mir Kraft gegeben.*« und kämpfte mit den Tränen. All die anderen Teilnehmer waren von seinen Ausführungen ebenso tief berührt.

Was wäre, wenn Carla als Kind verunglückt wäre,] spukte es Inge mit einem Mal durch den Kopf. Sie hatte so manche Schrecksekunde mit Carla am Wasser erlebt. Doch hatte Carla immer Glück im Unglück. Inge wäre heute sicherlich nicht mehr hier. Hätte sie den Verlust je überwinden können?

Johann suchte nach den passenden Worten, um die Gefühle von ihm und seiner Frau zu erklären, um sich Stück für Stück von den zermürbenden Gedanken zu trennen und um wieder Kraft zu finden, nach vorn zu schauen.

»*Das schlimmste für uns war das Abschied nehmen an seinem Grab. Es hat uns unendlich weh getan, ihn gehen zu lassen. Jesse sollte in drei Tagen neun Jahre alt werden. Auf die Frage nach dem >Warum<, konnte uns bis heute keiner eine Antwort geben.*« Er zog sein Taschentuch aus der Hemdtasche heraus, wischte sich die Tränen ab und schniefte einmal hinein.

»*Wir wählten die Gruppe, weil wir von Anfang an wussten, dass wir Hilfe brauchen, dass wir das nicht allein schaffen würden. Wir sind froh, hier zu sein, denn oft hilft das Reden oder auch einfach das Schweigen zusammen.*«

Der Moment der Stille gehörte in diesen Raum wie die Bilder an der Wand.

»*Wir werden in einem halben Jahr zurück nach Holland gehen. Unsere ganze Familie ist dort und wir haben begriffen, dass es nichts Wichtigeres gibt, als den Halt in der Familie zu spüren und das Miteinander. Das haben wir nach dem Tod unseres Sohnes gelernt.*«

Das minutenlange Schweigen der Teilnehmer nutzte Beate, um mit dem Paar zu sprechen.

»*Lieber Johann, und liebe Grietje. Ich danke Ihnen und wünsche Ihnen weiterhin viel Kraft. Geben Sie die Hoffnung niemals auf und behalten Sie ihren Sohn Jesse immer in guter Erinnerung. Viel Glück für ihr Leben und ihre Familie*«

Beate erkundigte sich nach der allgemeinen Verfassung und erklärte, dass sie nach dem nächsten Teilnehmer eine kleine Pause machen würden.

Alle waren einverstanden. Die junge schüchterne Frau blickte sich um und alle nickten ihr wohlwollend zu.

»*Ich bin Anna Lutz, bin dreiundzwanzig Jahre alt und habe meine beiden Kinder vor einem halben Jahr verloren. Ich hatte meinen Ex-Mann Mateo vor etwa vier Jahren bei einem Festival in Berlin kennengelernt und wir waren sehr verliebt. Er stammte aus Mexico, lebte aber schon einige Zeit in Deutschland. Es dauerte gar nicht lange und er zog bei mir ein. Nach einem dreiviertel Jahr heirateten wir und unsere Tochter Charlene wurde ein Jahr später geboren. Bis dahin war alles bestens. Er war zwar ständig auf Montage, aber alles schien gut zu sein. Wir konnten uns eine kleine Wohnung mieten und er wollte unbedingt noch ein zweites Kind. Damals hat mich das nicht gewundert. Mateo war sehr kinderlieb. Kurze Zeit später war ich erneut schwanger. Wir hatten einen Flug nach Mexico geplant, um seinen Eltern ihr Enkelkind vorzustellen. Mein Arzt riet mir von dem Flug dringend ab und es schien Probleme in der Schwangerschaft zu geben. Ich sollte die ersten Monate viel liegen.*

*So flog Mateo mit unserer Tochter Charlene allein nach Mexico. An diesem Tag beschlich mich ein eigenartiges Gefühl, welches ich aber nicht deuten konnte und ich hatte starke Schmerzen. Später, in dieser Nacht, verlor ich unter Qualen im 4. Monat, mein zweites Kind. Es war von vorn herein eine Risikoschwangerschaft, laut der Aussage des Arztes, und so war ich trotz des Verlustes froh gewesen, wenigstens meine Tochter Charlene zu haben. Mein Ex-Mann war weit weg und ich allein. Ich hatte so ein Verlangen, meine Tochter Charlene zu sehen und wollte Mateo bitten, wieder heim zu kommen.*

*Ich rief ihn, vom Krankenhaus aus, nach zwei Tagen in Mexico an, und erklärte ihm verzweifelt, dass ich unser Kind verloren hatte. Er schien sehr unglücklich über die Fehlgeburt zu sein.*

*Er fragte nicht nach mir und auf die Frage, wie es denn Charlene gehe, meinte er nur kurz und knapp »Gut« Als ich ihn bat heimzukommen, legte er einfach auf. Das war das letzte Mal, dass ich mit ihm sprach. Ich versuchte wirklich alles um ihn zu erreichen, aber nicht einmal seine Eltern gingen ans Telefon.«*

Die junge Frau wirkte hilflos, traurig und verlassen.
Sie sammelte sich kurz und sprach weiter.

*»Dann eines Tages kam dieser schreckliche Brief. Er werde sich scheiden lassen, schrieb er und hätte bereits eine andere Frau in Mexico gefunden, die ihm genügend Kinder gebären könnte. Ich war wie vor den Kopf gestoßen. Als ich den Brief öffnete, fiel ein Formular heraus und ich hob es auf.*
*Kurz darauf ...«*

Sie konnte nicht mehr weitersprechen.
Minutenlanges Schweigen. Sie rang unter Tränen mit einem Mal nach Worten. Die anderen Teilnehmer der Gruppe saßen erstarrt, einige irritiert mit offenen Mündern da, mit Tränen in den Augen und waren fassungslos. Wie schrecklich. Bei all den traurigen Schicksalen wurde jedem unwillkürlich klar, dass es wichtig war, sich zu öffnen, um so das Unbegreifliche zu verarbeiten. Beate stand auf und ging zu Anna hinüber. Sie hockte sich vor ihr hin und fragte, ob sie lieber aufhören wollte. Anna schüttelte den Kopf.

Beate nahm sie in den Arm und versuchte, ihr für den Moment Halt zu geben. Gedanklich war nun jeder der Teilnehmer bei Anna und ihrem Schicksal angekommen.

»*Es geht schon, ich danke Ihnen.*«

Anna wollte es zu Ende bringen. Sie hob den Kopf, schloss ihre Augen und atmete tief ein und aus.

Sie öffnete ihre Augen wieder und blickte betrübt in die Runde.

»*Ich hielt nun dieses Formular in der Hand und konnte die Sprache ja nicht, erkannte aber sehr schnell, um was für ein Formular es sich handelte. Ich las den Namen meiner Tochter... Charlene, Adriana Sánchez. Ihr Geburtsdatum und dahinter ein zweites Datum. Das war genau vor drei Wochen, der Tag meiner Fehlgeburt. Ich brauchte nicht lange um zu begreifen. Es war die Sterbeurkunde meiner Tochter Charlene. Sie war tot.*«

Mit einem Mal hörte man leises schluchzen.

Grietje Larsen lehnte an ihren Mann, der mit seinem Stuhl dicht an den ihren gerutscht war.

Inge konnten ihre Tränen ebenfalls nicht mehr zurückhalten.

Heinz starrte auf den Fußboden. Was war das hier? War nicht ihr eigenes Schicksal so schon schlimm genug? Dass es andere ebenso so erbarmungslos treffen konnte, hatte er bis zu diesem Besuch hier in der Selbsthilfegruppe, weit von sich geschoben.

Anna starrte vor sich hin, während sie sprach.

Es schien, als würde die Tragödie vor ihrem inneren Auge noch einmal ablaufen.

»*Ich schrieb an die Eltern meines Ex-Mannes, dass ich kommen würde, und flog nach Mexico. Weder mein Mann noch die Eltern waren gekommen, um mich abzuholen oder um mich zum Friedhof zu begleiten.*« Anna schluckte.

»*Nach langem Hin und Her fragen, gelangte ich endlich zum Friedhof, fand aber das Grab nicht. Es war so schwer zu verstehen. Ich konnte Charlene nicht mal mehr sehen. Eine fremde Frau kam auf mich zu und zeigte mit der Hand auf ein relativ frisches Grab in der Nähe. Ich lief los und sie kam langsam hinter mir her. Sie reichte mir am Grab meiner Tochter wortlos einen Umschlag und ging. Über mir stürzte der Himmel ein. Ich hatte so ein furchtbares Gefühl in mir und als ich den Umschlag öffnete, fand ich nur ein Foto darin, sonst nichts. Es war das Foto meiner Tochter Charlene, ganz blass im weißen Kleidchen, aufgebahrt im weißen Sarg mit vielen Blumen ringsherum. Sie hatten sie einfach beerdigt. Ohne mich, ihre Mutter.* Anna senkte den Kopf; bevor sie weitersprach.

»*Ich weiß nicht mehr, wie lange ich auf dem Grab meiner Tochter gelegen habe. Es war auch nicht mehr wichtig. Nichts war mehr wichtig, denn ich hatte an einem Tag gleich zwei Kinder verloren.*

Als Inge das vernommen hatte, begriff sie ihre Alpträume.

Das nicht akzeptieren können, schien auch bei ihr solche Ausmaße zu haben, dass sie nachts das träumte, wovon Anna nun so traurig erzählte. Aber wie konnte das jetzt sein. Sie selbst lag in ihren tiefen Träumen auf dem Grab ihrer Tochter und schrie verzweifelt nach ihr, ohne dass ein einziger Ton über ihre Lippen kam. Inge schüttelte sich, als wäre ihr plötzlich kalt.
Sie rutschte auf ihrem Stuhl nervös hin und her und zwang sich, Anna wieder zuzuhören.

*»Ich nahm den nächsten Flug und flog nach Hause. Wochen später kamen die Scheidungspapiere. Am plötzlichen Kindstod wäre Charlene gestorben, so stand es noch einmal in den Papieren. Aber sie war doch kerngesund. Wieso dort? Ich war so hasserfüllt auf meinen Mann, unterschrieb die Papiere und schickte sie ihm kehrt wendend zurück. Nie mehr habe ich von ihm gehört oder gelesen. Ich nahm meinen Mädchennamen wieder an. Ich habe damals so viel Wut und Schmerz empfunden und wollte nicht mehr leben. Ich wollte bei meiner Tochter Charlene, bei meinen beiden Kindern sein. Meine Mutter war damals mein großer Halt. Als sie mir damals sagte, sie würde, wenn sie mich verlieren würde, wie ich unter dem Tod meiner Tochter leiden und das nicht überleben, wusste ich mit einem Mal, dass ich bleiben musste. Das wollte ich meiner Mutter nicht antun und ich bin so froh, dass ich sie habe und ich liebe sie sehr. Ich kam auf Anraten meiner Mutter hier her, die mich auch*

*beim ersten Mal begleitet hatte und ich bin auch dankbar für jede Hilfe und jedes liebe Wort.«* Die Teilnehmer der Gruppe saßen mit Tränen in den Augen auf ihren Stühlen.

Inge hielt ihre Hand vor dem Mund und war blass und traurig. Heinz erging es nicht viel besser.

Das waren so schlimme Erlebnisse, bei jedem einzelnen.

*»Danke Anna, und ich wünsche auch Ihnen viel Kraft und glauben Sie an sich und Sie werden sehen, es wird wieder hell für uns alle.«*

*»Danke Beate.«*

Die Teilnehmer saßen wie benommen auf ihren Stühlen und ließen das Gehörte in sich sacken.

*»Ich würde sagen, wir brauchen jetzt alle mal etwas Zeit zum Verschnaufen.«* Beate erhob sich.

*»Wir machen eine Pause von fünfundvierzig Minuten und sehen uns nach dem Imbiss, der in der Cafeteria für Sie vorbereit ist, hier wieder.«*


Robert stand als erster auf und verließ den Raum. Nach und nach folgten die Anderen. Einige suchten die Toiletten auf, andere gingen zum Rauchen vor die Tür oder besuchten die Cafeteria.

Heinz und Inge blieben noch sitzen. Sie waren förmlich überflutet von dieser Fülle an Informationen, von diesen schweren

Schicksalsschlägen der anderen Teilnehmer. So hatten sie sich das beide nicht vorgestellt. Beate kam auf Heinz und Inge zu und fragte, wie es ihnen nach der ersten Begegnung hier bisher ergangen sei.

Inge brach erneut in Tränen aus. Sie war sichtlich überfordert und gab das auch zum Ausdruck.

»*Man weiß ja vorher gar nicht, wie viele Menschen tagtäglich Schicksalsschläge hinnehmen müssen.*«

»*Einer tragischer als der Andere*« äußerte Heinz ergriffen.

»*Ja das ist wirklich bedrückend, aber das Reden hilft, auch wenn Sie sich das jetzt noch nicht vorstellen können. Ich denke, Sie sollten jetzt den Raum verlassen, ein bisschen frische Luft schnappen und sich draußen stärken. Wir sehen uns hier nachher wieder.*«

Beate ging hinaus und ließ die Tür offen.

Heinz und Inge standen auf und umarmten sich. Sie blieben stehen und hielten sich einfach nur fest.

»*Mir geht es gar nicht besser, wenn ich das alles höre, es ist so schlimm.*«

»*Ja Inge, es ist schlimm und sehr traurig, so wie unser Schicksal.*«

Sie waren sich nicht sicher, es war so schwer zu begreifen.

Beide nahmen sich bei der Hand und gingen in die Cafeteria. Sie betraten einen hellen Raum mit etlichen Tischen, einer

Selbstbedienungstheke und einem Büffet. Appetit hatten sie nach dieser intensiven Stunde nicht. Sie holten sich einen Kaffee und setzten sich schweigend in den angrenzenden Wintergarten.

Beate war inzwischen zu der Gruppe gegangen, die draußen etwas abseits neben der Tür stand.

Robert, Johann und Grietje rauchten und bestaunten ein vorbeifahrendes Hochzeitsauto, dass neben dem Rathaus hielt. Im Rathaus wurde die Trauung bereits vollzogen.

»Ach wie schön«, meinte die kleine Anna daraufhin. »Ich wünsche denen ganz viel Glück.«

Die anderen stimmten ihr nickend zu.

»Na, wie geht es Ihnen?«, wollte Beate wissen.

Johann sprach für alle, als er bekundete, dass es nur leichter wird, damit zu leben, wenn man drüber redet, aber es so unheimlich schwer ist.

Robert nahm seine Schachtel Zigaretten und bot sie Beate an. Sie zögerte für einen Moment. Dann zog sie sich eine Zigarette aus der Schachtel und Robert gab ihr Feuer.

»Das ist echt nett von Ihnen« bedankte sich Beate. »Ich rauche nur gelegentlich.«

Robert nickte verständnisvoll. Ihm ging es ebenso.

Durch das Hochzeitsauto waren sie für einen Augenblick von

ihren eigenen Sorgen abgelenkt und warteten gespannt auf das Hochzeitspaar. Es kamen immer mehr geschmückte Autos auf den Parkplatz neben dem Rathaus gefahren und festlich gekleidete Leute stiegen aus den Autos.

In Windeseile herrschte auf dem Vorplatz vor dem Haupteingang des Rathauses emsiges Treiben.

Ein Auto mit Anhänger hielt und vier starke, ebenfalls festlich gekleidete Männer kamen herbei, hoben vorsichtig einen Sägebock vom Anhänger und stellten ihn in der Nähe des Haupteinganges auf. Er war mit einem dicken Stamm versehen und mit einer stattlichen Säge bereits leicht eingesägt worden.

Ein Tisch wurde aufgebaut und eine Frau brachte ein weißes Tischtuch und bedeckte den Tisch. Andere Frauen schleppten Tablets mit Gläsern, Sektflaschen und diversen Getränken herbei. Die Gläser wurden gefüllt und auf dem Tisch angerichtet.

Eine Gruppe kleiner Mädchen in feinen Kleidern bekam ihre Körbchen zugeteilt. Sie waren auch die ersten an der Tür.

Alle Anwesenden postierten sich in zwei Reihen, jeder mit einer weißen Rose in der Hand vor dem Eingang.

Ein Fotograf hatte sich aufgebaut und alle warteten gespannt. Der erste Glockenschlag der Kirche nebenan ertönte und kurz darauf öffnete sich die Eingangstür, sanfte Musik erklang und das Brautpaar erschien. Die Blumenkinder gingen vor dem Brautpaar her und verstreuten ihre Rosenblätter.

Einige der Gäste streuten Reis. Alle klatschten und sogar die Gruppe vor der Tür, zu der sich nun auch Heinz, Inge und die restlichen Teilnehmer gesellten, spendeten Applaus und waren über für diesen wundervollen Moment hoch erfreut. Heinz nahm seine Inge in den Arm und auch die anderen Paare in der Gruppe rückten zueinander.

Die Braut erstrahlte in ihrem wunderschönen langen weißen Kleid aus sehr viel Tüll und Perlen. Auf ihren Schultern ruhte ein weißer weicher Bolero, ebenfalls mit sehr vielen Perlen durchwirkt. An ihrem hochgesteckten dunklen Haar schimmerte ein zartes Diadem, an dem ein kurzer Schleier befestigt war.

Sie fühlte sich an ihrem schönsten Tag sicherlich wie eine Prinzessin. Der Bräutigam, im schwarzen Sakko, weißem Hemd und heller Krawatte, zog seine frischvermählte Ehefrau mit sich zum Sägebock.

Eine Frau trat dazu, anscheinend war es die Brautmutter und hielt hinter der Braut das Kleid an den Enden fest, damit es beim Sägen nicht störte. Unter großer Anstrengung und lauten Zurufen sägten sie sich ins Glück.

Die Hochzeitsgäste nahmen sich jeder ein Sektglas und reichten auch dem Brautpaar ihre Gläser.

Die Frau, die den Sekt verteilt hatte, kam freudestrahlend mit einem Tablett auf die etwas abseitsstehende Gruppe zu und reichte ihnen ebenfalls Gläser mit Sekt.

Dann stießen alle mit einem Ständchen, dass der Brautvater anstimmte, auf das Brautpaar an.
Heinz, Robert und Johann brachten anschließend die Gläser zurück und bedankten sich für diese nette Geste.
Wie nah doch Glück und Trauer zusammenlagen.

Als nach einer guten dreiviertel Stunde alle Teilnehmer wieder im Raum auf ihren Stühlen saßen, begrüßte sie Beate und fragte erneut nach ihrem Befinden. Durch die Hochzeit, der sie für einen Moment beiwohnen durften, ging es allen etwas besser.
Nach einer kurzen Schwärmerei war nun ein älteres Ehepaar an der Reihe, und diesmal ergriff die Ehefrau das Wort.
*»Wir sind Heinrich und Maria Brunner, fünfundsiebzig und siebzig Jahre alt und wir sind hier, weil wir ebenfalls, wie alle anderen, unser Kind verloren haben. Unser Wolfgang ist vor drei Wochen gestorben. Er verunglückte mit seinem Motorrad vor einem Jahr. Er war achtundvierzig Jahre alt und lag nach einer Hirnblutung im Koma.«*
Die Frau machte eine Pause und schaute zu ihrem Mann, der ihr liebevoll zunickte.
*»Wolfgang war ein guter Junge gewesen. Er war fleißig, hatte für sich, seine Frau und seine Kinder ein schönes Haus gebaut. Und doch arbeitete er viel zu viel und hatte kaum Zeit uns zu*

*besuchen. Seine zwei Jungs waren mit ihren sechzehn und achtzehn Jahren im Flegelalter und nicht gerade einfach zu nehmen. So kam es oft zu nervigen Auseinandersetzungen und langsam schien die Familie auseinanderzubrechen. Die Jungs wollten mit den Eltern nichts mehr unternehmen. Zu uns kamen sie nur, wenn sie Geld brauchten.*

*Wolfgang konnte seine zehn Jahre jüngere Frau für den Motorsport nicht begeistern und so unternahm sie dann ständig etwas mit ihren Freundinnen. Nach Feierabend oder an den Wochenenden schwang sich Wolfgang auf sein Motorrad, kam uns besuchen und fuhr oft sehr weite Strecken. Wolfgang konnte entspannen, oder wie er immer gesagt hatte, abschalten. Vieles, was wir nach dem Unfall erfuhren, schockierte uns und vieles konnten wir uns auch erst im Nachhinein erklären. Wolfgang war immer gut gelaunt gewesen. Aber einige Wochen vor dem Unfall hatte er sich verändert. Als er das letzte Mal zu uns kam, nahm er uns beide in den Arm und beteuerte, dass er uns sehr lieben würde. Ich wunderte mich schon, sprach er doch sonst nie davon. Wir wussten ja nicht, dass seine Frau zu dieser Zeit schon einen anderen Mann hatte und er ausziehen sollte. Sie wollte das Haus behalten und natürlich auch die Kinder. Sie hätte ihm seinen Anteil am Haus aber gar nicht auszahlen können. Sie hatte ja kaum Geld. Ebenso wenig wussten wir, dass er noch einen Putz Job angenommen hatte um seiner Frau alles bieten zu können. Er liebte sie abgöttisch. Doch nun wollte sie ihn nicht mehr.«*

Maria wurde wütend.

*»Der Mohr hatte seine Schuldigkeit getan.«*

Stille erfüllte den Raum und alle Teilnehmer blickten auf Heinrich und Maria.

Inge musste an Tom denken und konnte Marias Wut verstehen. Maria selbst schwieg für einen Moment. Heinrich hatte den Kopf gesenkt und saß still auf seinem Stuhl.

*»Er war mit seinem Motorrad, so hieß es im Polizeibericht, in hohem Tempo gegen einen Brückenpfeiler gefahren. Viel später sagte man uns, dass es so schien, als hätte er sein Motorrad absichtlich zu dem Brückenpfeiler gelenkt. Aber warum sollte er sich das Leben nehmen wollen?«*

Die Stimmlage der Frau änderte sich augenblicklich.

*»Ich hatte nie etwas gegen Silke, unsere Schwiegertochter, aber als ich das alles erfuhr, kochte es in mir vor Wut. Als Wolfgang im Koma lag, konnte sich Silke ja nicht von ihm scheiden lassen. So fragte sie uns, ob wir da etwas entscheiden konnten. Ich hatte ihr damals ins Gesicht geschrien, sie solle verschwinden. Sie könne ja wohl noch warten und zu holen gäbe es bei ihm ja auch nichts mehr. Sie hatte ihm ja schon alles genommen. Doch Silke hoffte auf die Lebensversicherung. Danach kam sie nie mehr ins Krankenhaus. Das war zu viel für uns.*

*Auch hatten die Jungs nur ein oder zweimal ihren Vater besucht. Eines Tages dann, als wir Wolfgang wieder besuchen wollten, bat uns der Chefarzt zu sich ins Zimmer und erklärte uns sehr behutsam, dass es am Morgen plötzlich Probleme bei Wolfgang gegeben hatte und sämtliche Untersuchungen durchgeführt wurden und ihm nicht mehr geholfen werden konnte.«*
Maria Brunner hielt inne und blickte zu ihrem Mann. Er saß mit gesenktem Kopf neben seiner Frau und kämpfte nun mit den Tränen.
Er hatte sein Taschentuch aus der Hose gezogen und hielt es unruhig in seinen Händen.
*»Unser Sohn war hirntot. Man hatte versucht uns zu erreichen, aber wir haben beide kein Handy. Wir kennen uns mit so moderner Technik nicht aus. Zudem waren wir längst unterwegs ins Krankenhaus.«*
Heinrich griff überrascht nach Marias Hand und begann bitterlich zu weinen.
Maria stand mühevoll auf, ging zu ihm und strich ihm sanft über seine wenigen Haare. Dann gab sie ihm einen Kuss auf sein lichtes Haupt, setzte sie sich wieder auf ihren Stuhl und schaute in die Runde. Sie wirkte gefasst.
Heinrich hatte sich wieder beruhigt und blickte traurig auf Maria.
*»Mein Mann hat Demenz. Vielleicht ist es gut für ihn, wenn er manches, was war, einfach vergisst. Doch oft, wenn wir über*

*Wolfgang reden, spüre ich, wie er leidet. Wir hatten lange mit dem Chefarzt gesprochen und er sagte uns, unser Junge würde nur noch durch Maschinen am Leben gehalten werden.*
*Er war bereits an diesem Tag gestorben. Seine Organe funktionierten also nur noch solange, wie die Maschinen liefen. Ich konnte nicht glauben, dass mein Wolfgang, der da so friedlich in seinem Bett lag und es aussah, als wenn er nur tief schliefe, tot sein sollte. Ich hatte schlaflose Nächte und mir war klar, dass ich schon bald eine Entscheidung für mich, für uns treffen musste. Ebenso hatte uns der Arzt nahegelegt, über eine Organspende nachzudenken. Wir hatten vor Jahren mit Wolfgang darüber gesprochen. Er hatte noch keine Patientenverfügung so wie wir, aber er stand dem immer positiv gegenüber. Wir stimmten zu und so konnte unser Sohn mit seinen Organen wenigstens anderen das Leben retten.«*

Maria machte eine Pause. Man sah ihr an, wie schwer es für sie war, die Fassung zu bewahren.

Inge blickte die ganze Zeit wie erstarrt auf Maria. Sie konnte das einfach nicht begreifen.

Maria schaute auf und sah Inge mit einem Mal unverwandt ins Gesicht.

*»Vor knapp drei Wochen wurden alle Maschinen abgestellt und wir haben unseren geliebten Sohn zu Grabe getragen. So hatte er endlich seinen Frieden gefunden.«*

Maria nickte Beate zu und deutete ihr damit an, dass sie fertig war. Beate stand auf, bedankte sich bei Maria und wünschte ihr und ihrem Mann weiterhin Kraft und Gesundheit.

»*Warum haben Sie denn nicht noch gewartet. Es passieren doch heutzutage immer wieder Wunder*«, wollte Inge Maria begreiflich machen.

Ein Raunen ging durch den Raum und einige der Teilnehmer schüttelten wie Maria verständnislos den Kopf.

»*Verstehen Sie doch, unser Sohn war schon tot. Was hätten Sie denn an meiner Stelle gemacht?*« Maria war entsetzt über Inges Reaktion.

Heinz und Inge waren nun an der Reihe, aber Inge brauchte unheimlich lange, bis sie die richtigen Worte fand. Heinz fiel es auch nicht leichter, aber er ergriff als erster von beiden das Wort.

»*Wir haben unsere Tochter Carla vor knapp fünf Monaten durch einen tragischen Unfall verloren. An diesem Tag wurde unsere Enkeltochter Nina geboren. Sie lebt nun bei uns. Ihr Vater hatte sie schon in der Schwangerschaft abgelehnt.*

*Wir kommen aber nicht über den Tod unserer Tochter hinweg und brauchen dringend Hilfe. Uns wurde auch schon nahegelegt, über eine Pflegefamilie für Nina nachzudenken. Was sollen wir tun?* «

Inge blickte Heinz mit einem Mal vorwurfsvoll an.

Was sollten sie hier. Auch wenn das Schicksal der Anderen schwer war, aber wie konnte ihnen schon geholfen werden. Was sollte das Reden darüber bringen? Keiner konnte ihr diese Last abnehmen. Warum nur hatte sie sich auf diesen Treff eingelassen. In ihrem Kopf hämmerte es und sie wirkte genervt.

Maria Brunner wartete immer noch auf eine Antwort von Inge und fragte, was denn mit Carla passiert sei.

Inge fühlte sich plötzlich unwohl.

Irgendwie hatte sie langsam genug von dem Ganzen. Sie erzählte nun ziemlich durcheinander von ihrem Schwiegersohn und vom Besuch auf dem Herbstfest und zwischendurch weinte sie drauf los. Die anderen Teilnehmer schauten verunsichert und spürten die aufkommende Unruhe, die Inge jetzt immer mehr in Besitz nahm.

Inge beschrieb den Unglückstag, wollte Marias Entscheidung nicht akzeptieren.

»*Ich weiß nicht, ob ich das einfach so gekonnt hätte*«, bezweifelte Inge und warf Maria einen vorwurfsvollen Blick zu.

»*Ich hätte nicht aufgegeben und stattdessen weiter gehofft, wenn meine Carla im Koma gewesen wäre, immer weiter.*«

Maria Brunner schüttelte nur verständnislos den Kopf.

»*Frau Solberg, Sie verstehen nicht, mein Sohn war hirntot. Wissen Sie überhaupt, was das heißt?*«

»*Nein*« schoss es aus Inge heraus.

»*Es war nicht richtig.*«

Maria wusste nicht, wie sie es Inge begreiflich machen konnte und ihr keine andere Wahl blieb.

»*Ich hätte das nie gewollt und ich hätte sonst was getan, nur um Carla dazulassen.*«

Heinz war irritiert.

Was war denn plötzlich mit Inge los.

Er griff nach Inges Hand und wollte sie wieder beruhigen, doch Inge steigerte sich immer mehr hinein.

»*Vielleicht wäre Ihr Sohn irgendwann ja wieder aufgewacht.*«

Maria Brunner war nun sichtlich erschrocken, weil Inge mit einem Mal auch sehr energisch wurde.

Doch dann konnte Inge nichts mehr sagen, denn urplötzlich wurde ihr schwarz vor Augen. Sie erhob sich und wollte raus aus dem Raum, auf die Toilette gehen, sackte aber vor ihrem Stuhl zusammen.

Heinz sprang auf und konnte gerade noch ihren Kopf schützen, bevor sie mit voller Wucht gegen ihren Stuhl schlug.

Einige der Teilnehmer erhoben sich entsetzt von ihren Stühlen und kamen Heinz zu Hilfe, der versuchte, seine Frau hochzuheben. Anna Lutz lief zum Sofa und holte eine Decke und breitete sie vor Inge aus.

»*Herr Solberg, legen Sie bitte ihre Frau auf die Decke.*«

Schnell griff Robert Puhlmann mit zu und zusammen mit Heinz legten sie Inge rücklings auf die Decke.

Anna Lutz beugte sich über Inge Solberg und kontrollierte ihre Atmung, den Puls und ihr Bewusstsein.

Inge zitterte am ganzen Körper.

*»Ich hatte letztens einen Erste-Hilfe-Kurs beim Roten Kreuz besucht. Wir müssen einen Krankenwagen rufen.«*

Beate brachte ein Kissen und noch eine Decke und hatte bereits telefonisch einem Krankenwagen gerufen. Anna schob Inge das Kissen unter den Kopf und legte die Decke über die Füße.

Heinz war vollkommen durcheinander. Er saß erschüttert auf den Knien neben seiner Frau und wirkte verloren.

»Was soll ich denn nur machen?« fragte er hilfesuchend Beate, die sich ebenfalls große Sorgen machte.

War die erste Konfrontation doch zu viel für Inge und ihren Mann gewesen?

Wenig später schoben zwei junge großgewachsene Sanitäter eine Trage in den Raum und hinter ihnen folgte der Notarzt, der sich als Dr. Fiedler vorstellte. Heinz erhob sich und als der Notarzt nach dem Vorfall fragte, berichtete Heinz von der Aufregung und auch von dem erneuten Zusammenbruch seiner Frau. Die Sanitäter stellten ihre Koffer auf den Boden, verkabelten Inge und schalteten den Monitor am EKG Gerät ein. Zugleich bekam sie ein Clip an ihren Finger gesteckt und der Notarzt schaute mit einer Taschenlampe in ihre Pupillen. Die anderen Teilnehmer des Kurses beobachteten alles aus der Nähe.

Die Sanitäter teilten dem Arzt die Werte des EKGs mit und er gab seine Anweisungen an die Sanitäter und sah die betroffenen Gesichter der Teilnehmer, die nun sichtlich geschockt um das Geschehen herumstanden.

Heinrich weinte immerzu und Maria versuchte ihn zu beruhigen.

Inge bekam eine Infusion angelegt und die Sanitäter legten sie behutsam auf die Trage, als sie die Augen öffnete.

*»Was ist denn passiert?«,* wollte Inge wissen.

*»Inge bleib ruhig«,* rief Heinz kleinlaut.

Inge war viel zu erschöpft um noch antworten zu können.

Heinz griff nach Inges Hand, währenddessen der Sanitäter die Gurte auf der Trage anzog und Inge für den Transport ins Krankenhaus fertiggemacht wurde. Die vom Notarzt angebrachte Infusion an ihrem Arm lief kontinuierlich. Hilflos stand Heinz daneben und konnte nichts machen.

Maria kam zur Trage und beide Frauen sahen sich an.

*»Es tut mir so leid, Frau Solberg.«*

Inge nickte müde.

Ihr Gesicht war kreidebleich, und sie kam langsam zur Ruhe.

*»Ich fahre mit meiner Frau mit ins Krankenhaus, wenn das o.k. ist«* signalisierte Heinz dem Notarzt. Dieser nickte.

Beate war noch immer sichtlich beunruhigt. So schlimm wie Inge hatte es bisher noch keinen ihrer Therapiebesucher getroffen. Und das gleich am ersten Tag, dabei hatte alles ganz ruhig angefangen.

*»Ich wünsche Ihnen und Ihrer Frau alles Gute, Herr Solberg«*
Bedrückt ging Heinz den Sanitätern, die Inge auf der Trage hinaus zum Krankenwagen schoben, hinterher.
Er stieg in den Krankenwagen, setzte sich neben Inge und hielt wieder ihre Hand. Er fühlte sich elendig. Mit Rundumlicht und Sirene ging es daraufhin zum städtischen Krankenhaus.
Beate war noch bis zur Tür gegangen und schaute dem Krankenwagen hinterher, bevor sie sich umwandte und in den Raum zurückging. Sie musste sich auch um die anderen, zum Teil aufgebrachten Teilnehmer in ihrer Gruppe kümmern, und diese Situation erst einmal gemeinsam verarbeiten.

Inge ertrug etliche Untersuchungen im Krankenhaus, bevor sie müde samt Bett in ihr Zimmer geschoben wurde. Heinz war die ganze Zeit dabei gewesen und versuchte Inge seelisch und moralisch beizustehen. Kraftlos saß er auf einem Stuhl vor ihrem Bett. Immer wieder erhob er sich besorgt, strich ihr liebevoll über die Stirn und küsste sie auf die Wange.
Die Beruhigungsmittel wirkten und Inge schlief. Heinz war nun selbst am Ende und den Tränen nahe.

Wie konnte man ihnen denn jetzt noch helfen?
Inge hatte das Leben unbewusst aufgegeben und obwohl sie ihre Enkelin abgöttisch liebte und um keinen Preis verlieren wollte, fehlte ihr die Kraft zum Leben. Carlas Tod hatte bei ihr ein schweres Trauma ausgelöst und sie konnte sich nicht dagegen wehren. Konnte er das?

Kurze Zeit später klopfte es an der Tür und eine Frau mittleren Alters betrat das Zimmer, kam langsam auf Heinz zu und reichte ihm die Hand. Sie hatte ihr dunkles Haar zu einem Dutt hochgesteckt und einen langen weißen Kittel an. Noch bevor Heinz ihr Namensschild lesen konnte, stellte sie sich bei ihm vor.
*»Herr Solberg? Ich bin Lydia Mendes, die psychologische Beraterin hier im Krankenhaus. Ich würde gern mit Ihnen sprechen.«* Heinz blickte sich zu Inge um und sah, dass sie ruhig und entspannt schlief.
*»Wenn Sie bitte mit in mein Büro kommen würden, dort können wir uns in Ruhe unterhalten.«* Heinz nickte und lief stumm hinter der Frau her, bis sie in ihrem Büro angekommen waren.
Irgendwie kam sie ihm bekannt vor oder spielte ihm sein Gehirn auch schon Streiche.
Sie wies mit der Hand zu einem Stuhl und bat ihn, Platz zu nehmen. Sie fragte ihn, ob er etwas trinken wolle.
*»Ja bitte, ein Glas Wasser.«*

Als Lydia Mendes ihm das Glas reichte und auf dem Stuhl neben ihm Platz genommen hatte, blickte sie Heinz ins Gesicht und schwieg. Auch sie schien zu grübeln.

*»Ich habe erfahren, dass ihre Tochter Carla auf tragische Weise verunglückt und verstorben ist, Carlas Tochter Nina den Unfall zum Glück überlebte. Es tut mir aufrichtig leid, Herr Solberg. Ihrer Frau geht es schon einige Zeit so schlecht?*
*Wissen Sie vielleicht noch, wann das genau anfing? Begann es mit dem Tod ihrer Tochter oder fing es erst später an?«*

Heinz musste sich wahrlich zusammenreißen um nicht zu heulen. Er hatte all die Monate mit Inge gerungen und gekämpft. Er selbst war von dem Schmerz innerlich zerrissen.

Nun gab Inge langsam auf und Heinz konnte ihr nicht helfen.

Er hatte ebenfalls kaum noch Kraft. Doch das hatte er Inge nie gezeigt. Er litt still für sich und hatte mehr und mehr Angst auch noch Inge zu verlieren. Was sollte dann aus Nina werden.

Wenn er früh morgens sorgenvoll ins Auto stieg und zur Arbeit fuhr, lenkte er seinen Wagen meist nach zehn Minuten auf einen nahegelegenen Parkplatz und hielt dort an.

Der Kloß im Hals verschwand nicht, auch wenn er auf sich selbst wütend war, wütend darüber, mit dem Schicksalsschlag nicht klarzukommen, brachte ihm das keine Linderung.

Er wusste, dass auch ihn die Situation mehr und mehr forderte und bei ihm zunehmend Beschwerden verursachte.

Er merkte, wie schwer es ihm plötzlich fiel, sich auf der Arbeit zu konzentrieren. Er schlief seit Carlas Tod auch schlecht, nicht allein nur wegen Inge. Es musste endlich etwas geschehen. Doch er scheute den Arztbesuch.

Er blickte der Beraterin in die Augen. Sie hatte wunderschöne braune Reh Augen. Heinz schaute an ihr vorbei und starrte irritiert auf ein Bild, dass hinter ihr an der Wand hing. Sein Blick blieb an dem Bild hängen und er versank darin wie in einem tiefen Strudel.

In einem roten Boot, umgeben von blauem Wasser und wunderschöner Landschaft stand ein kleines Mädchen im luftigen Kleid und mit wehenden braunen Haaren.

Sie lächelte verträumt und hatte ihre Arme weit ausgebreitet. Ihr gegenüber hockte ein scheinbar gleichaltriger Junge und blickte sie verliebt an, während er das Ruder fest in der Hand hielt.

»Carla,« hauchte Heinz ganz leise vor sich hin und lächelte.

Die Frau hatte Heinz beobachtet und seine Abwesenheit bemerkt und drehte sich langsam zu dem Bild an der Wand.

»*Gefällt es Ihnen, Herr Solberg?*«

Die Stimme von Lydia Mendes schien Heinz von weiter Ferne zu erreichen.

Er blickte wie gebannt auf das Bild.

»*Woher haben Sie das?*« entgegnete Heinz, immer noch verblüfft, und war von dem Bild magisch angezogen.

»*Der Sohn meines Onkels, also mein Cousin hatte es gemalt, aber warum fragen Sie?*«

»*Ich kann mich nicht verwehren, aber es gleicht einem Bild, welches ich in meinem Kopf trage. Bei uns zu Hause haben wir einen See und ein kleines rotes Ruderboot und meine Tochter Carla…*«

Heinz musste schwer schlucken und sich zusammenreißen, bevor er weitersprach.

»*Sie fuhr mit ihrem kleinen Spielfreund oft auf den See und so hatte ich das Gefühl, es wieder vor meinen Augen zu erleben.*«

»*Wie hieß denn der Junge?*«, wollte Lydia Mendes mit einem Mal verwundert wissen.

Heinz blickte ihr leicht durcheinander ins Gesicht.

»*Andreas, er heißt Andreas Müller.*«.

Plötzlich baute sich eine ungeahnte Spannung auf und es kam Bewegung in das Gesicht von Lydia Mendes. Sie wirkte überrascht und gleichzeitig hoch erfreut.

»*Na dann ist mein Onkel Ihr Nachbar gewesen, denn Andreas ist mein Cousin.*«

Nun endlich kam Heinz drauf, woher er die Frau kannte.

»*Aber dann sind Sie…*« Heinz stockte.

»*Ich bin die Nichte von Anton und Trude Müller.*«

Plötzlich löste sich die Anspannung und das Eis war gebrochen.

»*Na klar.*«

Heinz hatte die Frau bei der Beerdigung von Anton Müller gesehen und ihm waren diese wunderschönen Augen in Erinnerung geblieben. Jetzt saßen sie sich wieder gegenüber.

Heinz erzählte von Trude und Andreas, wie es beiden nach dem Tod von Anton ergangen war und dass Heinz und Inge eine wunderbare herzliche Freundschaft mit Trude pflegten. Nina war bei ihr nun erst einmal in Obhut, bis Heinz wieder heimkam. Lydia Mendes wurde wieder ernst.

*»Wir müssen schauen, wie Ihnen Dreien geholfen werden kann. Ihre Frau braucht erst einmal sehr viel Ruhe, psychologische Hilfe und ist vorläufig nicht in der Lage, für sich selbst und vor allen für Nina zu sorgen. Sie wird erst einmal hierbleiben müssen. Sie sind ebenfalls ziemlich angeschlagen, sind mit Nina allein und haben noch ihre tägliche Arbeit. Wir müssen eine Lösung finden, die allen gerecht wird. Sie sollten sich für eine gewisse Zeit beurlauben lassen, nehmen sie sich die Elternzeit.«*

*»Aber ich leite eine Filiale, da kann ich nicht einfach mal so zu Hause bleiben. Wie stellen Sie sich das vor.«*

Heinz war durcheinander.

*»Ich verstehe Sie Herr Solberg, aber jetzt geht es um ganz elementare Fragen für ihr weiteres Leben. Da muss Arbeit zweitrangig sein. Von der Krankenkasse können wir Ihnen eine Betreuung vermitteln, die sich erst einmal um Nina kümmern kann und die Sie somit entlastet. Sie müssen sich beide einen ganz*

*wichtigen Aspekt merken. Sie sind und bleiben ein Leben lang die Großeltern von Nina. Doch dafür müssen Sie beide gesund sein. Haben Sie schon einmal an Pflegeeltern gedacht?«*

Heinz rang mit den Tränen, denn das war bisher zwischen ihm und Inge ein Tabuthema. Sie wussten auf der einen Seite, dass sie dringend Hilfe brauchten, andererseits würden sie es nicht übers Herz bringen, Nina wegzugeben.

*»Wir können schauen, ob wir ein geeignetes, vielleicht auch kinderloses Paar finden, die Nina an Kindes statt für den Anfang annehmen wollen und ihr auch ein harmonisches und liebevolles zu Hause geben können. Ein Zuhause, in dem Nina aufwachsen kann mit neuer Mutter und neuem Vater, und Sie ihre Rolle als Großeltern weiter behalten.«*

Klare Worte, die Heinz nun zu hören bekam. In ihm tobte ein Kampf. Erneut holte ihn die Erinnerung vom Tag in der Selbsthilfegruppe ein. Waren die Wunden noch viel zu frisch um schon Pläne zu machen? Nina weggeben und doch behalten können, wie sollte das alles nur funktionieren und wie würde Inge darauf reagieren. Würde es sie dann nicht noch mehr belasten? Wäre das dann vielleicht das endgültige Ende? Gab es keine andere Lösung?

Heinz schwirrten die Gedanken in seinem Kopf herum.

Was sollte er darauf antworten. Ihm fiel nichts ein.

*»Probieren können wir es auf jeden Fall, Herr Solberg.*

*Ihre Frau muss erst einmal wieder in ihr eigenes Leben zurückfinden, dafür Kraft schöpfen und Sie, Herr Solberg ebenfalls. Es wird alles zu Ninas Wohl sein. Vertrauen Sie mir, ich werde Ihnen helfen.«*

Inge verbrachte viele Tage in der Klinik mit endlosen Untersuchungen, verschiedenen Medikamenten und viel Schlaf, bis Lydia Mendes sie in ihrem Krankenzimmer besuchte.

Beim ersten Besuch wählte die Beraterin nicht das Thema Pflegefamilie, sondern sprach mit Inge über ihre Ehe und über Carla. Sie wollte sich ein genaues Bild über die seelische Verfassung ihrer Patientin machen.

Nachdem Lydia Mendes erzählte, dass sie die Nichte von Anton und Trude Müller war, fiel es Inge leichter, zu erzählen.

Aus ihr flossen die Worte erst langsam wie ein kleines Rinnsal, doch mit der Zeit wurde es immer mehr und am Ende sprudelte es förmlich aus ihr heraus.

Immer wieder erzählte Inge lustige Episoden aus Carla Kindheit, die ihr spontan einfielen.

Sie war wie verwandelt und es schien sie glücklich zu machen, darüber zu berichten.

Als Lydia Mendes nach Carlas erster Liebe fragte, wurde Inge schweigsam und die Beraterin merkte sehr deutlich, dass zu dieser Zeit die Probleme angefangen haben mussten.

Inge erzählte von Andreas.

»Ich hatte die Jahre über gehofft, dass Carla mit Andreas zusammenbleiben würde. Sie kannten sich ja von klein auf und es verband sie eine wunderschöne tiefe Freundschaft miteinander. Dann trat Tom in Carlas Leben.«
Inge wurde schweigsam und konnte nicht mehr weitersprechen.
Lydia Mendes versuchte Inge bildlich zu erklären, warum es manchmal so ein Chaos im Kopf gab. Behutsam begann sie es zu beschreiben.
*»Stellen sie sich einfach vor, dass wir Menschen bildlich gesehen so ...eine Art ...Kommode in unserem Kopf haben, mit vielen Fächern. Manche davon lassen sich leicht öffnen und die Erinnerungen springen förmlich von ganz allein vor das innere Auge. Das sind die schönen Erinnerungen, die uns Spaß gemacht haben und unser Herz erfreuten. So wie die Erlebnisse mit ihrem Mann und mit Carla. Andere Fächer sind voll mit Kindheitserinnerungen, andere gefüllt mit Lebensabschnitten wie Schule, Ausbildung und Studium. Ein besonderes Fach gilt der ersten Liebe. Dieser einzigartige und bedeutsame Moment im Leben eines jungen Menschen hat eine besonders tragende Rolle, auch für die weitere Zukunft. Denn aus ihr entwickelt sich unser Gefühl für das andere Geschlecht.«*
Lydia Mendes machte eine Pause.
Inge saß mit gesenktem Kopf in ihrem Bett, hörte zu und schien doch abwesend.

»Es gibt Fächer, die sind gefüllt mit Trauer und Schmerz, andere mit Wut und Hass. Diese Fächer lassen sich dagegen nur schwer öffnen, scheinen zum Teil fest verschlossen. Das bedeutet, dass wir diese Erinnerungen weit von uns schieben und Angst haben, weil wir wissen, dass sie unheimlich weh tun und ein Verarbeiten so praktisch nicht möglich ist.
Können Sie mir bis jetzt folgen, Frau Solberg?«
Inge nickte stumm.
»Wenn nun aber dieses Gedankenkarussell in ihrem Kopf sich zu drehen beginnt, gleicht das einem Chaos in ihrem Kopf. Stellen Sie sich vor, die Fächer der Kommode gehen unkontrolliert auf und zu und auf und zu. Dabei gehen die Fächer mit den schönen Erinnerungen genauso auf wie die mit Trauer, Wut und Hass. Alle Erinnerungen wirbeln durcheinander. Es ist schwer, nach und nach alle Erinnerungen wieder zu ordnen und die Fächer zu schließen, damit Ruhe einkehrt. Aber nicht aussichtslos, solange man an der Hoffnung festhält. «
Inge verstand die bildliche Schilderung von Lydia Mendes.
Nach einer Pause sprach sie zögerlich weiter.
»Tom war Carlas erste große Liebe und sie liebte ihn so abgöttisch, wollte aber um keinen Preis auf ihr Kind verzichten. Sie ertrug wochenlang die Tyrannei, verbale und körperliche Gewalt, immer in der Hoffnung, er würde sich ändern. Ich habe ihre wunden Arme gesehen, ihren hilflosen Blick. Sie konnte sich

*nicht wehren. Dabei zerbrach sie Stück für Stück ganz langsam und ich, ... ich konnte es einfach nicht verhindern. Aber ich bin doch ihre Mutter. Wie hätte ich ihr denn helfen können.?«*
Weinend legte sich Inge zurück in ihr Bett und zog die Decke bis zum Hals, als würde sie frieren.
*»Wollen wir aufhören?«* fragte Lydia Mendes besorgt.
Inge wusste es nicht. Darüber reden sollte sie aber, das war ihr schon klar.
*»Frau Solberg, ich werde wiederkommen, wenn es Ihnen bessergeht. Bitte beruhigen Sie sich und schlafen Sie ein bisschen. Ich schicke Ihnen gleich die Schwester rein.«*
Lydia Mendes stand auf und war schon im Begriff die Tür zu öffnen, als Inge ihr nachblickte und sie bat, zu bleiben.
*»Es tut mir so leid, Frau Solberg. Aber verarbeiten kann man Dinge nur, wenn man darüber reden kann. Wollen Sie darüber reden?«*
Inge nickte.
Lydia Mendes setzte sich wieder zu Inge ans Bett.
Inge tat sich schwer, doch dann erzählte sie von ihren Gefühlen Tom gegenüber, berichtete fast wütend von Magrets Anruf und schwärmte dann wieder in den höchsten Tönen vom Besuch bei Carlas Freunden.

Inge war schon immer eine sensible Seele gewesen und im

Laufe der Jahre, aber vor allem nach Carlas Tod nahm die Empfindsamkeit drastisch zu. Ihre Gefühle fuhren seitdem Achterbahn und ihr bekam das ganz und gar nicht.

So war es auch nicht verwunderlich, dass sie beim Herbstfest so unkontrolliert ausgerastet war.

Sie hatte lange noch nach der Ohrfeige den festen Schlag in ihrer Hand gespürt. Es war wie ein Ventil gewesen, um diesen furchtbaren Schmerz zu stillen.

*»Tom hatte es nicht anders verdient«* beteuerte Inge und bereute es auch nicht.

Lydia Mendes verstand mit einem Mal, was Inge alles in sich trug und sie tat ihr unheimlich leid.

Nach Stunden des Erklärens und Zuhörens war Inge müde und Lydia Mendes verabschiedete sich.

Heinz hatte mittlerweile eingesehen, dass eine Pflegefamilie die einzige Möglichkeit war, um das Leben aller wieder zu normalisieren.

Lydia Mendes musste auch darüber mit Inge reden. Ganz wohl war ihr dabei nicht, denn Lydia Mendes war selbst Mutter einer erwachsenen Tochter und eines kleinen Nachkömmlings. Cynthia, ihre Enkeltochter war bereits sechs Jahre alt und hielt sie zu weilen ganz schön auf Trapp.

Daher hatte sie auch Mitleid mit Inge, verstand sie aber auf der anderen Seite als Großmutter nur zu gut.

Lydia Mendes hätte nicht gewusst, wie sie selbst in so einer Situation reagiert hätte. Sie wollte es sich auch nicht ausmalen und schob ihre kleine heile Welt beiseite und widmete sich wieder Inge und ihren Sorgen.

Elli war eine Frohnatur und auch das musste für die Solbergs Schicksal sein. Sie war mit ihren einundzwanzig Jahren noch nicht wirklich Frau und hatte sich viel von ihrem natürlichen Charme bewahrt. Ein quirliges Mädchen eben, lebendig und natürlich liebte sie kleine Kinder über alles. Mit ihrem Erscheinen kam wieder Leben ins Haus.
Wer hätte das gedacht, als sie an einem verregneten Donnerstagnachmittag ohne Schirm und mit triefend nassen Haaren, an der Haustür der Solbergs klingelte.
Heinz öffnete verdutzt die Tür und eine junge Frau entschuldigte sich für ihr Erscheinungsbild und beteuerte, dass sie ihren Schirm dummerweise in der Bahn vergessen hatte.
Sie war bis auf die Haut durchnässt und dass zu dieser Jahreszeit.
*»Man hätte sie von der Krankenkasse instruiert, dass sie hier ein kleines Kind versorgen sollte. Sie sei Familienpflegerin.«*
*»Was? War das heute?«* Heinz wunderte sich.
Das Mädchen, das bibbernd vor der Haustür stand, nickte.

Sie erweckte den Eindruck, mit diesem Wetter vollkommen überfordert zu sein und irgendwie erinnerte sie Heinz an seine Tochter, die damals ähnlich an der Tür stand, als der Regen sie auf dem See in ihrem kleinen Boot überrascht hatte.

Er bat die junge Frau einzutreten und sie reichte ihm zitternd die Hand.

»Ich bin Elli Carter, eigentlich Ellen, aber alle meine Freunde nennen mich nur Elli.«

»O.k. Ellen, ich bin Heinz Solberg. Mal sehen, wie es bei uns ist« schmunzelte Heinz, lief los und verschwand im Bad.

Elli hatte währenddessen ihre nasse Jacke ausgezogen und sie sich über ihren Arm gelegt. Zähneklappernd stand sie da und blickte sich um. Kurz darauf kam Heinz zurück, nahm ihr die Jacke ab und reichte ihr das Handtuch. Er holte einen Kleiderbügel von der Garderobe und hing die nasse Jacke im Bad über der Badewanne am Handtuchhalter auf.

Elli trocknete sich ihr nasses Haar ab und schlang sich dann das Handtuch wie einen Turban um ihren Kopf herum.

Heinz schmunzelte, denn sie war lustig und außerdem tropfte es aus ihrem Hosenbeinen mit einer Regelmäßigkeit, dass in kürzester Zeit eine kleine Lache entstand und sie unsicher darin hin und her tapste. Sichtlich verlegen wanderte ihr Blick zu ihren Schuhen.

»Oje, ich mache Ihnen hier ja alles Nass.«

Heinz holte ein großes Tuch, bückte sich und wischte die Lache auf. Elli nieste.

»*Gesundheit, na da haben Sie sich ja gleich erkältet.*«

»*Nee, nee halb so schlimm*« entschuldigte sich Elli.

»*Stellen Sie sich auf das trockene Ende des Handtuchs und ziehen Sie sich die Schuhe und auch die Strümpfe aus, sonst holen Sie sich noch einen Tod*«, meinte Heinz, etwas beunruhigt, aber doch fürsorglich, wie manche Väter halt so sind.

Kurz entschlossen stieg er in die erste Etage des Hauses und kam kurze Zeit später mit einer Handvoll Sachen zurück.

Elli hatte sich rasch ihrer nassen Schuhe und Strümpfe entledigt. Barfüßig stand sie auf dem großen Wischtuch, auf einer noch trockenen Stelle und wirkte mit einem Mal sehr hilflos. Heinz kam auf sie zu und bat sie, ihm zu folgen.

Das Mädchen war etwas verwundert und überlegte. Doch dann verstand sie und folgte Heinz ins Bad. Stillschweigend drückte er ihr die Sachen in den Arm, legte ihr ein frisches Handtuch bereit und schloss leise hinter sich die Tür.

Heinz ging in die Küche und kochte Tee.

Es dauerte bei dem Mädchen ziemlich lange und Heinz wunderte sich.

Elli stand verlegen im Bad, nahm den Turban vom Kopf und ihre kurzen lockigen Haare waren leicht getrocknet. Sie begann sich auszuziehen und hoffte, dass wenigstens die Unterwäsche trocken geblieben war. Fehlanzeige. Die Kleidung war bis auf die Haut durchgeweicht und klebte förmlich an ihrer Haut.

Sie breitete auf dem Schrank neben sich die Sachen aus und bemerkte erstaunt, dass Heinz ihr sogar eine neue, noch eingeschweißte Unterhose mitgegeben hatte.

Elli schaute skeptisch zur Tür und überlegte.

Sie drehte den Schlüssel an der Tür einmal herum und zog sich Slip und BH aus. Sie griff nach dem Handtuch und rieb sich ihre Haut trocken. Sie nahm die Unterhose in die Hand und musste unwillkürlich grinsen.

»*Wie umsichtig der Mann doch war.*« Sie musste augenblicklich an ihren Papa denken. Er hätte an Heinz seiner Stelle sicher ebenso gehandelt.

Sie entfernte die Folie und zog sich die Unterhose an, dann die Jogginghose, ein Unterhemd und einen langärmlichen Pullover. Staunend stand sie vor dem Spiegel.

Die Sachen, die ihr Heinz gegeben hatte, passten ihr, als wären es ihre eigenen. Ihre nassen Sachen hing sie kurzer Hand über den Wäscheständer, der etwas abseits neben der Badewanne stand. Das war ihr ziemlich peinlich, aber was sollte sie sonst machen.

»*Was treibt sie da nur so lange?*« Heinz war sich nicht sicher, ob er mit dem Mädchen alles richtiggemacht hatte.

Zweifelnd trat er an die Badezimmertür und wollte gerade anklopfen und fragen ob alles in Ordnung sei, als das Mädchen langsam die Tür öffnete und einen Schritt auf ihn zu ging.
Heinz sah das Mädchen in den Sachen von Carla und es fühlte sich irgendwie komisch für ihn an.
»*Carla*« spukte es in seinem Kopf.
Um seine Unsicherheit zu überspielen, drehte er sich rasch um und winkte sie mit der Hand zu sich.
»*Ich habe Tee gemacht und ich hoffe, Sie mögen Tee.*
*Der wird Ihnen guttun und von innen aufwärmen. Dann können wir reden.*«
Mit einer Handbewegung wies er ins Wohnzimmer zur Couch.
Als sich beide kurz darauf auf der Couch gegenübersaßen, begutachtete das Mädchen noch einmal die Sachen, die sie trug. Sie schaute Heinz erwartungsvoll an, doch er ahnte ihre Frage bereits. Schweigend reichte Heinz ihr die Tasse mit dem heißen Tee. Er wirkte nervös und war auf all das nicht vorbereitet.
»*Die Sachen gehörten meiner Tochter Carla.*«
Elli schwieg, und auch sie hatte jetzt ein komisches Gefühl in der Magengegend. Heinz hatte ja gewusst, dass sie kommen würde und das Gästezimmer neben Ninas Zimmer hergerichtet. Von der Krankenkasse hatte er, in einem Gespräch dort, jede Menge Informationen erhalten, und trotzdem hatte er nochmals telefonisch nachgefragt.

Von der netten Telefonstimme der Krankenkasse hatte er vor einer Woche den Termin für das Kennenlernen bekommen, doch dass es heute war, hatte er irgendwie vergessen oder verdrängt. Er war sich nicht sicher.

Aber wie das jetzt werden sollte, mit einer wild fremden jungen Frau im Haus, ohne Inge, war ihm schleierhaft.

Elli schlürfte ihren heißen Tee und stellte die halbvolle Tasse dann langsam wieder auf den Tisch zurück.

Vor ihr lag ein kleines weißes Album. >Carla< stand darauf und zusätzlich zierte das Bild eines kleinen Engels mit einem roten Herz in den Händen das Cover des Albums.

*»Möchten Sie mal reinschauen?«*

Elli nickte, griff nach dem Album und schaute sich jedes Bild aufmerksam an. Sie hatte einiges Hintergrundwissen über die Familie in einem Gespräch bei einer Mitarbeiterin der Krankenkasse erfahren können. Sie wusste wohl, dass die Tochter, deren Album sie nun in den Händen hielt, verstorben war, das Ehepaar Solberg, aber besonders Inge Solberg in einer schweren seelischen Krise steckte und die kleine Enkeltochter Nina zu versorgen war.

Auch für Elli war es neu und ungewohnt.

Nach dem sie einige Zeit in ihrem Beruf gearbeitet hatte, absolvierte sie eine Weiterbildung zur Familienpflegerin. Elli hatte jetzt Urlaub und bekam von einer Freundin den Tipp, dass man sich in dringenden Fällen schon mal für eine kurzfristige Vermittlung bei der Krankenkasse anmelden konnte.

Das war ihr erster Einsatz als Familienpflegerin bei den Solbergs sozusagen, ihre Feuerprobe. Heinz hatte sie eine Weile beobachtet und überlegt, wie er sie am besten ansprechen sollte.

*»Ellen heißen Sie also, netter Name, aber ihr Familienname klingt amerikanisch?«*

Elli blickte sich zwischendurch neugierig um und entdeckte den Schrank an der Wand mit dem großen weißen Rahmen darauf und dem Bildnis von Carla.

*»Es tut mir wirklich sehr leid um ihre Tochter, sie war wunderschön«* und es klang ehrlich.

*»Danke.«* Wie höflich sie doch ist, dachte Heinz bei sich.

*»Also«* begann Elli.

*» Meine Großeltern, also die Eltern meines Vaters, sind Amerikaner und leben in Seattle. Die Eltern meiner Mutter stammen aus Malmö in Schweden. Ich bin in Schweden geboren. Mein ältester Bruder kam in Seattle zur Welt und mein jüngster Bruder wurde hier in Deutschland geboren. Meine Eltern sind immer viel unterwegs gewesen, beide sind Stewarts auf einem großen Schiff einer bekannten Flotte. Mein Großer Bruder und ich, wir sind oft mitgefahren, bis die Schule anfing und wir dann leider bei den Großeltern, mütterlicherseits, bleiben mussten.*

*Die Großeltern waren damals, nach meiner Geburt, von Schweden nach Deutschland gezogen, und leben seitdem in Berlin. War das jetzt zu schnell?«*

Elli lachte und zeigte ihre weißen wohlgeformten Zähne. Überhaupt war sie ein recht ansehnliches Mädchen.

Irgendwie tat sie ihm gut, das merkte Heinz sofort. Sie war so einfach und natürlich. So ein bisschen, ein kleines bisschen wie seine Carla. Das gefiel ihm, denn er vergaß für einige kurze Augenblicke seine Sorgen.

Sie unterhielten sich noch eine ganze Weile, dann meldete sich Nina.

*»Na Elli, Sind sie schon bereit für das erste Mal Windeln wechseln?«* grinste Heinz nun schelmisch zu Elli hinüber, während er aufstand und ihr andeutete, ihm zu folgen. Elli war verlegen. Sie hatte wohl gemerkt, dass er sie *»Elli«* und nicht *»Ellen«* nannte. Es schmeichelte ihr, und obwohl sie erst zwei Stunden hier war, fühlte sie sich bereits sehr wohl.

*»Das mit dem >Sie< können sie doch weglassen, Herr Solberg. Ich könnte ja glatt ihre Tochter sein.«* Noch im gleichen Moment biss sich Elli auf die Lippen.

*»Wie dumm von mir. Es tut mir leid.«* entfuhr es ihr traurig. Heinz nickte.

Sie konnte ja nichts dafür. Außerdem hatte sie ja Recht.

*»Es ist o.k. Elli.«*

Als beide ins Kinderzimmer traten, staunte Elli nicht schlecht.
*»Wow, was für ein cooler Sessel ist das denn?«*
Heinz musste sich das Grinsen verkneifen. Schon komisch. Eigentlich hatte fast jeder, der den Sessel erblickte, so einen oder ähnlichen Spruch auf den Lippen.
*»Der Sessel gehörte einstmals der Großmutter meiner Frau.«*
Elli staunte und strich behutsam mit ihrer Hand über die Lehne.
*»Er ist noch heute ein echter Hingucker.«*
*»Setz dich hinein und probiere ihn aus«*
Das ließ sich Elli nicht zweimal sagen.
*»Ja, der Sessel ist wirklich sowas von bequem und immer noch so gut in Schuss. Aber auch das Zimmer ist ja sowas von toll.«*
Elli erhob sich und stand nun leicht gebückt am Bettchen und strahlte beim Anblick von Nina über das ganze Gesicht. *»Mein Gott, die ist ja zuckersüß«*, rief Elli hocherfreut.
*»Darf ich?«* und blickte sie fragend zu Heinz. Er hatte nichts dagegen.
Elli streckte ganz vorsichtig ihre Hand zu Nina ins Bettchen. Nina griff nach Ellis Daumen und hielt sich daran fest.
*»Na du bist ja ein starkes Mäuschen.«* Nina musterte Elli aufmerksam und mit einem Mal lachte sie laut auf.
*»Sie hat dich begrüßt«*, freute sich Heinz.
*»Darf ich sie nehmen?«* Als Heinz ihr zunickte, hob sie Nina mit geschicktem Griff aus dem Bettchen und trug sie sicher im Arm.

»Ich habe meinen kleinen Bruder früher oft die Windeln gewechselt.«

Elli wollte ganz und gar nicht angeben, denn sie spürte, dass Heinz auf ihre Hilfe angewiesen war.

»Ich hatte es vielleicht nicht erwähnt, aber ich bin auch Kinderkrankenschwester.«

Ein gewisser Stolz darauf kam nun doch in Elli durch.

Mit dieser Aussage war Heinz voll und ganz zufrieden und mit einem Mal fühlte es sich an, als hätte man ihm eine zentnerschwere Last abgenommen.

Nun war wieder Ruhe eingekehrt im Hause Solberg. Da Nina ein braves Kind war und bereits durchschlief, konnte Heinz die erste Nacht nach Monaten entspannt einschlafen, auch mit dem Wissen, dass er jetzt nicht mehr allein war und Elli erfahren genug im Umgang mit kleinen Kindern. Außerdem stand das Baby-Fon jetzt bei Elli im Zimmer.

Heinz dachte an Inge und wusste, dass das Leben weitergehen würde. Inge musste erst einmal wieder auf die Beine kommen, dann schlief er ein.

Als Heinz am Morgen die Augen aufschlug, war er sich nicht sicher, ob er auch wirklich schon wach war oder noch träumte.

Er wollte schon aufspringen und nach Nina sehen, doch er fand das Baby Fon nicht. Sofort fiel ihm ein, dass ja Elli seit gestern da war. Er war hin und her gerissen. Sollte er nun doch nachschauen, ob alles klappte?

Doch seine innere Stimme sagte ihm, dass es so in Ordnung war und er versuchte, sich wieder zu entspannen und blieb noch einige Zeit liegen.

Seine Gedanken zogen ihn wieder zu Inge. Ob sie gut geschlafen hatte? Er vermisste sie so sehr neben sich.

»*Was war das denn? Hörte er mit einem Mal tatsächlich Musik?*« Wie lange hatte er das Radio schon nicht mehr eingeschaltet und er erinnerte sich.

Nachdem er aus dem Krankenhaus allein zurückgekommen war, fühlte er sich wie ausgewrungen, innerlich leer, einsam und unendlich traurig. Er holte Nina von Trude Müller ab und war ihr dankbar, dass sie sich in der Zeit um Nina gekümmert und sie komplett versorgt hatte. So legte er seine schlafende Enkelin vorsichtig ins Bettchen und ging selbst schlafen.

Nein, Musik passte überhaupt nicht in dieses Trauerspiel. Sie machte ihn nur noch melancholischer, erinnerte wieder viel zu sehr an Carla und den schmerzlichen Verlust.

Doch nun gab es eine erfreuliche Wandlung.

Aber war das auch richtig, so kurz nach Carlas Tod?

Er wusste nur, dass es nichts Schlechtes war. Er dachte an Inge und wusste, Elli würde ihr auch gefallen.

Als er aufgestanden war und ganz vorsichtig die Tür zum Flur öffnete, hörte er Elli in der Küche singen. Ihre Stimme beflügelte ihn und er spürte ein leichtes Kribbeln auf der Haut, und dieses Kribbeln erweckte etwas ganz tief in ihm drinnen, Hoffnung.
Der Duft von frischen Brötchen und Kaffee lag in der Luft und Heinz huschte euphorisch ins Bad, bevor es Elli mitbekam. »*Was passierte hier?*« fragte er sich. Konnte dieses Mädchen Wunder vollbringen oder träumte er immer noch.
Auf jeden Fall ging es ihm heute Morgen besser. Er blickte in den Spiegel, und obwohl er ein Mann in den besten Jahren war, hatte Carlas Tod bei ihm Spuren hinterlassen. Seine kurzen vollen Haare brachten immer mehr Silbersträhnen ans Tageslicht. Aber das störte Heinz nicht.
Viel mehr Sorgen machte er sich um seinen Hals, in dem es immer wieder mal unangenehm drückte. Er glaubte, dass das nur an der momentanen Verfassung liegen würde. Trotzdem erwog er, einen Arztbesuch in naher Zukunft bei Dr. Polder auszumachen. Nach dem er sich von Kopf bis Fuß gepflegt und angezogen hatte, öffnete er neugierig die Tür. Er betrat die Küche, sah den mit frischen Blumen gedeckten Tisch und war begeistert.
Im Radio erklang, als sollte es wieder einmal so sein, der Regenbogensong und Elli stand mit dem Rücken zur Tür am Fenster und sang mit. Sie hob die Arme und bewegte sie leicht hin

und her und es schien, als male sie mit ihren Händen einen unsichtbaren Regenbogen. Sie blickte dabei verträumt aus dem Fenster hinaus auf den See und war glücklich.

Heinz spürte Freude, etwa wie kleine Umarmung, wie warme Sonnenstrahlen, in seinem Herzen. Ganz winzig nur, aber sie frohlockten. Augenblicklich liefen ihm Tränen über die Wangen, er konnte sie nicht bremsen, und wollte es auch gar nicht, denn dieser Moment war einfach nur herrlich.

Als wäre Carla mit einem Mal durch Elli wieder zurück. Heinz schloss die Augen. Vor seinem inneren Auge sah er Carla und sie sang dieses Lied so schön wie am Silvesterabend.

Er war tief in sich angekommen und es fühlte sich gut an und doch tat es ihm weh.

Er öffnete die Augen und im gleichen Moment, kurz bevor der Song endete, drehte sich Elli schwungvoll um und zuckte erschrocken zusammen.

»Herr Solberg, äh…ich…, ich wollte Sie nicht wecken. Ist alles in Ordnung? Wie lange stehen Sie denn da schon?«

Elli war sich nicht sicher, ob es o.k. war, so einfach in seinem Haushalt mitzuhelfen. Doch er nickte nur, wischte sich die Tränen weg und schenkte ihr ein Lächeln.

Sie setzten sich an den Tisch und frühstückten.

»Wie geht es meiner kleinen Maus?« wollte Heinz wissen.

»Alles gut, sie ist so ein kleiner süßer Engel.«

Nina lag bereits gut versorgt wieder in ihrem Bettchen nebenan und schlief.

»Du bist ja wie eine kleine Fee. Ich freue mich und hoffe, dir gefällt es bei uns.«

Elli aß schweigend und war sich für einen Moment unsicher. Hatte sie etwa dieses >Fühl dich wie zu Hause< zu wörtlich genommen? Vielleicht hätte sie nicht singen sollen.

Sie nahm ihren ganzen Mut zusammen und erzählte Heinz, wie unheimlich gern sie sang, weil man sich dabei so frei fühlen konnte, es beruhigte und einfach guttat. Heinz war noch immer beseelt von ihrem Gesang und nickte zufrieden.

»Weißt du, meine Tochter war dir sehr ähnlich. Sie war immer froh und sang so gern, und war so schön wie du. Sie hat uns mit ihrem Gesang unendlich viel gegeben. Und gerade dieses Lied begleitet uns immer wieder, als wäre sie, so wie eben, kurz da. Es ist so unsagbar schwer, ohne sie zu leben. Aber wir geben die Hoffnung nicht auf, dass es mit der Zeit besser wird, auch für Inge.«

Dann erzählte er vom Gespräch mit Lydia Mendes im Krankenhaus.

»Weißt du, eine Pflegefamilie wäre für uns niemals, wirklich niemals zuvor in Frage gekommen. Aber durch das Gespräch habe ich auch vieles verstanden. Wir müssten beide fit sein um Nina ein sorgloses Leben bei uns daheim bieten zu können.

*Unsere Situation ist wahrlich nicht einfach. Wir wünschen uns für Nina ein Zuhause mit uns als Großeltern. Die sind wir ja und werden es auch immer bleiben. Nach einem geeigneten Paar wird bereits gesucht. Auch das wird erneut ein tiefer emotionaler Einschnitt für uns sein, der letztendlich uns allen aber helfen kann. Und keiner weiß, wie lange Inge brauchen wird um wieder ihr Leben mit mir und Nina leben zu können.«*
Elli wurde traurig und war den Tränen nahe.
*»Ich wünsche Ihnen, dass sich alles zum Guten wendet.«* Heinz blickte Elli fest in die Augen
*»Ich danke dir, Elli.«*
Nach dem Frühstück räumten sie zusammen den Tisch ab und spülten das Geschirr. Für den Nachmittag hatte Heinz einen Besuch im Krankenhaus geplant.

Am frühen Nachmittag verstauten Heinz und Elli den Kinderwagen im Auto und fuhren mit Nina zu Inge ins Krankenhaus.
Zwischen beiden herrschte eine ungewohnt harmonische Stimmung, als wäre Elli schon immer da gewesen.
Sie unterhielten sich über Gott und die Welt und Heinz genoss Ellis Gesellschaft, weil sie ihm guttat, so wie Carla damals, wenn sie beide unterwegs waren.
Es war Freitagnachmittag und die Straßen der Stadt war um diese Zeit schon brechend voll mit Autos.

Aber auch die Bahn hätte nichts gebracht, waren doch viele Menschen schon unterwegs in den Feierabend, ganz abgesehen von den unzähligen Touristen in Berlin. Und dieses Gedränge, dann auch noch mit einem Kinderwagen, wollten sich Heinz und Elli nicht antun. So hieß es geduldig in der Autoschlange und an jeder Ampel halten und warten. Zum Glück kannte sich Heinz einigermaßen gut in Berlin aus und fand einen anderen Weg.

So kamen sie nach einer dreiviertel Stunde nahe am Krankenhaus an. Sie parkten ihr Auto in einer Seitenstraße, da auch die Parkplätze am Krankenhaus restlos besetzt waren.

Heinz hatte den Kinderwagen aus dem Auto geholt und Elli legte Nina vorsichtig hinein, und fragte etwas schüchtern, ob sie den Wagen schieben könnte. Heinz hatte nichts dagegen.

Sie liefen an einem kleinen idyllischen Park vorbei, in dem es eine Cafeteria gab.

»Schau mal hier, Elli, da würde ich gern nachher mit euch hingehen, wenn Inge das Krankenhaus verlassen darf.«

Elli gefiel der Vorschlag von Heinz.

»Meine Oma war hier vor ein paar Jahren im Krankenhaus und wir sind dann nach dem Besuch bei ihr, hierher zum Eis essen gegangen.«

Im Krankenhaus angekommen, fuhren sie mit dem Fahrstuhl in die dritte Etage und standen dann vor Inges Zimmertür.

Heinz klopfte und Elli wirkte mit einem Mal nervös. Warum, wusste sie auch nicht. Es war so ein Gefühl.

Als Heinz ins Zimmer eintrat und Elli ihm mit dem Kinderwagen folgte, staunte Inge nicht schlecht. Sie war angezogen und saß auf ihrem Bett. Heinz ging auf sie zu, beide umarmten sich liebevoll und er gab Inge einen dicken Kuss auf den Mund. Dann drehte er sich zu Elli und stellte sie vor.

Elli kam aufgeregt Inge entgegen und gab ihr die Hand.

*»Guten Tag Frau Solberg, ich freue mich sehr, Sie kennenzulernen.«*

Inge betrachtete das Mädchen und als ihr ein Lächeln über die Lippen huschte, war Elli beruhigt und die Aufregung wie weggeblasen.

*»Es freut mich ebenfalls liebe Elli.«*

Inge ging langsam auf den Kinderwagen zu und blickte hinein. Wie goldig doch ihre kleine Enkelin sie anstrahlte und als Inge sie auf den Arm nahm, waren beide glücklich.

Im Zimmer lag noch eine andere Frau, etwa so alt wie Trude Müller und beobachtete die ganze Zeit das Geschehen

*»Na da ist ja die Familie wieder vereint. Mutter und Vater, Tochter und Enkeltochter. Einfach schön.«* griente die Frau und auch Inge lächelte. Sie wollte der Frau jetzt nicht erklären, dass Elli gar nicht ihre Tochter war. Darum hakte sie sich bei Elli ein und ging mit ihr lachend zur Tür hinaus.

Heinz schob den Kinderwagen.

»Wir würden dich gern mitnehmen, hinunter in den Park, wenn du darfst.« fragte Heinz, als sie vor dem Zimmer standen.

»Ich denke schon, ich sage der Schwester Bescheid. Wartet einen Moment, ich bin gleich zurück«, meinte Inge und lief zum Schwesternzimmer.

» Ich finde Ihre Frau nett.« sprach Elli. »Sie passt gut zu Ihnen.«

»Na, da bin ich aber froh«, lachte Heinz.

»Sonst wäre ich bestimmt nicht schon so lange mit ihr verheiratet.« Kurz darauf kam Inge wieder.

»Ich habe eine Stunde Ausgang bekommen« erklärte sie und lächelte verschmitzt. Elli fand den Ausspruch lustig.

Alle drei fuhren mit dem Fahrstuhl ins Erdgeschoß, gingen zum Ausgang und liefen zum Park.

Elli schob den Kinderwagen hinter Heinz und Inge und fand beide so sympathisch wie ihre Eltern. Harmonisch und irgendwie besonders, eben liebenswert. Soviel hatte sie in der kurzen Zeit schon mitbekommen.

Sie hatten Glück und fanden in der Cafeteria einen Platz am Fenster und konnten sogar den Kinderwagen neben sich am Tisch stehen lassen. Heinz bestellte für sich und Inge Kaffee und Apfelkuchen und fragte Elli, was sie wollte.

Sie war etwas verlegen, denn sie hatte ihren Geldbeutel vergessen und als Heinz es merkte, gestattete er ihr, sich einen großen Eisbecher auszusuchen. Elli strahlte und Inge nickte ihr wohlwollend zu.

*»Na los Elli, du bist heute eingeladen.«*

Der Ober kam und Elli bestellte sich einen großen Eisbecher mit drei Kugeln Vanille, viel Obst und Sahne.

Inge betrachtete das Mädchen und sie gefiel ihr. Sie war einfach, aber nicht langweilig und natürlich schön, ohne großartig geschminkt zu sein. Inge fragte nach ihrem Beruf.

*»Ich bin eigentlich Kinderkrankenschwester, habe im Moment Urlaub und arbeite als Familienpflegerin. Ich freu mich, dass ich bei Ihnen sein darf. Nina ist so eine kleine süße Maus und so lieb. Sie wohnen mit ihrem Mann wirklich sehr schön. Der Blick auf den See ist einmalig. Schade, dass jetzt so ein schlechtes Wetter ist. Im Sommer kann man da sicher auch baden gehen.«*

Elli wirkte vergnügt und gelassen.

*»Aber ja, der Blick aus dem Fenster ist zu jeder Jahreszeit etwas besonderes und im Sommer kann man im See baden oder mit dem Boot hinausfahren«*, erwiderte Inge.

*»Ich wohne da schon mein ganzes Leben, erst mit meinen Eltern, dann mit Heinz und dann kam Carla dazu und jetzt Nina.«*

Elli spürte, wie schwer es ihr fiel, über ihre verstorbene Tochter zu sprechen. Als wenige Minuten später der Ober mit dem Eisbecher kam, bedankte sich Elli höflich bei Heinz und Inge und löffelte genüsslich ihr Eis.

Heinz und Inge nickten, schmunzelten über den großen Eisbecher und aßen ihren Kuchen.

»Und Inge, kann der Apfelkuchen hier mit deinem selbstgebackenen Kuchen mithalten?« wollte Heinz wissen.

»Ja, er ist richtig gut, sicherlich auch selbstgebacken.«

Als Elli das Eis aufgegessen hatte, fragte sie respektvoll, ob sie eine Runde mit Nina spazieren gehen könnte, so hätten Heinz und Inge Zeit, sich ungestört miteinander zu unterhalten.

Beide dankten Elli für ihre Rücksicht und dann waren sie allein mit sich am Tisch. Das Lokal war mittlerweile gut besucht.

»Wie geht es dir Inge? Was macht die Therapie?«

Sie hielten sich bei den Händen, so wie sie es immer taten und Inge wirkte ein bisschen erholter.

»Mir geht es soweit ganz gut, nur fällt mein Blutdruck immer wieder schnell ab und mir wird dann schwindlig. Auch wenn ich zu viel nachdenke, ist der Schwindel da. Am Montag wollen sie noch meinen Kopf röntgen, ich glaube MRT um zu sehen, woher der Schwindel kommen könnte. Aber mach dir bitte keine Sorgen. Sag mir lieber, wie es dir geht und erzähle mal von zu Hause. Die Elli, die scheint ja wirklich sehr angenehm zu sein.«

Heinz erzählte Inge vom Tag ihrer Ankunft. Er berichtete ihr vom nächsten Morgen und das Elli wundervoll singen konnte und ihn damit verzaubert hatte.

Einerseits war es für den Moment schwer zu ertragen, weil sie Carla so ähnlich war. Andererseits tat es ihm gut. Inge hörte ihm staunend zu und war froh, dass er Hilfe hatte.

*»Ich hoffe, ich muss nicht mehr allzu lange hierbleiben. Frau Mendes will sich am Dienstag noch einmal mit mir unterhalten. Ich bin so froh, dass sie uns nicht ganz so fremd ist. Schon komisch, wer einem manchmal so ganz unverhofft über den Weg läuft, findest du nicht?«*

*»Du hast recht«*

Heinz fiel das Bild wieder ein, welches im Besprechungszimmer von Frau Mendes hing, und erzählte Inge davon.

*»Schau an, der Andreas. Den haben wir lange nicht gesehen. Da hat er ein Bild gemalt von sich und Carla und du siehst es ganz zufällig hier im Krankenhaus hängen. Und dann ausgerechnet bei der Nichte von Anton Müller, die hier auch noch arbeitet. Ist das alles nur Zufall oder soll es so sein.«*

*»Es soll alles so sein, auch das wir hier beide sitzen.«* Heinz beugte sich über den Tisch und nahm seine Inge in den Arm. *»Ich habe dich so vermisst, mein Schatz. Bitte werde gesund, ich brauche dich zu Hause.«* Inge nickte, beide schauten sich um und küssten sich dann liebevoll.

Heinz sah aus dem Fenster, als Elli gerade vom Spaziergang zurückkam. Sie winkte beiden zu, wirkte glücklich, entspannt und zufrieden. Die Stunde war fast um und Heinz zahlte. Dann gingen sie zurück ins Krankenhaus und brachten Inge wieder in ihr Zimmer. Sie nahm ihre Enkelin aus dem Kinderwagen und drückte sie sanft an sich, pustete ihr mit dem Mund gegen den Bauch, dass Nina nur so quietschte und Inge war selig.

»*Du kleine Süße, du riechst so gut.*« Inge gab ihr einen Kuss auf die Stirn und legte sie zurück in den Wagen.

Dann verabschiedete sie sich von Elli, die daraufhin vor lauter Anstand den Kinderwagen vor die Tür schob und dort wartete. Heinz nahm seine Inge in den Arm.

»*Pass gut auf dich auf und werde schnell gesund, ich komme morgen wieder.*«

Der Abschied fiel Inge schwer, aber es musste ja sein.

»*Sag auch Elli, dass ich froh bin, dass sie da ist. Sie ist so ein nettes Mädchen.*« Sie küssten sich und dann ging Heinz hinaus und fuhr mit Elli wieder ins Erdgeschoß.

Inge musste zum Glück der Frau im Nachbarbett nichts erklären, denn sie wurde kurz nach Inges Eintreffen mit ihrem Bett aus dem Zimmer gefahren. Inge aß ihr Abendbrot und machte sich später für die Nacht fertig. Da sie starke Medikamente auch zum Schlafen bekam, blieb ihr nicht viel Zeit zum Grübeln. Schnell war sie eingeschlafen.

Ohne Worte gingen Heinz und Elli bis zum Auto nebeneinander her und Heinz war gedanklich immer noch bei Inge, als Elli

fragte, ob sie denn am Abend für beide etwas kochen könnte.
Heinz war überrascht und nickte erfreut.
»*Woran hast du denn da gedacht? Wir könnten nachher im Keller schauen, was Inge noch alles an Eingewecktem vorrätig hat.*
»*Das ist eine gute Idee*«, freute sich Elli und überlegte.
»*Wie wäre es mit Soljanka?*« fragte Elli motiviert.
»*Das kannst du kochen?*« fragte Heinz verwundert.
Elli war optimistisch.
»*Ja klar, meine Großmutter hat es mir vor einiger Zeit beigebracht und außerdem*«, sie machte eine kleine Pause, »*kennt das doch hier, in Berlin, jeder.*«
Heinz strahlte.
Das stimmte wohl, war doch Soljanka schon früher eine der beliebten Vorspeisen oder auch Vorsuppen gewesen, die man auf den Speisekarten in vielen Restaurants, nicht nur in und um Berlin, sondern auch in der ganzen ehemaligen DDR bestellen konnte.
Heinz kam aus dem Staunen nicht mehr heraus. Die Soljanka, die Elli mit einigen Zutaten aus Inges Keller selbständig zubereitet hatte, war vorzüglich. Heinz hatte Trude eingeladen und alle drei saßen am frühen Abend im Wohnzimmer und ließen sich die Soljanka schmecken.

Zu Hause bei den Solbergs war Elli fleißig und half im Haushalt mit, so gut sie konnte. Sie versorgte Nina tadellos und Heinz war zufrieden. Er hatte schon kurz nach Carlas Beisetzung, mit der Geschäftsleitung gesprochen und seine Situation geschildert. Sie zeigte großes Verständnis für die Situation, in der sich Heinz und Inge befanden.

In seinem Discounter bat Heinz seinen Kollegen, der auch sein Stellvertreter war, ihn in der Zeit, in der sich Elli daheim um Nina kümmerte und Inge im Krankenhaus war, soweit es ging, für den Nachmittag zu vertreten.

Er selbst hatte wieder angefangen, vormittags zu arbeiten. So konnte er Inge täglich besuchen und zählte dabei die Tage, bis zum Gespräch mit Lydia Mendes. Er wusste, welche Fragen auf sie zukamen und Lydia Mendes war froh, dass Heinz dabei sein würde. So konnte er Inge notfalls auch beruhigen.


An dem besagten Dienstag, an dem das Gespräch nun stattfinden sollte, hatte sich Heinz extra den ganzen Tag frei genommen und saß den halben Vormittag zu Hause und grübelte darüber nach, was werden sollte. Er haderte mit sich.

Inge ging es zwar etwas besser, doch auf Anraten des Hausarztes Dr. Polder und des Ärzteteams im Krankenhaus hatte die Krankenkasse beiden eine Kur in einer psychosomatischen Klinik genehmigt. Sie würden sich beide für einige Wochen an der

Ostsee erholen können. Auch wenn die Jahreszeit nicht gerade gutes Wetter dort oben bescherte, so waren sie doch froh.
Heinz war seinem Hausarzt für sein Engagement sehr dankbar, denn er selbst war sehr angeschlagen und verzweifelt. Er hatte sich durchgerungen, und einer umfangreichen Untersuchung zugestimmt. Seine Beschwerden im Hals wurden als Unterfunktion der Schilddrüse diagnostiziert und medikamentös behandelt. Über seine seelische Verfassung konnte er mit seinem Hausarzt ebenfalls reden. Beide hatten ein gutes Verhältnis, da sie sich schon über 30 Jahre kannten.

Inge tat sich einerseits schwer damit, einzusehen, dass sie noch längst nicht über den Berg war und nun wieder für lange Zeit von zu Hause weg sein sollte. Andererseits war sie dankbar, denn auch Heinz brauchte dringend die Erholung und so konnten sie sich zusammen in der Kur erholen. Nach zwei Wochen würde Heinz dann heimfahren und wieder arbeiten gehen. Sie blieb noch für zwei weitere Wochen dort in Behandlung. Ein paar Tage vor Weihnachten wäre Inge dann wieder zu Hause. In etwa zwei Wochen schon war Kurbeginn.
Am Mittwoch sollte Inge aus dem Krankenhaus entlassen werden. Also blieb beiden zu Hause noch genügend Zeit, um alles Mögliche, was sie für die Kur benötigten, zu besorgen.
Ihre erste gemeinsame ärztlich verordnete Reise.

Mittlerweile war es Anfang November und draußen schon recht kalt. Elli blieb bei Nina, daheim im warmen Haus, versorgte sie liebevoll und spielte mit ihr. Nina war nun schon sechs Monate alt und hatte längere Wachphasen und das nutzte Elli aus.

Nina war sehr aufmerksam und wenn Elli mit ihr im Sessel saß und ihr Lieder vorsang, schaute sie Elli mit ihren großen Kulleraugen aufmerksam an und lachte oder juchzte vor Vergnügen. Manchmal schien es, wenn Nina den Mund spitzte, als wolle sie mitsingen.

Wenn Nina in Ellis Armen eingeschlafen war, blieb Elli mit ihr einfach im Sessel sitzen und schaute entspannt hinaus auf die kahlen Bäume im Garten und auf den See. Sie konnte Inge so gut verstehen. Jedes Wetter hatte seinen Reiz, und seinen eigenen Zauber.


Als Heinz am Dienstag bei Inge im Zimmer des Krankenhauses erschien, wartete sie bereits ganz ungeduldig.

Heinz schaute erstaunt zum frisch gerichteten Bett und dann zu Inge.

»*Sie ist auf die Intensivstation verlegt worden.*« Heinz nickte wortlos.

»*Was wird denn Frau Mendes heute von mir wollen?*«, fragte Inge nervös ihren Mann und es fiel ihm sichtlich schwer, ihr darauf eine Antwort zu geben.

*»Ellis Zeit ist in zwei Wochen rum und dann müssen wir sehen, wie es weitergeht.«*

Bevor Heinz jedoch weitersprechen konnte, klopfte es dezent an der Tür und Frau Mendes trat ein. Sie begrüßte die Eheleute und fragte, ob es in Ordnung wäre, wenn sie alle drei zum Gespräch ins Besprechungszimmer gehen würden.

Heinz und Inge folgten Lydia Mendes und als sie den Raum betraten, fiel Inges Blick sofort auf das Bild.

Wortlos blieb sie stehen.

*»Carla«* entwich es auch ihr, kaum hörbar.

Frau Mendes gab ihr die Zeit und wartete einen Moment, bevor sie Heinz und Inge bat, Platz zu nehmen.

Inges Blick blieb an dem Bild hängen und sie wurde traurig.

*»Ich hatte ja keine Ahnung, dass das Bild so eine große Bedeutung für sie hat. Ich möchte es ihnen daher mitgeben.*

*Ich denke, Andreas wäre ebenso einverstanden gewesen. Es gehört nun Ihnen.«*

Heinz und Inge schauten sich sprachlos an. Heinz erhob sich wortlos und reichte Lydia Mendes als Zeichen seiner Dankbarkeit die Hand, dann setzte er sich wieder.

*»Ich habe eine gute Nachricht für Sie. Vorab möchte ich Ihnen aber verdeutlichen, dass die nächste Zeit für Sie mental auch nicht leicht sein wird. Frau Solberg, Sie werden für vier Wochen zur Kur fahren um sich zu erholen und Kraft zu tanken, ihr Mann*

*wird Sie für zwei Wochen begleiten. Mehr geht beim besten Willen nicht. Ihr Mann hat seinen Beruf, den er dann, gekräftigt, wieder ausüben wird. Und Nina, ihre kleine Enkeltochter, braucht dringend Eltern.«*

Inge schaut überrascht von Lydia Mendes zu Heinz und wieder zu Lydia Mendes.

»*Was sagen Sie da? Nina braucht Eltern? Geht das jetzt schon wieder los.? Sie hat doch uns.«*

Ungläubig blickte Inge zu Heinz.

Er nahm ihre Hand und versuchte ihr zu erklären, dass beide dazu momentan nicht wirklich in der Lage wären.

»*Inge, bitte. Wir sind doch die Großeltern, die wir auch immer bleiben werden, aber schau uns doch an.«* Heinz war für einen Moment schweigsam und dachte an Jan, als sie bei Sonja waren.

»*Nina bekommt Eltern, so als wäre sie bei Jan und Carla.«*

Er holte tief Luft. Ihm fiel es sichtlich schwer, aber er musste Inge überzeugen.

»*Wir beide lieben doch unser Mäuschen. Und wir können sie so oft besuchen, wie wir wollen.«* Heinz staunte über seine eigenen Worte. Hatte er das jetzt wirklich so gesagt? und blickte zu Lydia Mendes, die ihm beipflichtete.

»*Genauso sieht es aus Frau Solberg. Sie sind und bleiben ein Leben lang in ihrer Rolle als Großeltern für Nina.*

*Aber die Eltern, die Nina bekommen würde, sind jung und können selbst keine Kinder kriegen. Sie sehnen sich so sehr nach einem Kind. und würden sich auf ihr Enkelkind voll und ganz einstellen und es lieben und großziehen, als wäre es das Eigene. Je jünger Nina ist, umso einfacher wäre auch die Eingewöhnung.«*

Inge wirkte erschöpft und sichtlich durcheinander.
Heinz hatte den Ernst der Lage längst begriffen.
»*Wie würde das denn ablaufen, wenn es Eltern, ich meine ein geeignetes Paar geben würde. Ich habe mir schon den Kopf zerbrochen, habe aber ehrlich gesagt keine Ahnung, was uns bevorsteht.*« fragte Heinz vorsichtig, mit einem besorgten Blick auf Inge. Inge selbst saß wie benommen auf ihrem Stuhl und griff hilfesuchend nach der Hand ihres Mannes.
»*Nun, es ist so* «, begann Lydia Mendes und berichtete von einem jungen Paar, dass eventuell in Frage kommen würde, wenn sich Heinz und Inge dazu bereit erklärten, es zu probieren.
»*Da Sie beide, schon recht bald zur Kur fahren, wäre jetzt der Zeitpunkt, die Pflegeeltern vorher einmal kennenzulernen. Am besten wäre beim ersten Mal ein Treffen auf neutralem Boden ohne Nina. Vielleicht in einem Café. Sie können auch ein Treffen beim Jugendamt wählen. Das Paar hat gerade Urlaub. Sie wohnen am Rande von Berlin. Er ist Bauleiter und sie leitet eine*

kleine Kindertagesstätte. Sie hat somit auch Erfahrung im Umgang mit Kindern. Sie würden beim zweiten Besuch zu ihnen kommen und Nina in ihrem Beisein kennenlernen. Es ist alles offen, wann sie Nina mit zu sich nach Hause nehmen würden und ihr Mann könnte das Paar dort auch besuchen und sehen, dass es Nina gut geht.«

»Was jetzt? So schnell?«

Inge war aufgebracht und begann zu weinen.

»Carla hätte das nie gewollt. Heinz, sag doch was.«

»Es ist, als würden wir nun auch Nina verlieren. Sie weggeben, nur, weil wir es selbst nicht schaffen. Warum gibt es denn keine andere Lösung.«

»Aber Frau Solberg, die Pflegeeltern sind vorerst die einzige Lösung.«

»Und wenn wir nicht zur Kur fahren?« konterte Inge nun unüberlegt zurück. »Was soll denn mit Nina werden, wenn sie nicht für sie voll und ganz sorgen können. Wenn sie dann wieder zusammenbrechen. Denken sie doch auch an ihren Mann.«

Inge blickte Heinz verunsichert an.

»Sie sind beide so angeschlagen, sie haben die Erholung bitter nötig und alles ist genehmigt. Einer Betreuung für Nina zu Hause würde die Krankenkasse nur bedingt zustimmen. Wenn die Kur wider Erwartens nicht helfen würde. Ein Heim käme für Sie nicht in Frage. Oder wollen Sie das?«

Inge schüttelte den Kopf. »*Nein, nur das nicht.*« Inge hatte endlich begriffen, was auf dem Spiel stand.

»*Für die Zeit des Kuraufenthaltes möchten Sie doch ihre Enkelin sicher gut versorgt wissen. Trude könnte das über einen so langen Zeitraum auch nicht gewährleisten und wäre damit überfordert.*«

Lydia Mendes wirkte nachdenklich. Sie plagte schon seit längerem das schlechte Gewissen, denn sie war lange nicht mehr bei Trude gewesen. Es wäre wirklich an der Zeit, sie mal wieder zu besuchen.

»*Sie sind selbst Mutter gewesen, dazu auch noch Lehrerin, und wissen doch am besten, was alles auf Sie zukommen kann. Sie sind beide über fünfzig Jahre alt.*«

Lydia Mendes spürte den zermürbenden Kampf in Inge und wollte sie jetzt nicht noch mehr erschöpfen.

»*Mensch Inge, wir haben doch keine andere Wahl*« gab Heinz nun energisch zurück.

»*Eine gute, vor allem richtige Entscheidung zu treffen ist schwer. Daher möchte Sie bitten, dass sie sich Zeit nehmen und überlegen, ob Sie den Pflegeeltern überhaupt eine Chance geben wollen und mich dann anrufen, egal wie Sie sich entscheiden*«, erwiderte Frau Mendes.

Heinz und Inge bedankten sich für das Gespräch. Sie verabschiedeten sich und Heinz brachte Inge in ihr Zimmer.

Beide sprachen währenddessen kein Wort miteinander. Dort angekommen setzte sich Inge auf ihr Bett.

Sie konnte nicht mehr weinen und fühlte sich leer. Sie wusste einfach nicht mehr, was sie denken sollte. Warum sprach Heinz jetzt über Pflegeeltern. Das wollten beide doch gar nicht.

»*Wenn wir Nina zu wildfremden Menschen geben, sind wir dann nicht viel besser als Tom, der sein Kind nicht wollte?*«

Heinz schwirrten die Gedanken durch den Kopf, wie Fledermäuse in der Nacht und es fiel ihm schwer, Inge vom Gegenteil zu überzeugen. Er hatte mittlerweile eingesehen, dass es keinen anderen Weg mehr gab.

»*Bitte Inge, lass es uns probieren. Was bleibt uns denn weiter übrig. Du musst doch wieder gesundwerden. Ich schaffe das mit Nina nicht allein. Ich muss doch wieder arbeiten und Geld verdienen, wir wollen doch auch leben. Lass uns darüber schlafen. Ich komme morgen wieder und wir reden noch einmal in Ruhe.*«

Er nahm Inge in den Arm und spürte seine Hilflosigkeit, die auch ihn mehr und mehr belastete.

»*Es wird alles gut werden, du wirst sehen. Wir wollen für Nina doch nur das Beste, auch in Carlas Sinne. Wir werden doch nicht aufgeben, nur, weil plötzlich alles anders ist. Das haben wir doch noch nie gemacht und wir schaffen das zusammen. Versprochen*« Er gab Inge einen Kuss und ging.

Draußen am Schwesternzimmer bat Heinz eine Schwester, später unbedingt nach Inge noch einmal zu schauen.

Inge saß noch immer auf ihrem Bett und dachte an Nina. Ihre kleine Maus nicht mehr Tag ein, Tag aus, bei sich zu haben, sie bei fremden Leuten zu lassen, nicht zu wissen, was mit ihr ist, wenn sie krank werden würde.

In ihrem Kopf drehte es sich wieder wie in einem Karussell und sie legte sich erschöpft auf ihr Bett und versuchte die vielen Gedanken von sich zu schieben. Dann schlief sie ein.

Die Schwester, die ihr später das Abendbrot und ihre Tabletten brachte, weckte sie sanft und fragte nach ihrem Befinden.

Inge konnte nicht sagen, wie es ihr ging.

*»Es fühlt sich so leer an, einer Ohnmacht gleich, sowie kurz nach Carlas Tod.«*

Die Schwester nahm sich Zeit und versuchte ihr zuzuhören, später kam sie noch einmal und sah nach ihr.

Heinz fuhr unterdessen mit dem Fahrstuhl hinunter ins Erdgeschoss und wollte gerade zum Ausgang gehen, als die Dame an der Rezeption ihm nachrief.

*»Herr Solberg? Bitte warten Sie einen Moment.«*

Sie stand auf, griff hinter sich und kam mit einem großen Pappkarton auf ihn zu.

»Das soll ich Ihnen geben, mit den besten Grüßen von Frau Mendes.«

Heinz war überrascht und erfreut zu gleich.

Er bedankte sich und trug den Karton vorsichtig bis zu seinem Auto und verstaute ihn darin sicher. Komisch, alles fügte sich wie von selbst. Dabei dachte er bereits darüber nach, wo das Bild am besten hängen würde und entschied sich gedanklich spontan für die Wand, an der die Kommode mit Carlas Bild stand.

»Da würde Inge aber Augen machen und sich bestimmt freuen. Ob Trude über das Bild Bescheid wusste?« Heinz wollte sie bei der nächsten Gelegenheit danach fragen.

Als er mit dem großen Pappkarton unterm Arm nach Hause kam, überraschte ihn schon beim Betreten des Hauses ein wohlbekannter Duft.

»Inge war doch im Krankenhaus, wie konnte es hier nach ihrem frisch gebackenen Apfelkuchen duften«, und Heinz überlegte ernsthaft, ob er heute zu wenig getrunken hatte, weil ihm seine Sinne schon wieder einen Streich spielten.

»Was war hier los?«

Verwundert trat er in die Küche. Trude und Elli probierten gerade ein Stück Kuchen, als Heinz in der Tür erschien.

*»Das riecht ja sowas von lecker. Ich glaubte schon, Inge sei vor mir heimgekommen und zweifelte an meinem Verstand. Dass ihr beide mich so überrascht, finde ich echt super. Da möchte ich doch glatt probieren, wenn ich darf.«*
Er stellte den Pappkarton beiseite.
Beide Frauen grinsten und Elli schnitt ihm ein Stück Apfelkuchen vom Blech. Sie reichte ihm den Teller und eine Kuchengabel.
*»Aber Vorsicht, der ist noch ganz warm«* grinste Elli.
Heinz stach mit der Gabel in den Kuchen hinein. Er war luftig vom Boden her und schmeckte so köstlich, dass Heinz die Augen schloss.
*»Hm, der ist so gut wie Inges Apfelkuchen, ihr seid ja wahre Meisterbäcker.«*
*»Die Elli ist so ein liebes Ding und kann sogar richtig gut backen«*, gab Trude schmeichelnd zu. Heinz nickte und musste schmunzeln.
*»Sie meinte, es wäre doch eine gute Überraschung, wenn wir Inge ihren eigenen Kuchen backen als Willkommensgruß.«*
*»Sie ist ein wahrer Schatz, die kleine Elli.«* Elli wurde verlegen, doch innerlich freute sie sich sehr über das liebgemeinte Kompliment von Heinz, denn es gefiel ihr hier.
*»Schade nur, dass sie schon bald wieder gehen muss«*, und die Enttäuschung darüber war in Trudes Worten spürbar.

Nachdem Heinz den Kuchen aufgegessen hatte, nahm er den Pappkarton und holte das Bild heraus, drehte es um und zeigte es Trude.

»Schau mal Trude, was ich heute bekommen habe. Ein Geschenk von Lydia Mendes.«

Trude blieb der Mund offenstehen.

»Von Lydia?« fragte sie verwundert.

Sie betrachtete das Bild und schien mit einem Mal sehr zufrieden.

»Ich erinnere mich, dass Andreas es vor einiger Zeit gemalt hat, nachdem er von der Bundeswehr zurück war. Ich habe es nur einmal gesehen, ganz am Anfang. Ich wusste aber, dass es für Carla bestimmt war. Carla und Andreas waren damals noch so jung und Andreas liebte Carla, von Anfang an, auf seine Art.«

Trude wirkte ein bisschen wehmütig.

»Als Carla heiratete und mit Tom zusammen, seinen Eltern nach Baden-Württemberg folgte, war es für Andreas unheimlich schwer, mit dieser Situation umzugehen. Wir haben beide damals viel gesprochen und oft auch zusammen geweint. Ich habe Carla ebenso vermisst, wuchs sie doch hier mit meinem Jungen auf. Erst die Hochzeit und dann der Umzug von Carla, all das hat Andreas sehr belastet. Andreas war gerade sechsundzwanzig Jahre alt geworden, als Carla starb. Er saß stundenlag bei uns im Garten und blickte auf den See. Er schien so *hilflos und verloren. Ohne seine Carla fehlte ihm hier etwas. Er hatte mit dem Bild ja bereits zu Carlas Lebzeiten angefangen, doch nach ihrem Tod fehlte ihm die Kraft und Inspiration. Er litt zu sehr. Dann eines Tages sah ich ihn wieder malen. Er war so bei der Sache und ließ sich von nichts stören. Sobald es seine Zeit erlaubte, saß er an dem Bild. Aber ich habe es nie gesehen. Jetzt endlich ist das Bild fertig und hier bei Euch zu Hause angekommen. Es ist so wunderschön geworden. Aber warum hing es bei Lydia, im Krankenhaus?«*

Einige Minuten bestaunte Trude das Bild und strich vorsichtig über die Leinwand. Sie spürte jeden einzelnen Pinselzug, den die Aquarellfarbe geformt hatte. Die Farben auf dem Bild waren gut gewählt und das Thema des Bildes einfach sinnlich und berührend. Trude schnäuzte sich und wand sich an Heinz.

*»Wie geht es denn Lydia, sie hat ja auch so wenig Zeit und immer diese viele Arbeit.«*

Heinz zuckte mit den Schultern.

Das war ihm jetzt doch ein bisschen unangenehm, denn er konnte ihre Frage nicht beantworten.

Er holte Hammer und Nagel und hing das Bild auf.

*»Zum Glück kommt mich ihre Tochter mit der Kleinen regelmäßig besuchen«*, antwortete Trude enttäuscht.

*»Wir haben kaum über Persönliches gesprochen«* gab Heinz leise zu.

Elli trat an das Bild und betrachtete es sehr lange.

*»Andreas muss Carla sehr geliebt haben, denn das bringt er in diesem Bild klar zum Ausdruck. Der Junge himmelt das Mädchen an. Sie ist selig und schickt ihre Gedanken gen Himmel.«* Und für einen Moment herrschte Stille und alle drei schauten gebannt auf das Bild. Jeder war in seiner eigenen Gedankenwelt versunken.

Als sie sich am Abend gerade an den Tisch gesetzt hatten und Essen wollten, klingelte es plötzlich an der Tür.
Heinz war verwundert und schaute auf die Uhr. Es war kurz nach Sechs. Wer konnte das nur sein? Heinz stand auf und ging zur Tür. Er war ziemlich gespannt auf den Besucher.
*»Na, das ist ja eine Überraschung. Wir haben uns ja ewig nicht gesehen. Ich freu mich so. Bitte komme herein«*, hörten beide Frauen Heinz mit dem unbekannten Besucher im Flur reden und schauten sich erstaunt an.
Dann stand er in der Tür. Jung, großgewachsen und mit seinen dunklen Haaren und fast schwarzen Augen lächelte er die verdutzte Trude an und dann blieb sein Blick an Elli hängen.
Wow.
*»Ja, Andreas was machst du denn hier?«* wollte Trude wissen und es klang keineswegs vorwurfsvoll, denn sie erhob sich freudestrahlend und ging auf den jungen Mann zu.

Kurz darauf nahmen sich beide in die Arme und er gab ihr einen liebevollen Kuss auf die Wange.

»*Hallo Mutsch, stell dir vor, ich habe für drei Tage frei bekommen*«, jubelte Andreas.

»*Das ist ja wirklich eine Überraschung, mein Junge*«, antwortete Trude, immer noch ganz beseelt.

Elli war sprachlos. Warum fiel der Blick des jungen Mannes immer wieder auf sie und warum spürte sie so ein merkwürdiges Kribbeln in der Magengegend?

Heinz bemerkte natürlich das Interesse des jungen Mannes an Elli, war erfreut und stellte sie ihm vor. Aufgeregt erhob sie sich und reichte Andreas die Hand.

»*Ich bin Elli Carter, ich freue mich, Sie kennenzulernen.*«

»*Es freut mich ebenso, Elli.*« Und ihr Name klang so sinnlich aus seinem Munde, wie das schmachten eines verliebten Mannes nach seiner ersten Liebe.

»*Ich bin Trudes Sohn, äh, ich meine Andreas, aber das haben Sie ja schon mitbekommen.*«

Sie schauten sich lange in die Augen und Elli fühlte sich für einen kurzen Augenblick, als würde sie schweben. Sie war irritiert von diesen Augen, die nicht von ihr loskamen. Nervös zog sie ihre Hand zurück und setzte sich wieder auf ihren Stuhl.

»*Willst du mitessen?*« fragte Heinz und bat Andreas, ebenfalls Platz zu nehmen.

Er setzte sich Elli gegenüber und blickte ihr verträumt ins Gesicht. Für einen kurzen Moment blieb die Zeit einfach stehen. Nun fragte auch Trude, ob er mitessen wolle und Andreas schaute verwundert zu seiner Mutter und nickte wie abwesend. Kurz darauf wanderte sein Blick wieder zu Elli, die aufstand und noch ein Gedeck aus der Küche holte und es vor Andreas auf den Tisch stellte.

»*Sie sind das also, der dieses beeindruckende Bild gemalt hat, welches übrigens hinter ihnen an der Wand hängt*«, begann Elli mit einem zaghaften Lächeln, um mit Andreas ins Gespräch zu kommen.

»*Es ist so wunderschön*«, und sie hob den Kopf und sah an ihm vorbei zum Bild.

Ungläubig schaute er zu ihr und verstand nicht, was sie ihm sagen wollte. Er hatte schon so einige Bilder gemalt, die aber alle in seinem Zimmer standen. Er hatte keine verschenkt oder gar verkauft. Oder? Er grübelte, doch dann drehte er sich langsam um. Er sah das Bild und erhob sich plötzlich mit einem Ruck und trat ganz dicht an das Bild heran. Er hob seine Hand und fuhr sacht mit seinen Fingern über das gemalte Mädchen in dem Boot. Mit einem Mal ließ er seine Arme hängen und wirkte hilflos und traurig. All die verdrängten Erinnerungen waren schlagartig wieder da. Jeder noch so kleine kostbare Moment, den er einst erlebt hatte, lief wie im Zeitraffer durch seinen Kopf. Carla.

Er würde sie nie vergessen können.

»*Mutsch wie kommt denn dieses Bild hier her*«, wollte er, ohne den Blick vom Bild zu nehmen, von seiner Mutter wissen.

Trude sah Heinz fragend an und war sich nicht schlüssig, was sie ihm darauf antworten sollte. Heinz stand auf und trat zu Andreas, blickte ebenfalls auf das Bild und legte Andreas behutsam seinen Arm auf die Schulter. Beide Männer setzten sich und Elli ging zaghaft zurück zu ihrem Stuhl. Heinz erzählte von Inge, ihrem Zustand und dem Krankenhaus, und der daraus entstandenen Begegnung mit Lydia Mendes. Andreas erinnerte sich, und war beruhigt. Jetzt wusste er Bescheid.

Nach dem Essen erzählte Andreas, dass er Lydia Mendes das Bild geschenkt hatte, weil es ihr damals so sehr gefiel, obwohl sie Carla kaum kannte und er selbst es einfach nicht mehr sehen konnte. Es tat ihm unendlich weh, denn durch das Bild wurde er immer wieder an die schöne Zeit mit Carla erinnert und er litt zu sehr unter den Erinnerungen.

Elli hatte alles mit angehört und begriff allmählich, wie es um Andreas stand. Er war mit Carla aufgewachsen, sie war seine erste Freundin und er hatte sie von klein auf geliebt. Als Carla dann mit sechszehn Jahren Tom kennenlernte und von hier vor zwei Jahren fortzog, zerbrach Andreas daran. Danach hatte er keine Freundin mehr. Es passte einfach nicht. Außerdem hatte er zu große Angst vor dem nächsten Verlust.

Elli hatte ihn die ganze Zeit beobachtet und er tat ihr unheimlich leid. Andreas schaute Elli immer wieder an und spürte ebenso ein kribbliges Gefühl in seinem Innersten.

Später, nachdem Trude und Elli den Abwasch erledigt hatten, ging Trude nach Hause. Heinz sah im Wohnzimmer fern und Andreas fragte Elli, ob sie noch Lust hätte, mit ihm um die Häuser zu ziehen. Nina war bereits versorgt und schlief. Elli brachte Heinz das Baby Fon und er hatte nichts dagegen.

Elli nickte Andreas verlegen zu und als beide später auf der Straße standen, sich minutenlang im fahlen Licht der Straßenlaterne in die Augen sahen, nahmen sie sich spontan in die Arme und schwiegen.

Sie liefen Hand in Hand durch die Straßen und kehrten in einem nahegelegenen Lokal ein. Sie redeten über Gott und die Welt und erfuhren noch mehr voneinander.

Zwischen ihnen hatte es, wie aus heiterem Himmel, gefunkt. Der erste Kuss, als sie sich voneinander verabschiedeten, war innig und ließ beide schweben. Weder Elli noch Andreas hätten sich je vorstellen können, so etwas selbst einmal zu erleben. Aber es war passiert. Einfach so, obwohl sie sich kaum kannten. Hatte das Schicksal sie zusammengeführt?

Am nächsten Morgen war es noch sehr ruhig, als Heinz erwachte. Heute endlich würde er Inge nach Hause holen können,

wenn auch nur für knappe zwei Wochen. Aber das war ihm mittlerweile egal, Hauptsache Inge war wieder da. Als er aufgestanden war und die Tür öffnete, hörte er Elli leise reden.
Heinz ging in Ninas Kinderzimmer, doch das Bettchen war leer.
*»Nanu, wo ist sie denn?«* dachte er überrascht.
Die Tür zu Ellis Zimmer war nur angelehnt und Heinz stand davor und lauschte. Dann wagte er einen Blick ins Zimmer.
Elli lag in ihrem Bett und hatte Nina neben sich zu liegen, als wäre sie die große Schwester. Elli nahm ihre Hand und kletterte mit ihren Fingern an Ninas Bauch angefangen, wie ein Wanderer empor und er hörte einen Kinderreim, den auch Inge früher bei Carla immer sprach. Nina fand das toll, strampelte und lachte.
Heinz drehte sich vergnügt um und ging in die Küche. Er kochte Kaffee und deckte den Frühstückstisch. Wenige Minuten später stand Elli mit Nina auf dem Arm, in der Tür.
*»Guten Morgen Herr Solberg. Hier will Ihnen noch jemand Guten Morgen sagen«*
Heinz kam auf beide zu und nahm Elli seine Enkelin ab.
*»Guten Morgen, ihr zwei Hübschen. Habt ihr beide gut geschlafen?«*
Elli nickte stumm. Doch irgendwie war sie heute anders. Er sah sehr wohl, dass etwas mit Elli nicht stimmte
*»Was ist los Elli, geht es dir nicht gut«*, wollte Heinz wissen.

Elli setzte sich und wirkte irgendwie traurig.
»Nein, eigentlich ist alles gut. Sogar sehr gut. Schon wegen Andreas. Aber meine Zeit hier ist bald um. Ich habe mich so an Sie und Nina gewöhnt, da fällt der Abschied bestimmt schwer.«
Heinz hatte sie verstanden.
»Mach dir keine Sorgen Elli, du hast hier alles wunderbar gemacht, Nina geht es gut und mir mit dir auch und das ist doch die Hauptsache. Außerdem kannst du uns jederzeit, auch mit Andreas besuchen.«
Darüber freute sich Elli.
»Da ja meine Frau nach Hause kommt, werden wir es mit Nina auch so belassen, dass du sie weiter wie gewohnt versorgst. Inge soll sich hier die Tage erholen und dann geht's auch bald zur Kur. Ich bin froh, dass auch mir zwei Wochen genehmigt wurden. Ich muss ja fit sein auf Arbeit, doch im Moment fällt es mir sehr schwer. Ich merke erst, wenn ich abends im Bett liege, wie sehr mich alles mitgenommen hat. Wenn du magst, kannst du Inge sicher auch beim Koffer packen helfen.«
Elli nickte begeistert.

Kurz darauf klingelte das Telefon. Heinz war überrascht, wer sollte so früh am Morgen bei Ihm anrufen. Er ging ins Wohnzimmer und nahm den Hörer ab.
Am anderen Ende der Leitung meldete sich Lydia Mendes.

»Guten Morgen Herr Solberg. Bitte entschuldigen Sie, dass ich Sie schon so früh anrufe. Ich habe ein Anliegen. Sie kommen doch heute ins Krankenhaus um ihre Frau abzuholen. Hätten Sie Zeit? Ich würde mich vorher gern noch einmal mit Ihnen unterhalten.« Heinz bekam einen Schreck.

»Ist mit meiner Frau alles in Ordnung?« fragte er vorsichtig und ihm war nun doch ein wenig mulmig.

Was wollte sie denn mit ihm bereden?

»Aber ja. Ich habe nichts Nachteiliges von den Ärzten und Schwestern bisher gehört. Sie wird ja heute entlassen.«

Am Mittag fuhr er zum Krankenhaus. Als er sichtlich nervös am Besprechungszimmer anklopfte, öffnete Lydia Mendes erfreut die Tür.

»Herr Solberg, schön, dass Sie da sind. Kommen Sie doch bitte herein und nehmen sie Platz.«

Heinz bedankte sich noch einmal für das Bild.

Er setzte sich und wartete gespannt, bis auch Lydia Mendes ihm gegenüber Platz genommen hatte. Heinz erzählte von der Begegnung mit Andreas und richtete einen lieben Gruß von Trude aus.

Lydia Mendes bedankte sich beschämt.

»Ich hatte gestern noch ein sehr angenehmes Gespräch mit einer Mitarbeiterin vom Jugendamt. Ich kenne sie persönlich. Ein Paar war bei ihr, dass für Sie vielleicht, wie bereits besprochen, *in Frage kommen könnte und wollte wissen, ob es Neuigkeiten wegen einer Pflegschaft geben würde. Sie erzählte mir, dass beide ganz liebenswerte, aber unglückliche Menschen seien, die seit fünf Jahren schon alles Mögliche versucht hatten, um ein Kind zu bekommen. Die einzige Möglichkeit, die Ihnen noch blieb, war die Pflegschaft. Ich habe mir gedacht, ich rede vorab mit Ihnen allein. Wie stehen sie heute dazu, Nina probeweise in eine Pflegefamilie zu geben?«*

Heinz hatte damit gerechnet, dass Lydia Mendes ihn so etwas fragen würde.

*»Ich kann das nicht allein entscheiden, aber wenn es für Nina das Beste wäre, in unserer derzeitigen komplizierten Situation, würde ich mich dagegen auch nicht wehren. Wissen Sie, ich versteh da auch meine Frau. Wir haben Carla verloren und das ist schon schwer genug. Nina wegzugeben ist fast genauso schlimm. Verstehen sie das? Aber ehrlich gesagt, bleibt uns ja auch nichts weiter übrig. Heute ist Mittwoch und wir fahren schon in zwei Wochen zur Kur. Elli geht auch. Wo bleibt dann Nina? Ich kann mit Nina nach der Kur auch nicht allein zu Hause bleiben.«*

Heinz blickt Lydia Mendes tief in die Augen.

*»Denken Sie, ihre Frau, ich meine, Sie beide, könnten sie es probeweise mit dem Paar als Pflegeeltern versuchen? Vielleicht sollten sie beide einfach mal kennen lernen und erst einmal*

*schauen, ob auch die Chemie zwischen Ihnen stimmt. Das ist ganz wichtig, sonst wird das nichts. Eine gute Verbindung zwischen Pflegeeltern und Großeltern ist unheimlich wichtig, denn so haben sie Vertrauen, was die Fürsorge für Nina betrifft.«*
Heinz hatte das verstanden. So konnte er sich das auch eher vorstellen.
Unruhig blickte er auf die Uhr und deutete an, dass Inge bereits auf ihn wartete und sicher in Sorge war.
Lydia Mendes verabschiedete sich von Heinz und gab ihm die Nummer vom Jugendamt.
*»Wenn Sie und ihre Frau einem Treffen zustimmen, dann rufen Sie diese Nummer an. Die Mitarbeiterin heißt Frau Klein und wird dann das Paar informieren. Ich drücke Ihnen so die Daumen, dass alles klappt und Sie und ihre Frau wieder zur Ruhe kommen.«*
Heinz bedankte sich und machte sich auf den Weg zu Inge. Er war geschafft und das schon am frühen Morgen.
Als er klopfte und die Tür öffnete, kam ihm Inge schon entgegen.
Sie war tatsächlich in Sorge gewesen, entspannte sich aber sofort wieder, als Heinz das Zimmer betrat. Beide hielten sich im Arm und Heinz war froh, dass Inge entlassen werden konnte.
Er nahm ihre gepackte Tasche vom Stuhl, griff nach Inges Hand und dann verließen sie entschlossen das Zimmer.

Vor dem Schwesternzimmer warteten beide. Kurz darauf kam ihre Lieblingsschwester heraus und händigte Inge den Entlassungsbrief aus. Zum Glück hatte es beim MRT bei Inge keinerlei Auffälligkeiten gegeben und das beruhigte Heinz und Inge. Die Schwester verabschiedete sich von beiden.
»*Ich wünsche Ihnen alles Gute und viel Glück für Sie und Nina*«
»*Vielen Dank Schwester Sabine, das ist wirklich lieb von Ihnen. Machen Sie es gut und danke für alles.*«


Als beide im Auto saßen, ließ Inge Heinz wissen, dass sie unendlich froh war, wieder nach Hause zu kommen. Sie schauten sich tief in die Augen und dann küssten sie sich innig.
»*Ich bin das auch, meine liebe Inge. Es kam mir schon vor wie eine Ewigkeit.*«
Inge traute ihren Augen nicht, als sie mit dem Auto vor ihrem Haus hielten und ausstiegen.
»*Herzlich willkommen wieder daheim*« stand in großen Druckbuchstaben auf einem Banner über der Eingangstür.
Elli hatte die Idee, und das Banner mit Trude zusammen entworfen.
Inge blickte überrascht zu Heinz, der seine Verlegenheit verbergen wollte, in dem er sich abwand und die Tasche aus dem Auto holte.

*»Das ist aber eine tolle Überraschung«* freute sich Inge. Sie betraten das Haus. Trude und Ell standen, mit Nina auf dem Arm, wie ein Empfangskomitee bereit. Inge kam aus dem Staunen nicht heraus.

*»Herzlich willkommen«* kam es fast zeitgleich aus den Mündern von Trude und Elli. Inge ging auf beide zu und umarmte sie gleichzeitig.

Dann nahm sie Nina in den Arm, die sie erst neugierig beäugte und dann übers ganze Gesicht strahlte. Inge drückte Nina an sich und war froh. Heinz stand einfach nur da und war glücklich.

*»Na Inge, ein Käffchen so wie früher?«* Trude zeigte ins Wohnzimmer. Dort hatten sie den Tisch festlich gedeckt und der Kaffee duftete. Inge war selig. Sie war wieder zu Hause und alles war schön. Dann fiel Inges Blick auf das Bild an der Wand. Sie legte sich die Hand auf die Brust.

*»Heinz, das ist doch das Bild aus dem Besprechungszimmer von Frau Mendes. Danke Heinz, das ist so ein wunderschönes Bild und wieder ist uns Carla nah.«*

Als sie beim Kaffee saßen und Nina in ihrer Krabbelbox lag, staunte Inge nicht schlecht, als sie vom Apfelkuchen probierte.

*»Hatte ich einen Apfelkuchen eingefroren oder woher kommt dieser hier. Der schmeckt ja sowas von lecker«*

*»Du wirst es nicht glauben Inge, ich habe auch gestaunt und er ist wahrlich so gut wie Deiner.«*

»*Wunderbar*«, schwärmte Inge und probierte weiter.
»*Trude und Elli haben ihn gebacken.*«
Beide Frauen erröteten.
»*Das habt ihr wirklich gut gemacht. Trude, wenn Andreas wiederkommt, sag ihm bitte, dass ich ihm für das Bild dafür danken würde.*« Trude nickte und druckste herum. Inge merkte es und fragte Trude, ob sie etwas zu verbergen hätte.
Zum Glück klingelte es zeitgleich.
Heinz bat Inge, die Augen zu schließen und ging zur Tür.
»*Noch eine Überraschung?*« Inge war sehr neugierig.

Wenig später stand Andreas im Wohnzimmer und legte Inge sanft seine Hände auf ihre Schultern und leise bat er sie, die Augen wieder zu öffnen.
Sie erkannte ihn bereits an seiner Stimme. Inge drehte sich um und sah Andreas vor sich, begann zu weinen und nur einen Augenblick später fand sie Trost an seiner Schulter.
Inge schaute fragend zu Trude, die ebenfalls mit Tränen in den Augen aufgestanden war. Sie musste nichts mehr erklären, denn diese Überraschung war gelungen.
Was für ein schöner emotionaler Moment für alle.
Als Andreas sich neben Elli an den Tisch setzte und ihre Hand nahm, war Inge verwirrt. Kannten sich die beiden bereits? Was für eine vertraute Nähe beide miteinander hatten.

Heinz legte den Arm um seine erstaunte Frau und erzählte ihr von der ersten Begegnung der Beiden am gestrigen Tag.

Es war ungewohnt für Inge, aber da sie Andreas so lange wie Carla kannte und sie Elli mochte, verstand sie es und nickte beiden wohlwollend zu. Andreas wirkte zufriedener und seine Augen hatten das gewisse Leuchten, wenn er Elli ansah.
Trude wollte wissen, was Inge bei der Kur erwarten würde.
*»Wir werden dort eine Reihe von Anwendungen haben, die uns guttun. Es gibt eine Therme und etliche Aktivitäten, die angeboten werden. Das Kurhaus verfügt auch über einen Seelsorger, zu dem man bei Bedarf gehen kann.«*
Inge wusste, dass die Kur für beide wichtig war, um wieder vollständig zu genesen.
*»Und?«* dabei musste selbst Inge grinsen, *»einmal in der Woche ist dort sogar Tanz, ärztlich verordnet.«*
*»Pass auf Heinz, dass sich die Inge da nicht noch einen Kurschatten zulegt, wenn du wieder weg bist.«*
Nun mussten alle lachen.
Inge gab Heinz einen Kuss und legte ihren Kopf an seine Schulter.
*»Nee, nee. Ich weiß doch, was ich an meinem Heinz habe. So einen Mann könnte ich mir höchstens noch einmal backen.«*
Heinz prustete vor sich hin.

»*Na da bin ich aber froh*«, lachte er.

»*Aber was wird dann hier zu Hause?*« fragte Trude nun fast wieder ernst. Heinz war Trude dankbar, dass sie das Thema ansprach. So konnte er auch von dem erneuten Gespräch mit Lydia Mendes erzählen. Andreas und Inge hörten schweigend zu. Dieses Mal blieb Inge erstaunlich ruhig. Auch sie hatte lange gegrübelt und im Krankenhaus genügend Zeit gehabt, um über all das nachzudenken. Augenblicklich musste sie wieder an das Gespräch mit Schwester Sabine denken. Sie kam öfters als die anderen Schwestern zu ihr ins Zimmer, war sehr fürsorglich und fragte immer wieder, ob es ihr gut ginge und ob sie etwas bräuchte. Sie war auch am Tag der Einlieferung bei ihr und nahm sich Zeit. So erfuhr Schwester Sabine Stück für Stück von Inges Leidensweg und ihrer fast aussichtslosen Situation um Nina.

Am letzten Abend kam sie dann und erzählte von ihrer Freundin Ines, die als kleines Kind selbst zu Pflegeeltern gekommen war, weil die Eltern nicht mehr lebten. Schwester Sabine kannte die Pflegeeltern gut, da sie die Freundin oft besuchte.

Es gab keinen Unterschied zu Sabines Eltern, so empfand sie es schon als Kind. Sie waren zu ihrer Freundin liebevoll, eben wie richtige Eltern, hatten aber auch eine gesunde Strenge an sich. Selbst Sabine fühlte sich bei ihnen wohl. Die Großeltern konnten Ines dann regelmäßig besuchen und zwischen allen herrschte ein herzliches Verhältnis, wie in einer ganz normalen Familie. Daran musste Inge denken.

*»Wenn du im Jugendamt anrufen willst, dann mach es«*, hatte Inge mit einem Mal vorgeschlagen und den Entschluss gefasst, es nun doch schweren Herzens zu versuchen, um dem jungen Paar, aber auch ihnen selbst damit zu helfen.

Heinz, Elli, Andreas und Trude waren sprachlos und staunten nicht schlecht über ihren Sinneswandel.

*»Ich denke, wir probieren es. Wir treffen uns mit Ihnen aber erstmals im Jugendamt«*, gab Inge zögerlich von sich.

Heinz hatte nicht im Entferntesten damit gerechnet und war froh, denn er hätte Inge die Entscheidung um keinen Preis abnehmen wollen. Er nickte ihr zu und griff nach ihrer Hand.

*»Inge wir schaffen das, Hauptsache Nina geht es gut und wir können damit leben.«*

Heinz hatte Glück und konnte Frau Klein vom Jugendamt am Nachmittag noch erreichen. Kurzfristig machte sie mit dem Paar einen Termin für den Freitag aus. Doch das behielt Heinz vorerst für sich.

Trude verabschiedete sich und ging heim. Die Tragödie bei den Solbergs hatte sie sehr mitgenommen. Daher nahm sie Nina gern in Obhut, wenn Heinz und Inge Termine hatten. Sie war auch froh, dass Andreas früher gekommen war und sie war glücklich über seine neue Liebe Elli.

Trude hatte ja auch ihren eigenen Kummer, von dem sie keinem etwas erzählte. Inge war ihr immer wie eine Schwester gewesen und sie waren miteinander vertraut.

Nach Antons Tod war Trude sehr dankbar, dass sich Heinz und Inge so liebevoll um sie und ihren Sohn gekümmert hatten. Doch Inge hatte selber genug Probleme und sie brachte es nicht übers Herz, ihr Geheimnis zu lüften. Nur ihr Sohn wusste Bescheid.

Heinz und Inge saßen mit Andreas und Elli beieinander und Elli erzählte von den vielen Reisen als Kind, mit ihren Eltern auf den großen Schiffen. Wie sie ferne Länder erlebte, dem genauso aufregenden Leben bei ihren Großeltern und ihren Zukunftsplänen, die sich dank Andreas jetzt ein bisschen geändert hatten.
Andreas war bereits über beide Ohren in Elli verliebt.
Beide wollten die freien Tage von Andreas zusammen, mal bei Trude und mal bei Heinz und Inge verbringen.
Sie planten, mit Nina am See spazieren zu gehen und saßen im Kinderzimmer zusammen und sangen Nina das altbekannte Schlaflied vor. Heinz und Inge lauschten tränenerfüllt. Sie erlebten etwas Altbekanntes und doch Neues, und waren unendlich gerührt. »La Le Lu« es fügte sich zusammen, was einfach zusammengehörte. Andreas verabschiedete sich am frühen Abend von allen und ging nach Hause zu seiner Mutter.

Trude war frohgestimmt, wenn sie die verbleibende Zeit mit ihrem Sohn verbringen konnte. Er war ihr Halt und ihr ganzes Glück. Sie hatten schon immer ein sehr inniges Verhältnis zu einander. Andreas war beruflich viel unterwegs, denn er arbeitete als Zugbegleiter bei der Deutschen Bahn und nicht jeden Tag zu Hause war.

Inge schaute Elli am Abend über die Schulter, als sie Nina für die Nacht zum Schlafen fertigmachte. Elli hob Nina zu sich an die Brust, wandte sich zu Inge und legte ihr die Enkeltochter behutsam in den Arm.
Inge setzte sich in den Sessel am Fenster, wiegte ihre Enkeltochter sanft hin und her und sang leise das Schlaflied.
Elli schloss hinter sich behutsam die Tür und setzte sich zu Heinz ins Wohnzimmer.
»*Ihrer Frau geht es etwas besser. Sie sah glücklich aus, als sie mit Nina im Sessel saß. Sie werden sehen, die Kur wird Ihr und auch Ihnen helfen.*«
Heinz war erleichtert.
Es würde weitergehen. Stück für Stück.
Als Heinz und Inge am späten Abend, nach langer Zeit, das erste Mal wieder nebeneinander im Bett lagen, hielten sie sich einfach nur im Arm und spürten einander.
»*Inge, ich liebe dich*« flüsterte Heinz leise in Inges Ohr.

»Ich liebe dich auch und bin so unendlich dankbar, dass ich dich habe. Du hast mir zu jeder Zeit Halt und Hoffnung gegeben.«
»Ich danke Dir Inge, dass du damals an der Ostsee in mein Leben getreten bist. Ich danke dir für die wunderschönen Jahre, die wir bisher erlebt haben und möchte nichts davon missen.«
Ihm fiel das Foto wieder ein, welches bei Doris an der Fotowand steckte, erzählte Inge davon und beide waren glücklich.
Heinz überlegte, wie er Inge am besten auf den anstehenden Besuch beim Jugendamt vorbereiten sollte, doch ihm fiel nichts ein. Inge merkte sehr wohl, dass Heinz grübelte.
»Was ist denn los, was bedrückt dich?«
»Inge, wir haben am Freitag, vormittags um 11.00 Uhr einen Termin im Jugendamt« platzte es aus ihm heraus.
»Dort werden wir das junge Paar treffen. Ich hatte heute Nachmittag noch beim Jugendamt angerufen.«
Inge blieb eine Weile still. Sie wusste, dass Heinz alles Erdenkliche tat, nur um ihr zu helfen.
»So schwer es mir auch fallen wird, wir werden hingehen.«
Heinz küsste seiner Frau auf die Wange und war erleichtert, dann schliefen beide ein.
Inge konnte sich auf dem Weg zum Bahnhof den Kopf zerbrechen wie sie wollte, sie hatte keine Vorstellung davon, was sie in Kürze beim Jugendamt erleben würde. Sie fuhren zwei Stationen mit der S-Bahn.

Stillschweigend stiegen sie aus und Heinz ergriff die Hand von Inge, bis sie das Haus, in dem sich das Jugendamt befand, erreicht hatten.

»*Ich bin so nervös, Heinz.*«

»*Ich weiß, mein Schatz, das bin ich auch, aber wir packen das. Haben wir denn eine andere Wahl?*« Sie nahmen sich in den Arm und dann gingen sie gefasst hinein.

Sie fanden das Zimmer, in dem das Treffen stattfinden sollte. Da noch Zeit war, setzten sie sich vor dem Zimmer auf eine der nahestehenden Bänke.

Inge kramte aufgeregt in ihrer Handtasche und zog einige Bilder heraus. Sie strich mit der Hand darüber und schaute Heinz erwartungsvoll ins Gesicht.

»*Denkst du auch, dass wir das Richtige tun? Was ist, wenn wir sie nicht mögen. Gehen wir dann wieder? Ich habe so eine Angst vor der Begegnung.*«

Heinz legte ihr den Arm um die Schulter, zog sie leicht zu sich und küsste ihr zärtlich auf den Mund.

»*Mach dich nicht verrückt Inge, wir werden es sehen. Wir stehen das gemeinsam durch.*«

»*Herr und Frau Solberg*« hörten sie plötzlich eine zarte Stimme. Eine kleine Frau im mittleren Alter mit kurzen grauen Haaren, Kostüm und modischer Brille kam auf sie zu.

Heinz und Inge erhoben sich, reichten der Frau die Hand.

»Mein Name ist Klein, Helga Klein. Schön, dass Sie gekommen sind. Ich habe Sie erwartet. Wie geht es Ihnen, heute Morgen?«

Heinz und Inge dankten für die Begrüßung.

»Wir sind schon recht aufgeregt« erwiderte Inge.

»Das verstehe ich nur zu gut, aber ich denke, wir kriegen das zusammen hin.«

Sie bat beide ins Zimmer und als Heinz und Inge eintraten, erhob sich ein junges Paar, ebenso aufgeregt, von ihren Stühlen. Frau Klein ging zu dem Paar hinüber und blieb neben ihnen stehen.

»Das sind Herr und Frau Bruckmann.«

Heinz und Inge gaben dem Paar die Hand und stellten sich vor. Dann nahmen alle auf ihren Stühlen Platz und Frau Klein setzte sich hinter ihren Schreibtisch.

Inge musterte das junge Paar und fand sie recht angenehm. Sie schätzte beide auf Ende zwanzig.

Die junge Frau trug ihr dunkles schulterlanges Haar offen und war von zierlicher Gestalt. Sie hatte ein schönes sonnengebräuntes Gesicht und liebevolle dunkle, aber traurige Augen. Der junge Mann hatte sehr kurze Haare, war etwa einen Kopf größer als seine Frau und gut gebaut, soviel konnte Inge erkennen. Und beide wirkten sehr gepflegt. Sie saßen dicht beieinander und hielten sich hoffnungsvoll bei den Händen.

Sie hatten es ebenso schwer wie Heinz und Inge, nur konnten sie sich gegen eine eventuelle Ablehnung von Heinz und Inge nicht wehren. So hofften sie inständig, dass die Eheleute Verständnis aufbringen würden.

Frau Klein erklärte die allgemeine Situation um Nina noch einmal und Heinz und Inge bestätigten ihre Erläuterungen. Dann stellte sie das junge Ehepaar in kurzen Worten vor und beschrieb ihren verzweifelten Versuch, Eltern zu werden.

Inge war unglaublich nervös und ihr tat, trotz ihrer eigenen Leidensphase, mit einem Mal das Paar sehr leid.

Die junge Frau begann zu weinen und Inge fiel es schwer, nicht mit zu weinen. Sie fühlte wie eine Mutter, aber was sollte sie tun?

Ohne groß zu überlegen holte sie mit einem Mal die Bilder hervor, die sie in ihrer Tasche trug und Heinz ließ Inge gewähren.

Inge erhob sich und ging langsam, fast zögerlich auf das Paar zu und reichte der jungen Frau die Bilder ihrer Enkeltochter.

»*Das ist unsere Nina*« entgegnete Inge mit zitternder Stimme und ging wieder zurück zu ihrem Stuhl, setzte sich schweigend und blickte zu Heinz, der ihr zunickte und ihre Hand nahm.

Die junge Frau wischte sich erstaunt die Tränen fort, blickte zu Heinz und Inge und sah sich daraufhin mit ihrem Mann, der ebenso sprachlos war, verwundert ein Bild nach dem anderen an. Auf dem Gesicht der jungen Frau erschien zaghaft ein Lächeln. Sie schaute hoffnungsvoll zu ihrem Mann, dann nochmals zu Heinz und Inge, weinte und sah wieder auf die Bilder. Ihr Mann stand auf, zog sie zu sich und nahm sie in den Arm. Er versuchte, sie zu trösten. und entschuldigte sich dafür. Heinz und Inge konnten es nur zu gut verstehen und waren selbst ergriffen. Dann setzte sich das Paar wieder.

»*Sie ist so wunderschön, mir fehlen die Worte.*« schluchzte die junge Frau.

Wie aus dem Nichts entstand mit einem Mal eine unvorstellbare Nähe zu dem Paar und Inge konnte nicht mehr an sich halten. Sie stand entschlossen auf und ging auf das Paar zu. Sie nahm die Hände der jungen Frau und einen Moment später lagen sich die beiden Frauen weinend in den Armen.

In der Zwischenzeit war auch der junge Mann aufgestanden und legte seine Arme um beide Frauen. Heinz saß verloren auf seinem Stuhl und sah dem Ganzen mit Tränen in den Augen zu.

Er war machtlos gegen sein Gefühl, stand auf und machte es ebenso wie der junge Mann. So verharrten sie alle miteinander, umschlungen in einem endlosen Moment, verbunden in ihrem Hoffen und Bangen und schwiegen.

Frau Klein saß staunend hinter ihrem Schreibtisch und empfand diesen Augenblick wie einen magischen Moment.

In ihrer ganzen Laufbahn beim Jugendamt, und das waren schon über fünfundvierzig Jahre, auf die sie zurückblicken konnte, hatte sie viele Elternteile vor sich gehabt.

Doch so ein emotionales Geschehen hatte sie niemals zuvor erlebt. Sie war zutiefst beeindruckt und selbst zu Tränen gerührt.

Sie hatte nie an Schicksal oder Ähnliches geglaubt. Aber das hier schien eine Fügung des Schicksals zu sein.

Nachdem sich beide Paare wieder gelöst und beruhigt hatten, nahmen sie auf ihren Stühlen Platz.

Die Situation war nun klar. Der kleine Hoffnungsschimmer am Anfang, den jeder in sich trug, brachte allmählich Licht und Wärme in die Herzen der Anwesenden.

Frau Klein besprach noch einige Formalitäten und beide Paare stimmten einem zweiten Besuch im Hause der Solbergs zu. Sie verabschiedeten sich dankend von Frau Klein und verließen das Zimmer.

Verlegen standen sie auf dem Flur, und keiner von ihnen wusste so recht, wie es weitergehen sollte. In den Köpfen tummelten sich jede Menge Fragen, die sich nach einer Antwort sehnten und irgendwie konnte sich keiner verabschieden.

*»Wir würden Sie gern noch auf einen Kaffee hier in der Nähe einladen«* warf Heinz spontan in die Runde.

Das junge Paar nickte bereitwillig und war froh.

Als sie kurze Zeit später in dem kleinen Lokal an der Ecke saßen und ihren Kaffee tranken, begann ganz zaghaft ein Austausch von Gedanken und Gefühlen und beide Paare merkten nicht, wie darüber die Zeit verging.

Heinz wunderte sich über diese Vertrautheit, genoss aber innerlich dieses unbeschreibliche Gefühl zu dem Paar. Er schaute Inge ins Gesicht und begriff mit einem Mal, was hier passierte. Inge erzählte von Carla und war dabei glücklich. Immer wieder nahm die junge Frau die Fotos von Nina in die Hand und wirkte zunehmend ruhiger.

Als sie sich nach drei Stunden voneinander verabschiedeten, hatten Heinz und Inge das Gefühl, als kannten sie die beiden schon eine Ewigkeit.

Dem jungen Paar ging es genauso. Inge nahm die junge Frau noch einmal in den Arm und diese war so aufgelöst und dankte Inge für die erste Begegnung. Die Männer reichten sich zuversichtlich die Hände.

Als Heinz und Inge in der Bahn saßen und nach Hause fuhren, lehnte Inge ihren Kopf an die Schulter von Heinz und war erschöpft. Die Begegnung hatte beiden viel Kraft gekostet und nun waren sie unheimlich müde. Aber in ihnen wuchs ein gutes Gefühl, ein Gefühl, dass jetzt alles besser werden würde.

Mit dem jungen Paar hatten sie sich auf den kommenden Montag geeinigt.

An diesem Tag wollten sie kommen, um Nina kennenzulernen. Das war alles so knapp bemessen, denn Heinz und Inge sollten in einer Woche zur Kur fahren und Inge hegte leise Zweifel. *»Was passierte, wenn das Paar bei uns war, wann würden sie Nina mitnehmen, könnten wir sie dann auch gleich noch besuchen, um zu sehen, wie sie in dem neuen Zuhause leben würde?«* Fragen über Fragen und Heinz hatte keine Antwort darauf.

Das Wetter war am Wochenende so schlecht, dass man nicht einmal vor die Tür konnte. Die Temperaturen blieben im einstelligen Bereich und es war kalt. Es stürmte und regnete in einer Tour, und ans Spazieren gehen war überhaupt nicht zu denken. Die Bäume hinterm Haus waren längst kahl und wurden vom starken Wind hin und her gerüttelt.
Im Haus der Solbergs war es mollig warm. Heinz und Inge saßen auf der Couch und sahen fern. Elli saß auf dem weichen Teppich davor im Schneidersitz und spielte mit Nina.
Es machte beiden richtig Spaß, und immer wieder sah Elli verträumt auf das kleine Mädchen, das vor ihr lag. Innerlich wünschte auch sie sich irgendwann so ein liebliches Wesen, mit einem guten Mann dazu.
Vielleicht war ja Andreas schon der Richtige und blickte seelenfroh zu Heinz und Inge. Sie fühlte sich wohl bei den Solbergs,

weil sie ihr viel an Geborgenheit, Harmonie und ja, auch an Liebe vermittelten. Sie fühlte sich genauso wohl wie zu Hause bei den Großeltern. Doch am meisten freute sie sich auf ihre Eltern, die in zwei Wochen von einer langen Reise zurückkommen wollten. Am Sonntagnachmittag hatte Elli die Idee, mit Nina Trude zu besuchen. Andreas musste wieder arbeiten und kam erst in drei Tagen wieder heim. Trude freute sich über Ellis Besuch und erzählte, dass sie traurig war, dass Nina nun wo anders leben sollte, aber andererseits auch froh war, dass man passende Pflegeeltern für Nina gefunden hatte.

*»Wenn Inge wieder fit ist, werden sie Nina doch sicher wieder heimholen.«*

Elli wusste es nicht. Sie mochte Trude, weil sie so tolle Geschichten erzählen konnte von früher, wie sie ihren Anton kennengelernt hatte und Carla und Andreas sich gegenseitig besuchten.

Elli hörte gespannt zu und konnte es sich bestens vorstellen. Trude liebte Musik. Dann stellte sie ihr uraltes Grammophon an und legte aus ebenso uralten Zeiten, Schellack-Platten auf. Elli fand das toll.

Trude erzählte Elli, wie selig sie war, wenn Anna, die Tochter von Lydia Mendes mit ihrer Enkeltochter zu Besuch kam. Cynthia war lebhaft und ging bereits in die erste Klasse. Sie war so wissbegierig und voller Fragen.

Trude blieb gelassen und erklärte ihr alles, was sie wissen wollte. Mit ihr war wieder Leben im Haus und Trude nicht so viel alleine. Ihre Nichte hatte ja kaum Zeit. Außer Lydia hatte sie ja keine sonstige Verwandten in der Nähe. Bernhard, der Bruder ihres verstorbenen Mannes lebte mit seiner Familie in Portugal und telefonierte dreimal im Jahr mit Trude. Als Anton noch lebte, besuchten sie den Bruder ein bis zweimal im Jahr.

Er hatte ein wunderschönes Haus am Meer, eine liebevolle Ehefrau und vier mittlerweile erwachsene Kinder. Nach Antons Tod wollte Trude nicht mehr fliegen, obwohl sie den Bruder und seine Familie liebend gern besucht hätte. Sie hatte Angst vorm Fliegen und fühlte sich, mit ihren siebzig Jahren, dafür einfach zu alt.

Sie teilte mit Inge das gleiche Schicksal. Auch Trude konnte, nach Andreas, keine Kinder mehr bekommen.

Nach Antons Tod blieb ihr also nur Andreas und der ging nun auswärts arbeiten. Elli fand es traurig, dass Trude so viel allein war, aber Trude beteuerte, dass sie ja auch Heinz und Inge und Carla... hatte. Es war einfach nicht zu begreifen, dass Carla nicht mehr da war.

Trude hatte ihren Tod nie richtig überwinden können. So wie Inge fast wie eine Mutter für Andreas war, so fühlte sich Trude bei Carla. Und jetzt, wo Heinz und Inge ständig Termine hatten, konnte sie sich um Nina kümmern und tat es gern.

Aber irgendetwas beschäftigte Trude noch, das merkte Elli, doch Trude schwieg.

Das Wochenende verging ruhig und am Montagmorgen stand Inge in der Küche. Sie hatte ihren berühmten Apfelkuchen gebacken und bereitete das Mittagessen vor.
Die Bruckmanns wollten am frühen Nachmittag bei ihnen eintreffen. Inge sah man ihre Aufregung buchstäblich an und sie war ziemlich nervös.
Als sie im Wohnzimmer den Tisch deckte, fiel ihr Blick auf Carlas Bild und sie blieb einige Zeit davorstehen, hielt inne und versprach ihr gedanklich, mit Heinz alles Erdenkliche zu unternehmen, damit es Nina immer gut gehe werde. Dann ging sie ins Kinderzimmer.
Nina lag ruhig in ihrem Bettchen und ihre kleinen Finger griffen nach dem Mobile. Inge zog es auf, nahm Nina aus dem Bettchen heraus und setzte sich mit ihr in den Sessel. Sie gab ihrem Enkelkind einen Kuss auf die Stirn und begann leise der Melodie zu folgen.
*»La Le Lu«* Inge war für einen Augenblick mit ihren Sorgen und Ängsten allein, doch sie schob sie schnell wieder von sich.
Die Medikamente, die sie regelmäßig einnehmen musste, halfen ihr dabei. Inge wollte diese Zeit mit Nina noch genießen.

Elli war am Mittag mit Trude einkaufen gefahren und Heinz besprach mit seinem Kollegen, für die Zeit während seiner Abwesenheit, die Abläufe in der Filiale. Inge sah sich um.
*»Wie schön es Nina hier doch hatte. Inge war hier aufgewachsen, ebenso Carla. Und Nina?«*

Inge kam die erste Begegnung mit dem Paar bei Jugendamt wieder in den Sinn und sie spürte ein tiefes Gefühl. Dieses Gefühl, die richtige Entscheidung getroffen zu haben.
Es war doch einfacher als Heinz und Inge dachten, als es am Nachmittag an der Tür klingelte und beide öffneten. Das junge Paar stand mit einem bunten Blumenstrauß in der Hand vor der Tür und war ebenso aufgeregt. Nachdem sie sich herzlich begrüßten und das junge Paar sich ihrer Jacken und Schuhe entledigt hatte, zeigte Heinz ihnen das Haus. Inge stellte in der Zwischenzeit die Blumen ins Wasser, hatte den Tisch fertiggedeckt und lud zum Kaffee ein. Sie fanden gleich wieder Gesprächsstoff und unterhielten sich rege.
Nina schlief seelenruhig in ihrem Bettchen. Doch das zu zeigen, hatten sich Heinz und Inge für später aufgehoben, wenn Nina ausgeschlafen hatte.
Die junge Frau half Inge beim Abräumen und als Heinz mit Uwe in der Küche erschien, bot er dem Paar mit Zustimmung von Inge das »Du« an.

»Ich bin Heinz und das ist Inge, wenn das o.k. ist. Unsere Tochter war ja fast in eurem Alter.«

Sie gaben sich nacheinander die Hand und schmunzelten.

»Wir sind Uwe und Martina.«

Plötzlich horchte Heinz in die Stille, nahm Inge sanft in den Arm und deutete Uwe und Martina an, ihnen zu folgen. Hand in Hand betraten Uwe und Martina das Kinderzimmer.

Die Nervosität war jetzt nicht nur bei dem jungen Paar zu spüren. Heinz und Inge traten ans Bettchen und blieben daneben schweigend stehen.

Uwe und Martina sahen sich an und schluckten. Was für ein bedeutsamer Moment. Uwe legte liebevoll seinen Arm um Martina, die nun vor lauter Aufregung zitterte. Er führte sie zum Bettchen, in dem Nina vergnügt vor sich hinplapperte.

Als beide das Kind erblickten, waren sie überglücklich. Inge ertrug alles gefasst. Heinz hielt sie fest in seinem Arm und so verharrten sie, einige Minuten mit dem Blick auf Nina, und schwiegen.

Kurz darauf löste sich Inge von Heinz und wandte sich dem Bettchen zu, nahm Nina in den Arm und drückte sie sanft an sich.

Sie bat Martina, im Sessel Platz zu nehmen, was Martina auch anstandslos tat. Inge ging zu ihr und legte ihr das Enkelkind vorsichtig in den Arm.

Martina wagte kaum zu atmen, so berührt war sie von dieser liebevollen Geste. Sie betrachtete das Kind von Carla in ihren Armen, als wäre es zerbrechlich und kostbarer als ein Diamant. Uwe hielt sich bewegt die Hand vor die Augen und weinte vor lauter Freude. Martina war sprachlos. Heinz und Inge standen neben dem Sessel und hielten sich, mit Tränen in den Augen wieder fest im Arm. So schmerzvoll und traurig es für beide auch war, es schien das Richtige zu sein. Nina lag entspannt und strahlend wie immer in Martinas Arm.

Heinz und Inge blickten sich an und nickten sich wortlos zu. Heinz ging auf Martina zu und hielt ihr seine Arme hin.

»*Darf ich?*« fragte er ruhig und nahm ihr Nina ab, drehte sich zu Uwe, der immer noch verblüfft dastand und nicht realisierte, dass hier ihr sehnlichster Wunsch mit aller Wahrscheinlichkeit in Erfüllung gehen sollte.

Heinz legte ihm Nina in seine Arme. Uwe bedankte sich immer wieder und bestaunte, mit Tränen in den Augen, dieses kleine Wunder. Martina weinte und kam ebenfalls aus dem Staunen nicht mehr heraus.

Der Nachmittag war geprägt von vielen Emotionen und Tränen. Beide Paare begriffen, dass sie sich gegenseitig halfen. Uwe und Martina wurden endlich Eltern. Heinz und Inge bekamen mit Uwe und Martina, praktisch sogar, zwei Kinder geschenkt.

Auf dieser Basis, so hatten sie miteinander die Hoffnung, konnten sie aufbauen. Nina würde erst einmal für die Zeit, in der Heinz und Inge bei der Kur waren, als Pflegekind bei den Bruckmanns leben.

Zwei Tage später fuhren die Solbergs an den Berliner Stadtrand. Trude hatte sich wieder bereit erklärt, Nina zu sich zu holen. Uwe und Martina wohnten nahe am Wald in einem kleinen Haus und ganz in ihrer Nähe lag der Lehnitzsee, benannt nach dem gleichnamigen Ort, in dem sie wohnten. Das Paar hatte Heinz und Inge zu sich eingeladen um auch ihnen zu zeigen, wie sie lebten.

Das Haus war ebenerdig und präsentierte eine breite Veranda mit einer Sitzschaukel und erinnerte an die Häuser aus den amerikanischen Vorstädten. Uwe und Martina mochten solche Häuser und hatten ihr Haus, ganz in diesem Stil, umgebaut. Das Grundstück hatte wie bei den Solbergs ebenfalls einen Garten, einige Rosenbeete säumten links und rechts den Weg vor dem Haus, eine Wiese und viel Platz für Kinder.

Das gefiel Inge.

Heinz und Inge betraten mit Uwe und Martina das Haus und kamen nicht aus dem Staunen heraus. Das Wohnzimmer war lichtdurchflutet und hatte eine gemütliche Sitzecke, an der Wand hing ein riesiges Landschaftsbild. Es zeigte die Niagara-

Fälle, an der Grenze zwischen den USA und Kanada. Überwältigend und durch den Einfall der Sonne auf das Wasser schimmerte hoch über allem ein Regenbogen.

Heinz und Inge waren für einen Moment sprachlos und sahen sich an. Komisch, aber mit dem Regenbogen verbanden beide wieder die Erinnerungen an Carla.

War das nur ein Gedanke oder auch ein gutes Zeichen?

Auf dem Bild, entdeckten sie, vor den Niagara-Fällen, etwas abseits von den Menschenmassen, zwei junge Leute, die freudig winkten. Es waren Uwe und Martina.

Uwe berichtete in kurzen Worten über das Bild. Sie hatten ihre Flitterwochen in Amerika verbracht und wollten dieses Naturwunder unbedingt erleben. Sie hatten sich einen Mietwagen genommen und waren quer durchs Land gefahren und konnten sogar einige Tage auf einer Ranch verbringen. Uwes Schulkamerad, Thomas Miller lebte dort mit seiner Familie und hatte sie eingeladen. Er hatte amerikanische Wurzeln, denn sein Onkel lebte dort und züchtete Pferde. Thomas war nach Abschluss seiner Lehre als Landwirt nach Amerika gezogen und arbeite lange Jahre bei seinem Onkel.

Bis er selbst in der Lage war, seine eigene Ranch zu bauen und Pferde zu halten, verging eine lange Zeit. Glücklich präsentierte er Uwe und Martina bei ihrem Besuch sein Anwesen und beiden gefiel nicht nur das Haus, sondern vor allem diese einmalig schöne Veranda mit der Schaukel. Uwe und Martina hatten Glück mit ihrer Reise und viel erlebt.

Nahe am Fenster stand ein weißer Flügel. Darauf ein großer weißer nachdenklicher Engel.

»Wie wunderschön«, entfuhr es Inge, »hier wird sogar Musik gemacht.«

»Ich spiele schon seit meinem sechsten Lebensjahr Klavier und hatte früher ein kleines altes Klavier von einer Tante.« gab Martina Heinz und Inge zu verstehen. Es überlebte den Umzug in dieses Haus leider nicht.

Uwe trat dazu und umarmte Martina.

Er wandte sich an Heinz und Inge.

»Ich war schon immer beeindruckt, wenn sie spielte. Vor allem bei Chopin bekam ich regelmäßig eine Gänsehaut, denn sie spielt es so göttlich und ich bin unheimlich stolz auf sie.«

Uwe machte eine Pause und sah Martina in die Augen.

Man konnte die Liebe, mit der beide verbunden waren, spüren.

»Smetana mit seiner Moldau war unsere Musik in der Trauerzeit. Vielleicht auch, weil sie ebenfalls Hoffnung in sich trug. Sie hat uns geholfen in der schwierigen Zeit. Wir haben nie aufgegeben, auch wenn es manchmal fast unerträglich schien.«

Uwe gab Martina einen Kuss auf die Wange.

Wir hatten diesen Flügel in einer Anzeige gesehen und fuhren hin. Der Verkäufer wollte sehr viel Geld. Wir hatten die Veranda *umgebaut und gerade unsere zweite Fehlgeburt verkraftet und waren nicht in der Lage, den Preis von zwölftausend Euro zu zahlen. Wir hatten zwar etwas angespart, aber das hätte nicht gereicht. Meine Frau fragte den Verkäufer, ob er etwas dagegen hätte, wenn sie wenigstens einmal darauf spielen würde. Dieser nickte und ließ Martina an den Flügel. Als sie zu spielen begann, wurde der Verkäufer mit einem Mal ganz still. Martina spielte Chopin und hatte sich damit ihren Flügel für die Hälfte des Preises erspielt. Der Verkäufer hatte früher selbst Klavier gespielt und auch Unterricht gegeben, aber diese kleine Kostprobe berührte ihn sehr und er hatte ein wirklich großes Herz. Wir hatten ihm von unseren verlorenen Kindern erzählt und ihm erklärt, dass Musik manchmal das Einzige ist, was gegen den Schmerz und die Trauer hilft.«*

*Wenn ihr wollt, kann ich euch nach dem Kaffee gern etwas vorspielen.«* bot Martina zaghaft an.

Heinz und Inge sahen sich freudestrahlend an und nickten. Uwe bat Heinz und Inge, ihnen ins Kinderzimmer zu folgen. Als sie das Kinderzimmer betraten, waren sie beeindruckt.

Das Zimmer war in einem warmen Beige-Ton gestrichen, eine Borte mit Sternen verzierte durchgängig die Wände unterhalb der Zimmerdecke. Mit hellen Buche-Möbeln hatten Uwe und Martina in der ersten Schwangerschaft diesen Raum liebevoll eingerichtet.

Ein Kinderbettchen stand mitten im Raum und wartete seit Jahren darauf, in Gebrauch zu kommen.

An den Fenstern hingen zarte Gardinen mit Märchenmotiven. Inge sah sich um und entdeckte drei weiße Bilderrahmen an der Wand und blickte fragend zu Martina.

In den zwei ersten Bilderrahmen steckten Ultraschallbilder und auf dem Rahmen darüber standen Namen, Anne und Maria. Auf dem dritten Bild sah man das Foto eines winzig kleinen Babys. Jason stand auf dem Rahmen und Martina ging langsam zur Wand und strich sanft über alle drei Bilder. Das waren ihre Sternenkinder und jedes ihrer Kinder ein Wunschkind.

Uwe und Martina trugen die Hoffnung mit jeder Schwangerschaft in sich. Sie hatten zwei Fehlgeburten hintereinander in bereits fortgeschrittener Schwangerschaft überstehen müssen. Als ihr drittes Kind per Kaiserschnitt als Frühchen, aber endlich auf die Welt kam, waren beide überglücklich. Nach zwei Wochen Überlebenskampf starb es in den Armen der Eltern. So blieb das Kinderzimmer wie es war, unberührt.

»*Bei Jason dachten wir, es wäre endlich geschafft. Doch sein kleines Herz hatte einfach keine Kraft.*«

Inge ging augenblicklich auf Martina zu und nahm sie in den Arm. Es tat ihr unheimlich leid und ihr fehlten einfach die Worte des Trostes. So standen beide Frauen weinend im Raum und schwiegen. Uwe ergriff erklärend das Wort.

*»Nach der letzten Schwangerschaft hatte der Frauenarzt uns erklärt, dass das Risiko für Martina zu hoch wäre und sie auf normalen Weg keine Kinder mehr bekommen könnte. Eine Leihmutter war für uns nicht das Richtige. Die Pflegschaft war das einzige, was uns vorwärtstrieb und wir hofften bei jedem Gespräch im Jugendamt auf den Moment, in dem man uns mitteilte, dass ein geeignetes Kind gefunden wurde.«*
Verlegen schaute Martina auf und Inge nahm ihre Hände, und blickte ihr entschlossen ins Gesicht.
*»Es wird alles gut werden, für euch, für Nina und für uns.«*
Nachdem Inge und Heinz das Haus besichtigt und gemeinsam mit Uwe und Martina Kaffee getrunken hatten, stand Martina auf und setzte sich auf die Sitzbank vor dem Flügel. Sie wirkte entspannt.
Seit dem Aufeinandertreffen mit Heinz und Inge war sie wieder voller Hoffnung. Sie blickte noch einmal zu Heinz und Inge, nickte ihrem Mann mit einem Lächeln zu und begann zu spielen.
Was dann passierte, versetzte Heinz und Inge in absolute Glückseligkeit und trieb ihnen augenblicklich die Tränen in die Augen. Ohne jemals vorher darüber mit Uwe und Martina gesprochen zu haben, spielte Martina den Regenbogensong und hatte keine Ahnung, wieviel Trost sie Heinz und Inge damit schenkte. Das Zimmer war erfüllt von Hoffnung und Staunen.

Das war kein Zufall. Das Schicksal hatte vier Menschen zusammengeführt. Diese besondere Begegnung vermochte Kummer und Schmerz, den der tragische Verlust der Kinder bei beiden Paaren hinterlassen hatte, langsam zu mildern.
Es fühlte sich einfach richtig an, weil auch Inge mit einem Mal wieder Lebensmut fand.
Inge mochte das junge Paar und weil sie ihrer Tochter nicht mehr helfen konnte, hatte sie für sich in ihrem Innersten als Mutter entschieden, wenigstens Uwe und Martina wieder glücklich zu machen.
Und so wie es aussah, konnten Heinz und Inge getrost zur Kur fahren, denn sie waren sich nun sicher, dass für ihre kleine Nina bestens gesorgt werden würde.

Als sich beide am Abend in ihrem Bett aneinander kuschelten, waren so viele Sorgen und Ängste von ihnen abgefallen. Es war erstaunlich und wie ein Wunder. Es war zu schön um wahr zu sein. Aber sie hatten es tatsächlich erlebt und verspürten auch kein schlechtes Gewissen mehr Carla gegenüber. Es war zwischen ihnen und Uwe und Martina, von Anfang an, so viel Harmonie und vertraute Nähe. Unvorstellbar, aber es passte einfach. So wie bei Elli und Andreas. Heinz und Inge schliefen mit wunderschönen Eindrücken vom Tag, liebevoll umschlungen, miteinander ein.

Der vorläufige Abschied von Nina wurde für Heinz und Inge dann doch unglaublich schwer.
Inge hatte zuvor für vier Wochen, mit Ellis Hilfe alles eingepackt, was Nina brauchte. Da kam so einiges zusammen.
Immer wieder musste sich Inge setzen, weil sie die Situation doch sehr erschöpfte.
Das kleine Mobile am Kinderbettchen, mit den vielen glänzenden Sternen, hatte Inge vorsichtig abgenommen und es ganz oben auf eine der gepackten Taschen gelegt. Es sollte unbedingt mit und Nina an die vertraute Zeit bei den Großeltern erinnern.
Alles andere verblieb im Kinderzimmer für die Zeit, wenn Nina dann wieder zu Hause war.

Es war ein verschneiter Montag, und Heinz und Inge hatten nur noch zwei Tage bis zum Kurbeginn. Am Abend war der erste Schnee gefallen und hatte alles weiß bedeckt.
In der Nacht schneite es dann immer mehr und am Morgen fuhren die Streufahrzeuge und schoben die Straße frei. Uwe und Martina kamen kurz vor dem Mittag bei den Solbergs an.
Auf den Straßen machte sich der plötzliche Wintereinbruch sehr deutlich bemerkbar und es kam vielerorts zu Staus.
Inge saß schon den halben Vormittag mit Nina im Sessel des Kinderzimmers und streichelte immer wieder über Ninas Wange

oder drückte sie sanft an sich. Sie hatte noch ganz rote Pausbacken, weil Elli mit ihr am Morgen noch einmal spazieren gewesen war.

»*Zum Abschied sozusagen*«, hatte Elli, mit einem Lächeln in den Augen, durchblicken lassen.

Uwe und Martina ließen beiden Zeit, sich zu verabschieden und verstauten die Sachen von Nina, mit Ellis Hilfe im Auto. Sie fuhren ebenfalls einen Kombi und zum Glück passte alles hinein.

Nachdem Nina ihren Brei aufgegessen hatte und mit frischer Windel versorgt war, legte Inge sie zum Schlafen in ihr Bettchen.

Inge hatte zum Mittag einen deftigen Gemüseeintopf zubereitet. Uwe und Martina, Heinz, Inge, Trude und Elli saßen wie in einer normalen Familie allesamt am Tisch und ließen sich den Eintopf schmecken.

Trotzdem war die Anspannung spürbar. Es war auch Ellis Abschied von der Familie.

Am frühen Nachmittag wollten Uwe und Martina wieder fahren. Das Wetter wurde einfach nicht besser und es schneite ununterbrochen.

Uwe nahm Heinz den Kindersitz ab und befestigte ihn im Auto auf der Rückbank. Heinz und Inge hatten mit Beiden besprochen, dass Heinz, wenn er aus der Kur zurück war, sie und Nina am Wochenende besuchen würde.

Nina lag in Inges Arm und schaute mit ihren großen Augen auf Inge, der die Tränen über die Wangen liefen und als würde Nina den Abschied spüren, verzog sie ihren Mund und begann ebenfalls leise zu weinen.

Heinz legte seinen Arm um Inge und empfand diesen Moment ebenso tragisch. Dann nahm er Inge seine Enkeltochter ab, hielt sie sanft an sich gedrückt und gab ihr einen letzten Kuss auf die Stirn.

»*Tschüss meine Süße, bis bald.*«

Inge zog Nina den Schneeanzug von Doris an und Heinz trug sie vor sich, schützend vor dem Schneefall zum Auto und setzte sie in ihren Kindersitz. Inge stand daneben und betrachtete traurig die ganze Prozedur. Uwe und Martina spürten sehr wohl den Schmerz der Großeltern.

»*Wir werden gut für Nina sorgen, bitte macht euch keine Sorgen*«, beteuerten die neuen Eltern.

Heinz nickte stumm, drehte sich zu Inge und nahm sie in den Arm.

Nachdem sich beide halbwegs beruhigt hatten, verabschiedeten sie sich von Uwe und Martina und winkten ihnen noch lange nach, als beide mit ihrem Auto davonfuhren. Heinz und Inge fühlten sich unendlich verloren und traurig. Es schneite unaufhörlich und die Schneeflocken wurden immer größer. Heinz und Inge gingen Arm in Arm weinend ins Haus.

Elli wollte bei der Abschiedszeremonie nicht dabei sein und wartete mit verweinten Augen im Wohnzimmer. Sie hatte sich bereits von Trude verabschiedet und wartete auf ihren Bruder, der sie abholen wollte. Andreas musste arbeiten, blieb aber mit Elli in engem Kontakt.

Trude stand zu Hause bei sich am Fenster hinter der Gardine und hatte alles mit angesehen. Schwer war es ihr ums Herz und sie wischte sich wehmütig die Tränen weg. Auch sie litt, ganz allein für sich, in ihrem großen Haus, und es war genauso schlimm wie damals, als Carla fortzog.

Heinz und Inge konnten sich nur schwer beruhigen.

Kurz darauf wurde Elli abgeholt. Auch dieser Abschied war tränenreich.

Nachdem Elli gefahren war, gingen Heinz und Inge hinüber ins nun verlassene Kinderzimmer und blickten Gedanken verloren ins leere Kinderbettchen und dann aus dem Fenster.

»Was ist das denn?« Sie trauten ihren Augen nicht und waren sprachlos. Sie standen auf und hielten sich bei den Händen. Sie schauten sich entgeistert an und traten ans Fenster.

Dicke Flocken fielen nun zur Erde und auf der Wiese stand ein wunderschöner großer Schneemann und schien ihnen zu zuwinken. Er trug einen langen Schal in Regenbogenfarben um den Hals und hielt etwas in der Hand.

Heinz drehte sich augenblicklich um und ging zügig in den Flur. Hastig zog er sich Jacke und Schuhe an, lief eilig durch den Schnee hinters Haus zum Schneemann.

»*Dieses Mädchen*«, murmelte Heinz und schüttelte den Kopf, dann griff er nach dem Brief, den der Schneemann in der Hand hielt, drehte sich zu Inge um und hob ihn hoch wie eine Trophäe. Er steckte in einer wetterfesten Folie. Elli hatte wirklich an alles gedacht. Inge stand noch immer am Fenster, regungslos und beobachtete Heinz.

»*Was hatte das alles nur zu bedeuten?*«

Als beide später auf der Couch saßen und Inge den Brief vorsichtig öffnete, fanden sie etliche handgeschriebene Zeilen und ein Foto. Beide mussten augenblicklich lachen. Und obwohl ihnen zum Heulen war, spürten sie Freude. Denn auf dem Foto war neben dem Schneemann eine strahlende Elli zu sehen. Sie hatte Nina in ihrem süßen Eskimoanzug auf dem Arm und hinter ihr standen Trude und Andreas.

Es war so herzergreifend, was sich Elli da ausgedacht hatte. Heinz und Inge waren beeindruckt.

Heinz bat Inge, die Zeilen vorzulesen. Er hatte ihr den Arm um die Schulter gelegt und hörte gespannt zu.

»*Lieber Herr Solberg, liebe Frau Solberg. Ich kann mir Ihre verblüfften Gesichter gut vorstellen, wenn Sie diese Zeilen lesen, und das freut mich natürlich. Dann haben Sie den Schneemann*

*längst entdeckt. Das freut mich ebenfalls. Es war gar nicht so einfach, ihn, sozusagen in geheimer Mission, zu bauen. Aber ich hatte ja Helfer, wie Sie unschwer auch auf dem Bild erkennen können. Andreas war am Abend extra noch gekommen um mit mir den Schneemann aufzubauen. Die Idee dazu kam mir durch den plötzlichen Schneefall, und die Erinnerung an die Schneemannfamilie in Carlas Album.*
*Vielleicht ist es Ihnen nicht aufgefallen, vielleicht hatte ich auch Glück mit dem schlechten Wetter, denn ich hatte Ihnen, liebe Frau Solberg, den Sessel dieses Mal etwas vom Fenster weggedreht und den Vorhang leicht vorgeschoben, damit Sie den Schneemann nicht gleich entdecken konnten, als Sie dort mit Nina saßen. Den Vorhang zog ich dann zurück, als Sie draußen am Auto waren.«*
Inge war baff. Was sollte sie dazu sagen und las neugierig weiter.
»*Wir waren ja heute Morgen kurz spazieren, was wir ja sonst nie gemacht hatten und auch das fiel ihnen zum Glück nicht auf. So konnten wir schnell noch ein Foto am Schneemann machen. Jeder auf dem Bild und auch Sie haben ein Foto zur Erinnerung bekommen. Ninas Bild liegt im Schrank, im zweiten Schubfach. Andreas hatte es zu Hause bei sich ausgedruckt.«*
Heinz war neugierig, stand auf und ging ins Kinderzimmer. Kurz darauf kam er mit einem Bilderrahmen in der Hand zurück und

reichte ihn Inge. Er wischte sich verstohlen eine Träne aus dem Auge und setzte sich wieder. Inge schaute sprachlos auf das Bild und war beglückt.

»*Das gibt es doch alles gar nicht, diese Elli*«, wunderte sich Inge, schüttelte den Kopf und las weiter.

»*Es war eine unbeschreiblich schöne Zeit bei Ihnen und darum der kleine Dank von mir. Ich bin nicht so gut im großen Reden schwingen und Abschiede tun immer weh. Darum ging es heute relativ schnell. Ich freue mich auf das nächste Wiedersehen und bin unheimlich glücklich, Sie kennengelernt zu haben. Den Regenbogenschal habe ich bei Trude gestrickt, so fiel es nicht auf. Er ist symbolisch gedacht. Nach jedem Regen folgt Sonnenschein, nach jeder Trauer wieder Freude. Wenn ich in Zukunft einen Regenbogen sehe, werde ich mit Freude im Herzen an die schöne Zeit bei Ihnen denken. Ohne Sie wäre das mit Andreas nie passiert. Passen Sie gut auf sich auf, brauche ich ja eigentlich nicht schreiben, denn Sie sind beide immer sehr liebevoll miteinander umgegangen. Das war mein Eindruck und vielleicht habe ich mich auch deshalb hier so wohl gefühlt, fast wie bei uns zu Hause. Finden Sie Kraft und Hoffnung auf all ihren Wegen und bleiben Sie so liebe Menschen, wie Sie sind. Ganz herzliche Grüße von Elli Carter.*« Darunter entdeckten sie einen kleinen Babyhandabdruck mit der Innenschrift >Nina<. Elli war sehr einfallsreich und einfach liebenswert.

Heinz und Inge nahmen sich in den Arm und Heinz drückte Inge fest an sich. *»Siehst du mein Schatz, alles wird gut.«*

Keiner hätte sich am Anfang vorstellen können, dass mit den Pflegeeltern nicht nur für Nina eine ganz neue Zeit beginnen würde. Heinz und Inge fanden in der Kur an der Ostsee Erholung und Kraft. Sie bezogen ein schönes Zimmer mit Blick aufs Meer und wurden liebevoll betreut.
Inges anfängliche Appetitlosigkeit legte sich mit der Zeit. Sie aß wieder mit Appetit und nahm zu. Trotz des schlechten Wetters unternahmen Heinz und Inge regelmäßige Spaziergänge. Inge ging, zur Freude von Heinz, wieder zum Friseur und ließ sich ihre Haare in Ordnung bringen. Sie nutzten die Wellnessangebote und beide kamen langsam zur Ruhe.
Heinz fuhr nach zwei Wochen, innerlich und auch körperlich gestärkt heim und ging wieder arbeiten.
Inge erlebte noch intensive Wochen in der Kur mit täglichen Anwendungen und Aktivitäten und fand langsam den Weg ins Leben zurück. Ihre Kondition verbesserte sich und sie konnte sogar beim Nordic Walking wieder Schritt halten, was ihr am Anfang überhaupt nicht gelang und sie schnell außer Atem war.
Sie lernte Menschen mit ähnlichen Schicksalen kennen und führte lange Gespräche mit Psychologen. Sie verstand es, mit

der Zeit loszulassen und wieder Glück und Freude zu empfinden.

Jede Woche bekam sie Post von Uwe und Martina, in denen beide glücklich über ihr neues Leben mit Nina berichteten und was die Kleine schon wieder alles gelernt hatte. Sie bedankten sich rührend bei Heinz und Inge für ihr Vertrauen, dass sie ihnen entgegenbrachten. Ganz besonders freute sich Inge über die vielen Fotos, die Martina ihr in jedem Brief dazu legte.

Selbst von Elli bekam sie liebevolle Briefe und war zufrieden.

Heinz kam Inge am Wochenende besuchen und beide erlebten entspannte Stunden in der Therme, gingen spazieren oder ins nahe gelegene Kino. Seine Sorge um Inge legte sich mit der Zeit und er fuhr mit einem guten Gefühl wieder heim.

Inge konnte nach und nach ihre Medikamente reduzieren und schlief auch wieder besser.

Am letzten Kurwochenende wurde Inge besonders überrascht, denn Heinz brachte Uwe, Martina und Nina mit.

Inge war vollkommen ahnungslos, aber überglücklich, als Heinz ihr verkündete, dass sie alle das ganze Wochenende bleiben würden um mit Inge ihre Zeit verbringen. Uwe und Martina hatten extra ein Zimmer gemietet. Inge vergoss Freudentränen, aber als sie ihre kleine Enkelin an sich drückte, war sie selig und alles war gut. Diese Überraschung war wirklich gelungen. Sie konnten wie eine richtige Familie beieinander sein, Ruhe und Kraft finden und langsam zusammenwachsen.

Nachdem Inge, sichtlich erholt, wieder zu Hause war, besuchte sie mit Heinz noch einige Male Beate Lenz und die Selbsthilfegruppe. Inge konnte jetzt auch Maria Brunners Entscheidung verstehen und entschuldigte sich bei ihr für ihre Ausbrüche. Maria nahm die Entschuldigung an und verstand auch Inge besser.
In der Schule traf Inge ihre Kollegen, die sie schon sehr vermisst hatten. Sie wollte wieder arbeiten und Kinder unterrichten. Für die Rente war sie noch zu jung.
Heinz und Inge hatten lange überlegt und eine Entscheidung getroffen. Nach intensiven Gesprächen zusammen mit Uwe, Martina und dem Jugendamt beschlossen sie, Nina endgültig ein neues zu Hause zu geben.
Das junge Paar war überglücklich und Nina ging es gut bei ihnen. Besser hätten Heinz und Inge für ihr Enkelkind nicht sorgen können. Der Kontakt zu Uwe und Martina blieb, so wie er begann, regelmäßig, unkompliziert und liebevoll.
Heinz und Inge erlebten eine glückliche Zeit als Großeltern und nahmen aktiv an Ninas Leben teil. Ihre Familie war größer geworden, denn Nina bekam nicht nur neue Eltern, sondern auch

noch Großeltern dazu. Martinas Eltern lebten noch und ihre Geschwister waren ebenso glücklich über den Nachwuchs wie Heinz und Inge sowie auch Carlas Freunde.

Das Weihnachtsfest verbrachten alle zusammen bei den Solbergs und so lernten Uwe und Martina auch die Freunde von Inges Tochter Carla kennen. Silvester feierten Heinz und Inge bei Uwe und Martina und obwohl ein neues Jahr ohne Carla begann, sahen Heinz und Inge nun hoffnungsvoll und voller Optimismus in die Zukunft.

Als Nina ihren ersten Geburtstag feierte, waren Heinz und Inge, aber auch Trude, Andreas und Elli, Sonja und Basti, Doris, Peter und auch Jan dabei.

Und so feierten sie auch die nächsten sechs Geburtstage mit Nina zusammen. Carla blieb unvergessen, denn sie lebte in Nina weiter.

Endlich schien alles gut zu werden.

Nur wer sein Gestern und Heute akzeptiert, kann sein Morgen frei gestalten. Nur wer loslässt, hat freie Hände um die Zukunft zu ergreifen.

Autor unbekannt

Band III aus der Reihe

# Halt immer an
# der Hoffnung fest

Erscheint noch in diesem Jahr

Senselia Blum

**Ich danke allen**, die mir auf der Reise meines Lebens bisher begegnet sind, mich geformt und inspiriert haben.

Ich danke:

-meiner Mutter, die mich zur Welt brachte und erzogen hat,

-meinen drei Kindern, René, Tim und Marika, die ich überwiegend allein großzog, auf die ich sehr stolz bin und die ich über alles liebe,

-meinen beiden Geschwistern Andreas und Maik und ihren Familien, wo ich immer herzlich willkommen bin,

-meinem Seelenverwandten, durch den ich erst meine Leidenschaft zur Poesie und zum Schreiben begriff und »Das Traumband unseres Zaubers« schrieb,

-meinen Kollegen und Freunden, auch wenn sie mich manchmal belächelten, mir aber nie den Mut nahmen,

-und vielen liebenswerten Senioren bei meiner täglichen Arbeit, die mir Liebe und Wertschätzung entgegenbrachten, so wie ich es gleichermaßen tat.

Durch sie alle weiß ich erst, dass dies der richtige Weg für mich ist. Ich bin glücklich auf der Welt zu sein, um all das Wundervolle, manchmal magisch Berührende im Leben zu spüren und immer wieder besondere Momente mit besonderen Menschen erleben darf.